Praise for
Pātea Boys

'*Pātea Boys* will make you laugh, make you hurt. The stories of Taranaki whānau today rub up against the sores of the iwi's colonial past. Read the book twice in English and then in te reo. You'll breathe, think and experience te Ao Māori in your heart as well as your guts' **WITI IHIMAERA**

'Airana has stood up in all his humility and said, here I am in the shadow of Taranaki, and my ancestors, this is my base, from the base the tree will grow. Climb up to its crown, take a look, check out the comings and goings of a town with classic Māori characters. How fantastic!' **DR DARRYN JOSEPH**

Praise for
The Bone Tree

'A narrative seething with incident . . . Events, places, people become parts of a sometimes lyrical, sometimes ferocious pageant, where everything blazes with lurid light . . . It's whole-hearted, passionate . . . [Ngarewa] has his own voice, resoundingly so for a new, young writer' **DAVID HILL, NEWSROOM**

'Some kind of greatness awaits this guy' **STEVE BRAUNIAS**

PĀTEA BOYS

PĀTEA BOYS

AIRANA NGAREWA

MOA PRESS

Published in New Zealand and Australia in 2024
by Moa Press
(an imprint of Hachette New Zealand Limited)
Level 2, 23 O'Connell Street, Auckland, New Zealand
www.hachette.co.nz
www.moapress.co.nz

10 9 8 7 6 5 4 3 2 1

A catalogue record for this book is available from the National Library of New Zealand.

ISBN: 978 1 86971 829 9 (paperback)

Recipient of a **2023 Contestable Fund Grant from Copyright Licensing New Zealand**

Cover design by Megan van Staden
Cover illustration by Luther Ashford
Typeset by Bookhouse, Sydney
Printed and bound in Australia by McPherson's Printing Group

The paper this book is printed on is certified against the Forest Stewardship Council® Standards. McPherson's Printing Group holds FSC® chain of custody certification SA-COC-005379. FSC® promotes environmentally responsible, socially beneficial and economically viable management of the world's forests.

To Koko Hemi and Nana Colleen.
The horses before this cart.

Contents

Bombs for the Bros

A boy is posted on the side of a pool, his feet fixed to the top of a pair of rusted handrails, an empty water bottle in his hands, his weight balanced, his face zen, his knees bent, the lifeguard distracted, one of his mates watching her, and the rest egging him on. 'You got this, bro.' 'Leshgo!' 'Hurry, ow, 'fore she turns 'round.' The day is late, the sun settling and the boys well sun-burned – not that they'll know until the morning. A wee girl in an oversized t-shirt is doggy-paddling in the deep end, ready to duck her head underwater when the young boy leaps, waiting to hear the full glory of the manu. She likes listening more than she likes doing her own; you can never hear your ones, she reckons. Feel them, yeah, but never hear them.

A symphony of nineties hip hop blasts over the sounds of play: splashing and yelling and kids ducking the others kids' heads underwater and laughing. The Panasonic speaker distorts whenever the bass kicks, but the boys know no different. They figure that's just how they made music back then, over there, in the States. A duo of older boys, teenagers, are laid out on the concrete, drying off, their backs unburned but peeling, one of the few favours dark skin offers here in their homeland.

There are tall spotlights on the third of seven concrete steps; they haven't shone in years. For the boys, they are nothing more than a landmark, a thing to measure their manus against. The top step is a concrete table for eleven siblings sharing four scoops of chips with white bread and margarine and tomato sauce, the thick scent of deep-fried oil catching the breeze, mixing and marrying with the all-over smell of sunscreen and chlorine. 'Want some?' 'Nah, you're all good. I had a feed at mine.' Six girls are playing touch in the middle pool, waist-deep, their legs thrashing and the water pooling over the sides, nobody having scored a try, the game impossible to win. A young mum splashes a toddler in the paddling pool, the toddler giggling as he pours tiny buckets of water over his own head, his *Finding Nemo* nappy sagging, a size too big.

The young boy leaps, the muscles in his legs tensing and twisting as he lifts from the handrail, his league shorts (up the Wahs) soaked through and glued to his skin, his whole frame soaring skyward, his hands – the empty water bottle – reaching for the heavens, his face still zen: he's done this before. In truth, today is his first day back since the last time he did it. This is the only rule the lifeguard here upholds: a three-day ban for anybody caught doing bombs – she calls manus bombs – from either the handrail or the wooden bench. Too many accidents, she reckons, too many pretty children rushed off in ambulances. The boys think she's lying. And they're right. This place is small. Any time an ambulance comes and goes, the whole town knows before the end of the day. This was true even before Facebook, the community page, before the kui here learned to write their passwords in the token red A5 always kept beside their laptop.

The lifeguard charges fifty cents at the gate. Rumour has it the pools are built on an old pā that was confiscated by the Crown after the Taranaki Wars and that's why they're public and 'nobody should be charging nothing'. Everybody's heard this, because of course everybody has, but nobody knows for sure. This doesn't stop the crowds from coming, paying, fifty cents placed either in the lifeguard's hand or the sliced lid of an old ice-cream container, the fancy kind: Tip Top, cookies and cream. A couple of water-rats live next door, just over a rusted tin fence at the top of the steps. They show up every day, sun shining or rain raining, and never pay, always jumping that rusted tin thing when nobody's looking. The lifeguard must know – she has to: they've done it too many times when the pool is quiet and even when they're the only ones there. Maybe it's sympathy that stops her from calling them out or maybe she can't be bothered kicking up a fuss over a fifty-cent coin those water-rats surely don't have.

Only the young boy's mates and a few less-than-subtle admirers watch him sail through the air. Everybody else has seen it before – too many times to count. This is most true of the drying-off-on-the-concrete pair of man-boys who have long graduated to doing bombs off the bridge when the tide is in, their acrobatics a sight that never fails to inspire uncertainty, fear, relief and awe. The young boy manus from the rusted handrails mostly as an act of rebellion, for the thrill of breaking the one rule you're not allowed to break and the risk of getting banned again and the props he gets from his peers and the girls. The latter is mostly imaginary: the girls are too clever to cheer the boy for something as unremarkable as disobeying the local lifeguard, a relation to many of them, a cousin or an aunty or a nan.

The boys' changing room is plastered with shorts, towels, hoodies, schoolbags and singlets, none of which hang on the steel hooks lining the weathered timber walls; the girls' changing room is much the same, plus the odd bra or bikini top. The toilets are steel and have no lids; the shower runs cold and the soap dispensers have long stopped dispensing soap. Whole thing is a bombsite. Not that any of the boys and girls here mind. Keeps the rich kids away, they reckon. 'Let them have Hāwera. Pātea pools are ours.'

For a moment, the young boy is floating. Time has stopped as if to love him, his body long, his hands still stretched to the heavens, ready to fold as gravity rips him back to the earth, to the wavering pool of water he means to unsettle and send towards the late sun, that old god above that dared burn him three days ago the last time he was here. Waves of admiration and envy wash over his mates. 'That boy's got hops, eh.' 'I could manu way bigger than him if I could jump that high.' 'This one will be mean as.' His arms come down and his elbows tuck to his ribs and his hands pull over his chest, palms facing each other, nursed gently around the lip of the empty water bottle, his legs lifting and his body folding into a V.

All the boys here wear the OG skuxx cut, dark hair with long streaks of yellow (sometimes orange), a sort of hood mullet, long on the top and back and short on the sides, straightened and styled with Dax wax whenever it's dry. Nobody knows who started it, they all just had it one day. The same is true of the side ratty: a longer-than-the-rest strip of hair braided and kept together using either a hair tie or a jelly bracelet – double points if they're borrowed from a sister, a cousin, or a crush.

The young boy breaks the water with the base of his back, his body folded tight, his knees hugging his chest, his body ready to kick out, his whole figure opening, his grip loosening, the pool shooting up in a jet of water – Behold, our lord, Tangaroa – the empty water bottle shooting up with it, clearing the top of the spotlights. 'Far out!' 'Chur.' 'Told you it'd be mean. Turi's always been the man at manus.' The bottle dances in the air, flipping and turning, then comes down hard, narrowly missing the heads of the teenage boys not watching on. They don't budge. The wee girl surfaces with a smile bigger than her own head: *That sounded like a bomb.*

The lifeguard appears from out of nowhere, the lookout forgetting her job in the hype of it all. She stands over the edge of the pool, grabs the young boy by his ears and pulls him from the water. 'These things just for decoration, boy? Bloody hell! Can't look away for one second without you water-rats doing something reckless. How many times I told you 'bout the kid who cracked his head open bombing off those rails? Jesus Christ, boy. Go on, grab your gears . . . You're out for good this time.'

The teenagers shake their heads, the group of girls looking on try to hide their smiles, while his mates crack up laughing, holding their stomachs, almost crying. The young boy rubs his ear and asks if it was big.

'It sounded huge,' the wee girl says.

'Shot, sis; catch you at home. And you too, Nan,' he says, winking at the lifeguard.

'You're a bloody toerag,' she reckons.

The boy checks his shoulder as he walks out the gate, taking one last look before he leaves, winking at his mates and seeing the man-boys laid out on the concrete. Like the atua before him, Turi knows it is time for this Tangaroa to take on a new name. Tangaroa-tiketike. A god of great heights. He knows it is time to try to bomb from the bridge.

The Pātea Māori Club

I thought for the longest time I was the only kid in Pātea without a connection to the Pātea Māori Club. My cousins across the bridge are the moko of Nanny Hui. And our aunty from the Prime whānau are the composer's sisters. She told us they used to tour the country with him in a band called The Fascinations. I'd never heard of them. Never even heard Aunty sing. But everyone tells me it's true. Tells me they were the real deal, touring the country and the world. They must've been the only Māori doing that back then. Them and ol' Howard Morrison and that song he sang about how great God is.

Back in the day, searching for a connection, I asked Koko if he or his siblings ever joined the Pātea Māori Club. He told me nah. He said he can haka with the best of them. And he can too, I've seen his pūkana. He just can't sing. Not him, his sisters, his brothers or his children. He reckoned they wouldn't even let him through the front door. One of the men put his hand on his chest when he tried to trial back when they were the Māori Methodist Club. They told him to hit the road. Koko said no hard feelings. Said he sang then as well as he walks now. I cracked up laughing. Koko was always making jokes about him and his walking sticks.

When we first got wifi, I used to blast 'Poi E' all the time. Before going to school. Before going to the pools. Before going to the beach. It got me pumped up. Made me proud to come from Pātea. Proud to be Māori. The music was gangster but I loved the music video more. Got to see all the koro and kui when they were young. And there was even a shot of the front of our marae. Pariroa Pā. Our family might be the only Māori in Pātea who can't sing. But at least our marae is world-famous.

One day I was watching the music video on the house computer in the living room. Must've been later in the day than usual because Dad was already home from the milking sheds, his overalls and front-facing cap still covered in cow poo. He asked me where Mum was and I said she was out back, in the garden. And then he asked me where my older sisters were and I said they had biked down to the domain to play touch with their mates. Then he asked me why I was watching 'Poi E'. I told him it was an OG – old but gold. 'True,' he said. 'You know I'm in that video, eh?'

'You can't sing,' I said.

'Yes, I can.'

'The sisters already told me you can't. They said you sing as well as your head grows hair.'

He smiled, took his cap off and ran his hands over his kina-baldy.

'They ain't wrong, son. Play it from the start and watch it anyway. I'll show how we did it in my day.'

I restarted the music video and it opened with a shot of Taranaki Maunga in the summertime, when it was barely covered in snow. And then the birds started and the video cut to the carved man on the big house. Then my favourite part, Nanny Hui opening the song with a kind of karanga and the camera pulling away to show the whole of our marae. And the women, all really old ladies nowadays, going hundy with the poi.

I joked and pointed at the shortest lady in the lot and asked if that was Dad.

He shook his head and said, 'That nanny is seventy years old now, a whole foot shorter and still taller than you.'

'Yeah, but I'm only nine.'

'More like ninety-nine problems in my backside.'

The music video played on – a pā dog stole a pā girl's poi and then it cut to the pride of Pātea: Aotea waka carved from concrete standing in the middle of town. On top of it, an off-brand Māori Michael Jackson cut some shapes. I looked at Dad, ready to make another jab at him and Dad said *don't you even*.

'If you had moves like that, Dad,' I said, unable to help myself, 'maybe we'd have seen you by now.'

'That fella was pretty popular in town. With moves like that, he might be your real father.'

I laughed and Dad told me not to tell Mum he made that joke or he'd be sleeping on the couch like the last time we got carried away.

Next minute, Uncle Dalvanius, his body the only thing in Pātea bigger than the song he composed, was in the back seat of a car driving by, sticking his tongue out the window. Then it was a man with a thick moustache and pants so tight they looked painted on, rolling around on rollerskates, and another fella doing body rolls in a silky shirt. I've always loved this video but this was the first time I'd paid so much attention to all the out-of-it gears they were wearing. Then I wondered what Dad dressed like back then and I looked at the bar at the bottom and it said we were coming up to three minutes. Still, no sign of him.

The video continued and more weird stuff went on. Men braiding poi into their hair and a fella doing the robot and the Māori Michael Jackson jumping into the air and landing in the splits. Then there were more poi and more moustaches and children clapping as they watched their aunties and uncles go hard.

As the music video rolled into the last ten seconds, Dad told me to hit pause. On a stage at what must've been the Pātea Area School hall, a group of curly-haired women were standing with their hands on their hips.

'Can you see me?' Dad asked, his chest puffed, as proud as a wood pigeon, cow pee dried on the front of his overalls and cow poo on his right shoulder.

'Look at their hair and look at yours. There's no way.'

Dad winked at me and said, 'Not on stage, son. In the crowd.' He pointed to a man in the farthest row wearing a pair of white shorts so short they might as well have been undies.

I almost peed myself laughing.

Then, unembarrassed, he asked how it felt having a famous dad.

I told him his legs looked whiter than his beard looked now.

He smiled.

Then I said, 'You should probably shower before Mum finishes outside.'

He smelled the poo on the shoulder of his overalls and told me I was probably right. Not a minute later, the shower was running and Dad was singing 'Poi E' as loud as his lungs would allow him.

'Poi ē. O tāua aroha. Poi ē. Paiheretia rā. Poi – taku poi ē!'

I used to think that fella who put his hand on Koko's chest when he tried to join the club was a bad guy. Then hearing Dad sing, I knew that fella did everyone a service that day. Saved Koko the embarrassment. And saved our whānau the bad reputation of ruining Pātea's only number-one hit.

A Native Supergirl

A young girl slips through the palisades and dances through the trees, her feet soft upon the forest floor, not a single branch breaking beneath her, every new step as precise as her last, even the timing of her breath keeping pace with the howl of the wind. She is the forest. The forest is her. A pair of fantails guide her forward, the whites of their beards catching the moon and glowing in the darkness. They will take her no farther than the last tree. From there, she will have her wits alone.

The eyes of her ancestors disappear into the new morning, a red light lifting from the horizon. Another omen. She will have to hurry. The girl sprints through a clearing, her arms pumping as fast as they can pump, her eyes fixed on a nearby swamp, her legs leaping a post and rail fence. She hits the ground hard and stumbles, falling on her hands and knees. In her periphery, she sees an old man take aim, his lips unmoving. He does not want his presence known. Again, she sprints. The old man and his musket track her as she goes. Her eyes stay three steps in front of her, ensuring every new step meets the trough of every second ploughed row. A bead of water runs down her cheek. Sweat or a tear, she doesn't know. She knows only the responsibility she has been tasked with. And what a musket ball might do to stop it.

The village leaders gather together when the night is at its darkest (for who knows who could be watching in daylight?) and debate what is to come. Each has seen the ruru perched in the trees and none has heard its call. Anxiety rolls across the natives like the sea upon the shore, the voices of the old people ringing in their ears. *Kia tūpato.* Beware the owl who has lost her tongue. She is the daughter of Tū.

'It's only been a half-day. She may yet sing.'

'And what of the dogs who do not heed our calls, little brother? And the scent that carries in the night?'

'Neither is unheard of.'

'Hika mā. Deny the sun and he still shall rise.'

'She's so small.'

'But her feet are soft and her will strong.'

The day grows warmer and the morning grows older. The old man withdraws his aim, the new sun revealing the shadow sprinting across his farm to be a native girl. Tribes of them are dotted all over this place. He supposes she is up to something. Even so, he cannot justify his shot. She is unarmed and will soon clear his paddock anyway. Will soon be somebody else's problem.

A peep of pūkeko pōwhiri the girl onto their papakāinga, the patriarch calling her forth with a single crow, his babies guiding her into the heart of their wetland home. There is a puddle in the shape of a spear: reeds, weeds and flax nurse the weapon. Bird and land know as well as the village leaders that their survival depends on the girl. If her mission is not completed, they will all be displaced. (Eventually, effaced.) Ragtag as the colonial forces are, they are well armed and ravenous. If not pushed back, they will consume everything and raise in its place concrete outposts and cattle-ready land.

The girl checks the belt around her waist, a modest thing handwoven with the blades and boiled strands of flax. Clothes on her back aside, it was the only home she could bring with her.

Between a pointed stick of duckfoot and a block of māhoe, she stores two handfuls of moss and a bundle of bull reed. From there, she is off again, no time even for a karakia. The king of this realm will forgive her though. She means to save his children for him: that maker of the first woman, bird and bush. Tāne-te-matua. He who separated the sky from the earth, he whose warrior brother sent the owl, he whose blustering brother carried the smell of the troops across the night. It was all he could do. The rest was up to her.

A final crow announces the girl's departure as she sprints out of the swamp and again through a paddock, this one packed with large cows grazing and kicking up their feet and fleeing as the herd splits like the giant eel of the stories she was raised on. Tasting the salt on her lip, she smiles, her pleasure interrupted by the cattle retreating into the nearby stream, whipping their tails and leaving a trail of poo behind them. So that is why the crayfish disappeared.

Over the next hill, she spots them: a rugged troop of 150 men walking a dirt road. At their flank, a team of horses tows a cannon. The greyer men wear hats and beards, their skin pink and their muskets comfy in their hands. There is a strange ease in the way they walk, their gait poking fun at the young men they call their brothers in arms. This kind's skin is olive and their faces round, soft and hairless. They walk with stress in their shoulders, their posture straight and rigid, their eyes paranoid, darting backwards and forwards as if at any moment the earth might swallow them.

The girl gets low and watches the troop drift into the distance, a half-hour passing as they kick up dust, the smell of their last night's pleasures nauseating her. Few things are harsher on the nose than cheap drink. So true is this that a boy dressed as a soldier bends over and spills his guts all over the road, chunks of all sorts of starchy vegetables and half-digested meats decorating the tips of his boots. The remainder of the troop march him by, the greyer men laughing at the sorry sight.

When at last they've gone, horses and cannon included, the kid rises straight and wipes the spew from his mouth and the tears from his eyes. His cheeks are flushed with shame and his forehead beads with sweat. Readying himself to catch up, he spots something in the corner of his eye, the girl forgetting herself in her sympathy for the kid. Their eyes meet and the girl freezes, the kid fumbling his weapon, hearing in his head every terrible tale his teachers have told him about the rebel natives. Savages, they call them. Stone age. The last obstacle to a civilised New Zealand.

'So what of her will? Strong or not, she's still a child.'

'My child, little brother.'

'So let me go in her place.'

'You would be gunned down.'

'At least I would take a few down with me.'

The kid draws a slow breath, steadying his rifle, the girl still frozen in her place, but his eyes are not fixed on her but the mountain at her back. Twin-peaked and snow-capped. That glorious thing rises from the earth and stretches into the heavens, its long shadow casting along the coast, the early sun dressing it in shades of red and orange. She is a flower by contrast, defenceless, a pretty little thing atop a hill. He breathes out, his eyes beginning again to water, and he lowers his gun, turning and racing after the troop that has left him behind, huffing and puffing as he disappears into the distance.

The girl goes onward, shaken but undeterred. Those were not the first guns she'd seen. Yet his was the softest face she'd seen behind one.

At the peak of the next hill, she sees even more. The ocean and Pātea and the villages spread along the coast; the rolling hills, the bush and the makeshift settlements stretching deep into her tribal land; the braiding tracks, the braiding rivers and a cloud of dust marching towards her village. She must be quick. The girl empties her satchel upon the ground, stuffing a loose collection of moss into a grove in the māhoe. Between her palms, she holds the duckfoot, twisting the stick inside the log, a modest stream of smoke lifting into the air. Then a single ember. And then the lick of a flame and, when the pile of bull reeds is added, a full-on fire.

Upon her return to her village, she is given a new name. Kaea. For all that came next. The sound of thirty trumpets answering the call of the fire, the sound of three hundred Māori preparing to aid her village, the sound of the colonial force reconsidering their march, the owl singing and a father breathing a sigh of relief.

Egmont Street

There is a park on Egmont Street, a beaten-up place that lies just around the corner from an old pub. More a place of gambling than drinking nowadays. The drinking still goes on, of course, but only after the gambling has begun to go poorly. No person in their right mind would leave the pokies on a hot hand, would dare to risk upsetting the affections of those push-the-button mechanical maidens.

The punters' children across the road decorate a plastic playground, Johnny Boi and Turi and Charity and Hine and Trumpet, none of them playing, just sitting, watching the cars pull up and pull away, the old men smoke on the corner, the late sun of the sky settle and the red dusk rise. The children say nothing about the drinking or the smoking or the gambling; it's as mundane to them as the playground that is their Egmont Street throne. They concern themselves instead with prophecies of what's to come.

'When my nan wins, we're going to move to Auckland, buy a big-as house and have Macca's every night. Ever had Macca's? It's pretty yum. They have heaps of Macca's in Auckland.'

'Well, when my mum wins, we're going to buy two houses next door to each other and then we'll become robbers. That way, when the cops come to get us at the first house, we can just jump the fence and hide in the second one.'

'So, when my dad wins—'

'Your dad never wins, Charity.'

'Ow, shut up. Yes, he does. He won like a million dollars last week.'

'How come he still has to bike everywhere then?'

''Cause he got his licence taken off him for driving too fast in our new car.'

'You don't have a new car.'

'Yes, it's at my aunty's house.'

Charity is the middle child of the lot, too old to be babied and too small to be counted among the Chiefs of Egmont Street Park. He nods the same West Coast nod and speaks the same West Coast English; he simply lacks the mana of Johnny Boi and Turi, the mana that comes only from one great act. Johnny Boi became a Chief when he punched an older boy's nose in. (In reality, he swung hopelessly at the fella, missing, his face streaming in tears, but so it goes around here. Memory gives way to myth.) And Turi's mean as at manus, plus he's got a tattoo: a single black cross that rests above his wrist. The tīwaiwaka of Egmont Street say the tatt's merely a birthmark, conveniently shaped. But who can know for sure?

All their nights at the Pātea park are spent between caring for the very young and picking on Charity. They love the boy, because of course they do, but he's a pest. A flea on the back of their fun and games, their keeping themselves busy until their fathers and uncles and mothers and nans go broke across the street.

'When I'm older, I'm going to be the next Bruce Lee, get my black belt and just go around challenging people to scrap.'

'Well, when I'm older, I'm going to be the next Sonny Bill, get signed to the Warriors and challenge everyone to run it straight.'

'So, when I'm older—'

'You're going to be a janitor.'

'Yes, eh, ow. And he'll have to follow us around everywhere and pick up our rubbish.'

'No, I won't. I'm going to be a rockstar, and I'm going to be rich as, and I'm going to rock all around the world.'

'The only thing you're going to rock is the toilet.'

Almost inevitably, Charity will leave at this point, tell everyone to get stuffed as he stomps off into the distance, leaving a trail of tears behind him. And so, the night will settle and Beloved will ask the Chiefs why Charity is crying and the park will grow still with regret. It's hard at this point to deny the influence of their whānau upon them, the mean-spirited humour that haunts their homes in the a.m., and even harder to deny their rebelling against it, their quietly conspiring to make things right by the middle child, to remind him he is loved, that Egmont Street is his home, that they will grow to be different from their whānau across the road.

Charity's tears never last as long as the street does. When composure has washed over him again, he is always quick to jog his way back to the park, anxious to get there before his dad does. God knows what would happen if that drinking, gambling, newly broke man found his son missing when the pub had finally washed him out.

'You all good, Charity?'

'Yeah.'

'We didn't mean it, eh.'

'I know.'

'You sure you're good?'

'Yeah.'

'We got you some chips from up the road.'

'You fellas always say sorry with chips.'

'Yeah, 'cause they stop selling chicken after six.'

Cross Country

A rugged boy takes a three-point position, his Red Bands digging into the dirt. His brow is furrowed, his muscles are tensed and his eyes are burning a hole in the horizon. Over and again, he hears a voice speak.

'Koro's watching you.'

A conspiracy of children line up beside him, each with their own unique appetite. Ignorant, the adults watch on, trading all sorts of predictions: what the weather will do and who's gonna blow their load too early and how long it'll take for Truce to lose his gummies. 'Bet it ain't before he loses his shirt. Boy's always been a bloody show-off.'

The starter gun fires and the children race into the distance, huffing and puffing and pumping their arms, kicking up clumps of grass and mud, Truce taking an early lead, the boy exploding out of his stance like Māui's great fish out of the ocean. For a moment, even the adults are silent. Bitter and impressed. Little time passes before they start again, poking fun at the kid in gumboots, jean shorts and a green fleece t-shirt.

'Boy races like he's running from the cops.'

'Bit of job experience, you reckon?'

'Well, if he's anything like his old man . . .'

Over the initial hill, the first of the girls ceases to sprint, then a litter of six beyond the eyes of the adults slows to a brisk walk, each girl revealing a phone hidden in the waistline of her running shorts. The world around them fades to a blur, the whole of their attention divided between TikToking and gossiping about the boys they're going marry on Tuesday. Boys they'll never speak to afterwards. One of these fortunate few is only a little farther ahead, he and his crew jumping a fence and ducking into a field of maize, where he fumbles a packet of cigarettes he'd pinched from his nan a few days back. Like pork bones and pūhā, cross country and mischief have always been a perfect pair.

Heat beams down on the racers still running, clouds cowering at the edges of the earth. They wouldn't dare block the sun's view. None but Māui have gone against it and lived to tell the tale. And even he had to catch it early – before it could clear the sleep from its eyes.

Truce races on, his eyes wild and fiery, his breathing controlled, sweat staining the collar of his t-shirt and his denim shorts sticking to his legs. To keep pace, he drives with his knees, every new step an effort to clear his gummies from the muck of the last, his eyes searching for the next second of shade. A break from the heat.

The rest of the racers have already fallen from sight. Nowhere to be seen. He was never racing them anyway.

'Koro's watching you.'

The track is a mess of different conditions. Asphalt bubbling from the heat; prickled paddocks; dirt tracks through maize; mini forests of pine; rolling hills and angry rams; fences that need to be leapt and manure that needs to be dodged and a single enduring puddle that cannot be avoided. The route's only redeeming features are Taranaki Maunga looking on proudly and a chorus of birdsongs. Each portion of the track, like *Mario Kart*, features a different genre of music: magpie rap, tūī pop or classical wood pigeon. Not that the racers can appreciate any of this through the blinding salt of sweat in their eyes and a deafening air of huffing and puffing.

Somewhere between the singing birds and the rams feening to headbutt a child, a pack runs a steady run, putting just enough effort in to avoid an uncomfortable conversation with their parents when they get home. It's the cross-country equivalent of Cs get degrees. A little behind them are a spotting of kids already ready to quit: one bent over clutching his ribs, two walking with their hands on their hips and three lying face down in the dirt. They'll stay there until their mums come to collect them. Nothing like a little drama to save you from a long run. Plus, you can always claim you were top ten before you tripped and ate a mouthful of grass.

Well concealed in a maze of maize, the crew form a huddle and split three cigarettes between the five of them. The boys plan to go puff for puff except Turi. He's a Year 8 so will get his own. And anyway, he has experience. He reckons his aunties on the marae gave him a sip of beer one time when he was little and he reckons smoking and drinking are the pretty much same thing.

'Where's the lighter?'

'What lighter?'

'We can't smoke without a lighter, you stupid idiot.'

'Can't we just rub some sticks together?'

The adults pace backwards and forwards, nervous to see who will first cross the cow-pattied paddock opposite, a stretch of land marking the halfway point of the three-kilometre race. Even knowing their own children well, they can't help but hope it is their own son or daughter who will emerge from behind the boxthorn. But of course it isn't. In first place remains the rugged thing in Red Bands, his knees still driving, his arms still pumping and his eyes unshifting from the next second of shade.

A head among the crowd nods a subtle nod, an old brown face tracking the boy. His lips shift under a thick beard of grey, the old man muttering to himself. Not saying anything anyone would recognise. These are the words of the old people: expressions of gratitude and a gentle call for good conditions. The sun burns on and his country bumpkin neighbours bless him only with foul looks and side-eyes.

'All that magic talk and old fella still needs two crutches to get around.'

'And his son is still locked up.'

'And the boy is still out there running in gummies and jean shorts.'

Truth is, Truce's dad was never locked up. Poor man just fell sick one day. Doctors never figured out why. Passed away a few days later and was buried on his pā up north. Mum moved on, couldn't manage her grief, and Koro moved in, taking care of the kid. Where the rumours of prison came from nobody knows. Certainly nobody ever asked the old man or the boy. Locals just took it for granted. 'Course he got locked up. Fella wore dreadlocks and listened to reggae; had to be dealing drugs.

The crew twist and twirl an eclectic collection of sticks, working as hard on starting a fire as any of the runners still running. Each of them sit deep in a squat, rubbing their hands backwards and forwards with all the vigour of a man a minute from frostbite, stopping only to correct one of their mates who had to be doing it wrong.

'Not like that, like this.'

'You done this before?'

'Nah. But I read a story about a girl who did it once when the wars started. And anyway, I know you ain't doing it right.'

A rascal of rams line up the girls ticking their toks, loading up their charge like an archer loads his arrow: slowly pulling away from their target. Oblivious, the girls walk on, shifting the conversation from marriage to children, each of them insisting they want nine. That way, they could drive a limo everywhere and there'll always be toys in the house. One asks where babies come from and another tells her from mummies and daddies. A pair of twins among them stay deadly quiet. They've been on the farm long enough to know only real gross behavior brings the most beautiful of babies.

The twins, lost in their shared disgust, step in the same pile of ram pellets and squeal. The rest of the group breaks into a fit of giggles, throwing their heads back in laughter. Then panic takes them, the litter remembering all at once that ram pellets mean rams. They turn and spot the mob; the mob charges and the race is on, the girls flailing their arms in the air, leaving their cellphones behind in the mud and the poop, all the while keeping their eyes glued on a cattle grid at the other end of the paddock: their only hope of surviving unscathed.

'Reckon we'll have any problems with the rams?' one of the adults earlier asked the principal, Matua Maru.

'Not as long as the kids are running.'

'And if they aren't?'

'The rams might be all the motivation they need.'

Truce begins to slow, the hot sun stealing his strength, the mud drying around his gummies, his jeans chafing the insides of his thighs, his shirt soaked all the way through. He suffers it all as best he can and continues into the fray, confident in his lead but knowing just winning the race is not enough. There is a record to break. A point to prove. To the adults who laughed at him, to his mother who abandoned him, to his koro who has taken him in and loved him.

Putting his family name in the record books is all he can think to do to honour the old man, to let his mother know she was wrong to leave him and everyone else know they are wrong about him. History at Pātea Area School will never forget his whānau. Their name will be carved into the board of kauri that sits on the hall wall. They will be remembered like his ancestors are remembered. Through chisel and wood.

So on he goes, persevering, counting second by second inside himself, pushing with all his mortal power, knowing if he can keep this pace he will surely do what needs to be done. Truce bites down on his teeth and breathes though his nose and then he takes a single wrong step. The boot on his right foot fills with water. He'd stepped in the enduring puddle and, as in a game of New Zealand's classic pastime, he is stuck in the mud, his gummie sliding down his leg as momentum carries him forward, the rugged boy tripping over himself, losing both his boots in the kerfuffle and eating a mouthful of grass.

'Think the boy will break the record?'

'In jean shorts and Red Bands – not a chance.'

'Got pretty close last year.'

'Not close enough.'

A steady stream of smoke lifts from a pair of twisting branches. Then an ember. And with some gentle blowing and a little fluff from the maize, a tiny flame. Turi holds his cigarette to the fire and its tip glows red, his eyes growing wide with delight, the crew rushing to do the same. To join in on the gag. Between a bout of coughing and some confusion about what end you're supposed to suck and what end you're supposed to light, the crew's members trade looks of awe and poorly disguised surprise. *Check us out*, their flushed cheeks say. *We're pretty much the Naki-boy Mafia now.*

Before they can get too carried away, their little fire begins to grow. And grow. Turi tries to stomp it out. But no luck. The fire stretches towards the base of a long stalk of maize. The Naki-boy Mafia sees it all at the same time. Frantically, the boys all join Turi, dropping their cigarettes and taking turns stomping and jumping on the fire. The fire bites back at them, licking at the bottoms of their shoes and scorching the fraying hair on their socks and laces.

Turi tears off his t-shirt and throws it on the fire. He stomps on it. Then jumps on it. And it seems as though the fire has gone out beneath it. The boys all look at each other with big eyes, hoping they've avoided disaster: a whole paddock up in an inferno.

Turi lifts the t-shirt and the fire roars back alive, lashing out sideways and catching a stalk of maize. The stalk catches immediately. And the Naki-boy Mafia panics. One lad grabs the stalk and rips it to the ground. Then all at once the boys take their shirts off, then one after another they stomp and jump on it.

'It's got to be out now. Surely.'

'Surely.'

'Holy hecka. I was ready to take my shorts off and throw it on the thing.'

'Bro,' Turi says, 'I was ready to take my jocks off as long as it meant we weren't getting caught playing up. Like last year.'

The boys laugh. But a touch too early because, above the tops of the maize, the smoke has turned heavy and the always-scanning eyes of Matua Maru have grown suspicious. The old man excuses himself from a conversation and marches towards the accidental smoke signal.

Decorated hip to toe in rams' poo, the girls catch their breath on the safe side of the grid.

'Did it get you?' the older twin asks her younger sister.

She nods through her tears.

'Did it hurt?'

She shakes her head.

'Why are you crying then?'

'Because one of the boys just messaged me. And I dropped my phone. And now I can't reply. And he's gonna think I'm ignoring him.'

Truce wrestles himself from the earth, leaving his gummies buried behind him. There is no time to waste. He will need every millisecond he can muster to break the record now. Nothing is going to stop him. Fortunately, in his Air Force Nones, he can run on the balls of his feet – at least as long as he can avoid the prickles and boxthorn. He leans into his stride and thrashes with his arms and thrusts with his knees, sprinting a violent sprint, making up as much time as he can. He forgets the shade and abandons any reprieve from the heat. With chafed legs, between the mounds of gorse and over number-eight-wire fences, the boy goes. And goes. And goes.

'Koro's watching you.'

The Naki-boy Mafia hears a rustle and takes flight, boys leaving their t-shirts behind in the mud, cutting through the maize and back onto the track. They leap the fence and their eyes dart in every direction, searching for the gaze of Matua Maru. Free from the presence of anyone bar the three still face down in the dirt, the crew breathes a sigh of relief.

'You see him?'

'Nah. He see us though?'

'I did,' a voice answers. Matua Maru emerges from behind the maize.

Their eyes grow big.

'Are you gonna suspend us, sir?'

'Well, that depends: you gonna run your little legs now like you run your little mouths in class?'

And with that, they are off – shirtless. After they are sure Matua Maru can't hear them, they say how they are stoked they didn't burn the whole paddock down. Turi jokes he is stoked he didn't have to run the rest of cross country in the nuddie.

At the other end of the track, the adults alternate between watching the barefoot boy sprinting and checking an LED display tracking the seconds. Truce's koro keeps his own eyes on his grandson, wondering where his Red Bands have gone, silently proud of the effort etched into his expression. What's a record to an old man anyway? He'll settle for a grandson happy and healthy and strong in character. And that, he is reminded by the boy's barefeet, he has.

Still Truce sprints a violent sprint. He has a point to prove, adults to disappoint and a kauri board to carve his family name into. At last, he comes upon the final stretch, a rugby field finished by a long length of ribbon, seeing the countdown clock in his periphery. Eleven fifty-nine. Fourteen seconds to go. The boy will have to run the fastest one hundred metres of his life. In a single motion, he strips his shirt and proclaims his will to the crowd watching on. 'I a hā hā!'

Metre by metre the boy races, a picture of Tūmatauenga in his head, the Māori god of war, of energy, of anger. The boy tears up the earth and digs his toes in and drives his knees with all his power. The wind picks up but Truce doesn't feel it, doesn't even feel the eyes of the one hundred men and women watching him. He knows only the eyes of his koro. And now here's the finish line, his pae tawhiti, his bright horizon, Truce crashing into the ribbon and rolling into the dirt, his heart punching through his chest.

He tries to wrestle back his breathing but it is too far gone, his body beyond exhaustion. The sweat from his forehead drips into his eyes and strikes him blind. Seeing nothing, feeling nothing but fatigue and hearing nothing but the beat of his own winded breath, Truce lies there not knowing if he has done enough. Not knowing if he has beaten the record.

The moments feel like minutes and the minutes feel like hours and the boy lies there in the dirt until eventually he feels a foot against his shoulder.

'Is. That you. Koro?'

'Āe, boy. Ko au tēnei.'

'Did I. Beat it? Did I. Beat the record?'

His koro checks the timer, squinting his eyes to see the count, his eyes failing in his old age.

'Aua, boy. I don't know. What was it?'

The boy laughs, realising how little his koro cares about this sort of thing. What's a cross-country record compared to a moko fit, strong and so willing to put the rubber to the road?

'Twelve thirteen, Koro.'

'Twelve thirteen, eh. Well, then . . . you're close.'

'What side. Of close. Koro?'

Koro never answers the boy. Just kicks him a couple of times in his shoulder, his two canes preventing the old man from getting down beside his moko and giving him a few well-deserved thumps on the back.

'I reckon you can quit being dramatic now, eh, boy. If I can walk with these busted things,' he looks at his knocked knees, 'then you can walk with tired legs. Plus, you still gotta fetch those Red Bands. Those things aren't cheap, moko.'

Truce didn't find out his time until prizegiving; not until he was handed the trophy and Matua Maru promised Truce would have his name engraved on the kauri honours board in the hall before the end of the year. Said he'd invite the whole of Taranaki to come. 'Not often,' he said, 'someone breaks a record older than I am.'

3KM CROSS COUNTRY RECORD HOLDER
Truce Tumahuki (Year 8)
12:12

The Pā Is a Lonely Place

The pā is a lonely place nowadays. Gorse has marched on it like the colonial troops of old, eating up the hills and leaving the marae looking like a bald patch on the head of the Earth Mother herself. Even the roads have worn thin, with weeds growing over the gravel and tanker trucks, on their way to wealthier places, leaving potholes like a cow leaves crap. The pūkeko don't even come no more, poor things culled by the same waka who've come to take the speed limit as more a suggestion than law – '100', it reads. And beneath that, in smaller text, 'or keep on doing whatever you like'. No such thing as a speed camera on the rural roads around Pātea.

The pā is a lonely place nowadays. The old people are ancient, their mouths empty of teeth and their hair thin, white and falling out. Time has worn on them even worse than the roads. Every year, another inch from their height goes to their waists and the gout swells evermore in their ankles. These days, these guardians stand only four feet tall, zooming from kitchen to cupboard in the company of every shape, shade and colour of cane. Peter Jackson should've filmed *The Hobbit* right here. Fella wouldn't have needed a single special effect.

On the horizon, we have Mt Doom, biding its time until one day that maunga tapu blows its lid and comes at the people here like it went at Tongariro, leaking lava like the locals leak runoff into the river. We have the smoking and the drinking and the trolls. (Don't tell the kui I said that though, they'd twack my ears. Proper old elves they are.) And I haven't even mentioned our hobbit holes, closest thing to a home we could hope for given the schools run us out and the factories lay us off every winter. The icing on the cake has got to be our Gandalf though. Koro and his karakia commanding God to do this, that and the other thing. Fella must have ears like me, deaf – twacked too many times. Or maybe God gapped to the city like all the other whānau.

The pā is a lonely place nowadays. The carvings have gone blind, their pāua-shell eyes fading white, and the kōwhaiwhai is peeling and the roofs of the big house and the kitchen are rusting through. Any day now, those buildings will come down and put the old people out of jobs as well.

The pā is a lonely place nowadays. Except when someone passes. Then this place explodes with life and we see all who used to live here. The haka and the reo and the poi. The kai and the manaaki and the games. The love and the laughter and the whanaungatanga. Sooner or later, even that has got to stop – the cemetery will stretch from the waharoa to the big house and the last Māori to be buried here will be thrown straight from the porch and into his final resting place.

At that point though, I'd like to think the pā wouldn't be so lonely. Place be full of ghosts. Peter Jackson could kick back at his mansion in Matahiwi then and that don't-drink-and-drive fella from Te Arawa could come and show us how it's done. Debuting 2052: The sequel to: 'Bro, you know I can't grab your ghosts chips.' 'Moko, you know I'll still twack your ghost ears.'

A Casket Made of Flax

We laid our nan to rest last week, the old woman carried away in a casket made of flax handwoven by her daughters. (Her sons were overseas, a duo of master carvers whose mahi had taken them too far abroad to make it back in time.) She had been sick a long while but waited for that flax thing to be finished, closing her eyes the very same day the aunties had threaded its final weave. She never got to see it. Though surely she knew it was done.

After the tangi, one of the tohunga marched through her house. Then one of the ministers from Pātea. Our nan was hardly a believer in God or gods, but our whānau agreed it wasn't the time to take chances. 'Better to hedge our bets,' Koro joked. Her photos were taken from the walls, from the tabletops and buried in drawers, hidden there till after her unveiling when Puanga rose again – the New Year star. Both tohunga reckoned it was so we could properly grieve. 'You won't miss her until you've missed her,' they said.

I already missed her.

I missed her announcing her own entrance when she wrestled with us on the trampoline. 'Coming to the ring now, one hundred kilograms of muscle, steel and allround appeal, Old Lady Lover Girl.'

I missed her hurrying Koro. 'It's a karakia kai, old man, not a kauhau. Wrap it up.'

I missed her protecting us from Mum whenever we played up. 'Who are you to growl, e hine? My bathroom walls are still black from you sneaking the old man's smokes.'

Her house was a much less lively place without her, our whānau a much more solemn bunch. We sat spread around the living room, silent, our eyes still red and swollen, our hearts still heavy. Koro walked into the room with a door in his arms, stopping a step short of the living-room table.

'Old lady gave away everything that wasn't the clothes on her back.' He combed his fingers through his beard. 'And Io knows she would've given those away too if anyone would've fit them.'

'Dad,' the aunties growled.

'Be honest, girls. Old lady was a maunga.' The aunties rolled their eyes. 'Couldn't have fit a heart as big as hers in any smaller frame. And anyway, who said big is a bad thing. Woman was hot to trot.'

'Oh my God, Dad,' Mum said. 'My children are here. Please don't scar them with stories of your,' she spelt it out, 'S-E-X life.'

He shook his head and raised his eyes towards the sky. 'How did we raise such prudes, my darling?'

Koro recited a quiet karakia and lay the door down upon the table, revealing seven names. The names of the kids and the names of us moko, each repeated five, ten and fifteen times over, our age and height tracked across three decades in different shades of Vivid. Koro had shrunk the last three years and the bro had just shot up and I was no taller now than when I was ten. Still taller than Aunty Kiwi though. Her name description enough.

'The old lady did keep one thing to pass on,' Koro continued. 'He iti he pounamu. And this is it.' He nudged the door with his feet.

'Pass on to who?' Mum asked.

'Her favourite,' Aunty Rīroi joked. 'Me.'

'You wish,' Aunty Kiwi snapped. 'Everybody knows the pōtiki is the most loved.'

'Girl, she named you after a fat flightless bird. You sure she loved you?'

'Must've forgot your own, Rīroi? Heard Mum didn't even know she was pregnant till you popped out. That's why she named you after a stowaway.'

'Cut it out,' Koro said. 'You were all bloody accidents. Old lady and I just couldn't keep our hands off each other.'

'Oh my God, Dad.'

The bro and I set ourselves up on the porch. We knew the theatre inside would take a long while to play out, Mum and the aunties insisting they were the favourite and Koro somehow inserting his sex life into every new conversation. Same thing happened every get-together. Every wedding, every reunion, every funeral. It was just how they communicated. Thirty or forty or seventy years old, in each other's company they were all thirteen again.

'What do you reckon they should do with the door?' I asked the bro.

'Should cut it into sixes, eh . A square for each of the kids and another for Koro.'

'Reckon that's what Nan would've wanted?'

'Who knows?' He shrugged his shoulders.

'I reckon it'd ruin the wairua. Don't matter how many people claim a tūpāpaku, y'know, you always keep the body in one piece.'

'What do you reckon then?'

When we joined our whānau again, they were drinking. Aunty Kiwi sat on her own in the corner, throwing back wine and a wild assortment of crackers and cheeses. She was always the poshest. The rest of them shared a box, Cody's, and had last night's boil-up with a healthy helping of cream. It was Nan's favourite. And so there was no question how the old woman grew so large – was a netballer until she was forty, then stopped playing and was a maunga until the end. Mum reckons Koro encouraged it. 'That ol' fool always loved her,' she said. 'But never were his eyes as hungry as when she got fat.'

The door hadn't moved from where it was laid down.

'With the brothers overseas,' Mum said, 'it should go to the tuakana. Me.'

'Oh, you're Ms Tikanga now, are you?' Aunty Rīroi replied. 'Surely weren't the oldest when it came to weaving.'

'I had mahi.'

'Not having a go, sis. Just making a point.'

'She ain't wrong,' Aunty Kiwi said. 'And let's be real. I'm the only ahi kā. When's the last time you were even at the pā before we put her in the ground? Door should stay among the trees it was cut from.'

'Come on, girls,' Koro said. 'Make love not war. Your mother and I were always—'

'Really, Dad?' the aunties said, cutting him short.

No matter how heated it got, they could always agree on one thing. They'd heard more than enough stories about Koro and Nan doing the do.

As the night grew old and our whānau grew more drunk and the cupboards became empty, the conversation only grew more passionate, Mum and the aunties marching up and down the living room, struggling not to interrupt each other. Koro had long retired to his bedroom for a quick think and a karakia. When the bro and I checked him, he was tucked into bed, fast asleep, his snoring shaking the walls.

'What if we share it between the three of us? Get four months each?'

'And who gets Puanga?'

'Me.'

They huffed and they puffed and they tried again.

'Let's race for it?'

'How far?'

'Three k.'

'Are you kidding, you doughnut? We ain't twelve anymore. Wouldn't even make it past the letterbox.'

They stomped and they paced and they tried again.

'I've got it. Kī-o-rahi. First to four.'

'You want a three-person, three-way game of kī-o-rahi?'

'Yeah.'

'You're as thick as that damn door, Sis.'

They traded in absurd ideas and they traded in insults and they tried again, their tempers and the drink getting the best of them.

After a long night of back and forth, they at last fell silent, resuming their childhood thrones. Aunty Kiwi on the floor, Aunty Rīroi on the sofa, Mum on the arm of Koro's La-Z-Boy. They'd all been struck dumb by their efforts, Koro stunned to return to his daughters quiet.

'Argued yourself to exhaustion, have you?'

'Honestly, Dad,' the aunties replied. 'Yeah.'

'Nō reira, what'd you decide?'

Mum and the aunties shook their heads.

'Pai ana. Well, you'll be glad to hear I had my own wānanga.' He ran his fingers through his beard. 'And you want to know what I came up with?' Mum and the aunties raised their heads, eyes wide and hopeful. 'Not a darn thing!' Koro exploded with laughter, the aunties now rolling their eyes.

'S'pose,' he said, composing himself, 'that leaves us only one real option . . . Asking your mother's real favourites – the moko.'

'Hold up,' Aunty Kiwi enquired. 'They're Mum's honest-to-the-atua's favourites?'

'Everybody knows the pōtiki is the most loved,' Aunty Rīroi joked.

'How could you not know?' Mum asked. 'When did she ever wrestle with us?'

Aunty Kiwi shrugged her shoulders.

'So, my moko, what do you reckon? What should we do with your nan's dear old door?'

Mum and the aunties fixed their eyes upon us, curious to hear what we had to say. Koro smiled, promising whatever was heard would be appreciated.

'Well,' the bro said, 'I thought we could cut it six ways. Divide it up, y'know.'

'A great idea, my moko.'

'But then,' he continued, throwing a cheeky wink my way, 'the sis had an even better one.'

And so I explained, the whole room nodding along. Wasn't a single protest, not a single counterpoint. From the get-go, they were sold.

We were to make the door a sort of monument, a headstone to be unveiled with Nan's photographs, to stand at the head of where she was laid to rest. On one side, the door would keep its Vivid decorations, a modern-day whakapapa. The other would be dressed in whakairo. Same as the old people did it. What better way to remember her? A modern-day Māori. Ka mua, ka muri.

'Could even get the uncles to carve it,' the bro added.

'Whuu,' Koro said. 'Can see it already. The pou in the ground as pretty as your nan's face.'

The bro and I traded looks, waiting for him to do his thing.

'And that's not even mentioning her body.'

'Oh my God, Dad.'

Stuff the Stuffing

'All the whare wānanga were burned down after the war. The whole coast was confiscated. A few reserves were made for the old people—'

'You're not supposed to call people old.'

Hine wagged her finger at Aunty, placing her peeler on the table to get the full effect. Beside them lay forty kilograms of spuds in four bags, the duo waking up at six a.m. to get a headstart on things. Neither of them knew the woman whose tangi it was and this is why this mahi was theirs to do. The bereaved were left to grieve and so it was everyone else who had to ensure there was enough food to feed everybody.

'And who told you that, bub?'

'Nan.'

'Well, you tell that ancient thing she's a lifeguard not a lawyer.'

Hine scowled.

'And while you're at it, tell her she should be grateful for those grey hairs on her chin. Heaps of mana in those.'

'How come you pluck yours then?'

'I don't pluck nothin'.'

'Yes, I seen you.'

'Look, bub. You want to hear this story or not?'

She zipped her lips and threw away the key.

'That's what I thought.' Aunty picked up a spud, looked it over and placed it back in the bag, searching for one that was rounder and easier to peel. 'Now, take your mind back a hundred and fifty years. After the war. After the confiscations. And after our people had returned from prison. They came home to a few reserves, those who didn't die in their cells or in the hospital down there, far less land than they were promised, and this is where they set up shop, building homesteads and talking about the past as little as possible. Hoping it might fade as a dream does, hoping that the young might find their place in this changing world, believing that too many stories passed down about the past would hurt us more than it helped. Might create a longing in us for a home we could never return to.'

'That's sad, eh, Aunty.'

'Very, very sad.'

'Can I ask a question?'

''Course.'

'They didn't teach you much about that time, eh?'

'Didn't talk much at all . . . Not about those sorts of things anyway.'

'Was it tapu?'

'Too tapu, I think.'

'How come they still taught you Māori?'

Aunty bowed her head. 'They didn't.'

'But I've heard you speak.'

'I had to learn it myself. There was no kōhanga like there is now – not that your nan sent you there. There was only one stream, the mainstream, and back in those days the only reward for good reo was a good strapping by the headmistress.'

'What's a strapping?'

'A kind of hiding from the teachers.'

'They used to bash you?'

'The boys got it worse but yeah, they strapped us too.' She placed her peeler on the table and slapped her hand against its hard surface, the clap echoing across the shed. 'You want to know what we did though? We'd stick comics down our culottes so when they hit us it would make a mean sound but wouldn't hurt. I think we all thought we were smarter than the teachers.'

'So how'd you learn?'

'The reo?'

'Yeah.'

'That was ages after school. There were a few families who held on to that taonga, most of them from out of town, and they went round the country teaching it in night classes. Called it Te Ataarangi – which pretty much translates to playing with colourful sticks.' She laughed to herself. 'Frickin' thing worked though.'

'So you're pretty much fluent now?

'A little, I guess.'

'How little is a little?'

'Enough to cuss out anyone who cuts me off in the car.'

Hine laughed. 'You're silly, Aunty.'

'Too right.'

The marae was made of four buildings and a shed out back. Leftmost from the road was the big house, which held the photos of everyone who had passed and the actual bodies of the dead before they were laid in the earth and their wairua was sent on its journey to the maunga, to the afterlife. In the middle was the little house, which looked after the teens who couldn't bear another story from the old people. On the other side was the wharekai, half a kitchen and half a dining room attached to the kōhanga reo: a kindergarten when there wasn't a funeral.

Back in the day, twenty families lived here in twenty houses in a sort of rural cul-de-sac. Nowadays, four houses remain and only one of them is occupied – by a daughter of the deceased. Apart from work on the farms, there are no jobs round here. No supermarkets or any of the other luxuries of city life. Just the Pātea Four Square and a couple of dairies that sell chicken and chips and not much else. And so, now the marae is dead silent bar these sorts of occasions: tangi and the bi-monthly trustee hui.

'Ow, Hine, where'd Aunty go?'

Hine finishes another spud, running her hands along the outside of the freshly shaven thing, checking she hasn't missed a spot.

'She went to have a vape out by the fence.'

Hine threw the peeled potato in a white bucket and searched for the largest spud left in the sack. One of Nan's wisdoms. Do the big ones first and it feels like you're getting more done. More kilos per peel. Māori mathematics, she called it.

'Yous haven't even finished a bag yet.'

'Close.'

He checked over his shoulder to see if he could see her. He couldn't. 'I reckon that lady's addicted. Picks up those things to put down the smokes then uses it ten times as often. Bloody egg.'

Hine thought to growl her brother but moved quickly on. 'Where have you been?'

'Nan has me scrubbing the toilets.'

'Because you broke the rules at the pool again?'

'Probably.'

There is a moment of silence, Hine looking into her brother's eyes and Turi turning his head and kicking at the dirt one of the uncles had dragged in from the hāngī pit. Hine had a big heart but Turi wanted none of his little sister's sympathy.

'You know Aunty's been teaching me heaps about history, eh?'

'True?'

'She was telling me what happened after the war and how the teachers used to give kids the bash in school.'

'Yeah, I heard about that.'

'How'd you hear it?'

'I got caught having a smoke at cross country, just wanted to test it out, see why all the adults love the stuff. Anyway, I got caught and the next day I had to see the principal and he reckoned he got caught back in the day too and got the meanest strap.'

'That's out of it, eh.'

Turi shrugged his shoulders, remembering how Nan tore on his ear whenever he played up. 'Anyway, I'm gonna go look for Aunty. Nan reckons she knows where the rest of the bleach is.'

'Beneath the sink. In the kitchen. We were using it to wipe the tables before the whānau pani got here.'

'Did you see the size of her flax coffin?'

'It was pretty big, eh?'

'Big? That thing was fricken humongous. Lady must've been a whale.'

Hine scowled at her brother.

'Anyway, shot, sis. Catch you at brekkie.'

The day was early and the earth was still cold, the wind carrying a chill through the shed, echoing when Tāwhiri decided to mix things up and blow a lil bit harder. The whole thing never stopped shaking, even in the still of the night, the tin roof creaking and the cold doing a lap round the place. All the workers were used to it, the old ones dressing in Hunting & Fishing gear and the young ones in Oodies. At least until the manuhiri arrived. That's when the A-grade Māori on the paepae made them get changed into their blacks. Proper funeral clothes, they reckoned.

Tangi were the most formal of occasions on the marae. Everyone had to bring their best. The ringawera had to cook their best kai and kaikōrero had to give their best speeches and the kaikaranga had to stretch all the way back to the time of the first woman, calling with the same energy she called with when she brought her daughter into the world. That's the kōrero round here – the OG karanga. The wails of childbirth.

'Where's Aunty, girl?'

'Everyone's been looking for her.'

'Woman should've never signed up to be a trustee. I told her but no . . . Those ears are painted on.'

'I think she's still out having a vape out by the fence.'

'Before she even finished the first bag?'

'That's what my brother said.'

'Well, don't get me started on that little turd.'

Mary was the māreikura of the wharekai. She organised the food, the menus, the cooks and the cleaners and had been doing so since she was twenty-six and her mum passed and there was not enough kai for the hākari. Forty years on the frontline had made her blunt and so she suffered no fools, no spilled food and certainly no thirteen-year-old boys too cool to do what they're told when they're told to do it.

'You're not s'posed to call people that.'

'Well, you're not supposed to be a little poohead either but that doesn't stop him. Golly gosh. I told your nan to tell that boy to clean the bathrooms and they're still filthy as all frick. Toerag is probably out there trying to score a hoon.'

'He doesn't vape.'

'That you know of,' she said under her breath.

Hine bowed her head, picking out another spud and getting straight into it, peeling the skin into a green bucket and stacking the peeled potatoes in a white one. Mary disappeared and then returned with two bags of kūmara, warning Hine not to over-peel the veggies. Only just enough to go round as it was, she reckoned.

'When Aunty gets back, tell her these need to be done before lunchtime too.'

'Hey Aunty.'

'Sorry, bub, just needed a quick toke.'

'That's okay.'

'Things been all good here?'

'Turi came to visit. Was looking for the bleach. I told him to grab it from under the kitchen sink.'

'Good girl.'

'Mary called him a poohead.'

''Course she did.' Aunty sat down at the table and picked up where she left off, grabbing her peeler and finishing the spud she had left half-peeled. 'That woman is always saying stupid things.'

'She's a meanie, eh.'

'Well, that's the oldest for you. Lady has been raising kids since she was a kid herself. Didn't get to be young and dumb and so just doesn't get it.'

'I'm not dumb though, eh, Aunty?'

'No, not you, bub.'

'But Turi is?'

'He's just a boy. And all boys are dumb. Then they become men.'

'And they stop being dumb?'

Aunty shrugged her shoulders and laughed. 'Not the ones I know.'

There was a break in their conversation then Hine asked what the kids did during the war.

Aunty recalled the story of two boys from round the pā, one thirteen and the other half a year older. They fought alongside Tītokowaru, alongside many boys the same age as themselves. Both boys dug the trenches, dodged the bullets of the Crown and fired back with some of their own. 'It was life or death,' Aunty said. 'The Crown had taken the land and burned the crops and made never-ending threats of violence, one fella marching into their home to shoot a bullet into the water and another into a nearby block of wood, making it clear to the local chief that he and his men would shoot the locals just as quickly should they not do what they were told when they were told to do it.

'It was paranoid times,' she said. 'Stupid idiots swore violence to prevent war and ended up starting one. I mean, what else were a people to do?'

Hine asked how it all went down and Aunty told her how the war was fought over nine months then it just up and ended. The old people had had enough and figured their point was made. Wished to return again to peace. And so it was, Aunty recalled, except for one people. Te Pakakohi. When the Crown arrived at their place, the tribe laid down their guns. The next day, they went on fourteen of their own waka into town. 'Nek minute,' Aunty said, 'every man capable of carrying a gun was herded onto a boat like cattle and swept away to Wellington. They waited four months before they took it to court and the chief told the judge what they'd done and why and then the judge condemned almost all of them to be hanged and quartered.

'Can you imagine that, Hine? The youngest were the same age as your brother. Your brother whose still doing bombs off the handrails and getting kicked out of the pools. Your brother who couldn't find the spare bleach in the only other place it's kept. Two boys sentenced to be hanged and quartered for defending themselves. And those aren't my words, bub. The same Crown who sentenced them to die wrote that in their report. I mean, I didn't even tell you how their men hunted down a pack of kids your age, bub. Twelve years old and younger. Heartless bastards butchered them while the adults were away.'

'What'd they do?'

'The kids?'

'Yeah.'

'Killed a sow.'

'Like, a pig?'

'A fricken pig, bub. A group of kids your age, in a short break between the fighting, snuck away from the pā and killed a pig. Then the same fella who would lead the plunder of Parihaka ten years later led a group of volunteers to hunt them down.'

'Did they think they were grown-ups or something?'

'Sick fellas knew they were children. Knew they were unarmed. The youngest was only six years old, bub. Six! Luckily, most of the kids got away, running and hiding from those savages and their horses. Two died there though. A ten-year-old boy's head was cut in half.'

'What happened next?'

'Frick all. They lied about it. Claimed to have wasted eight men. Got written up in all the papers. And then that c-word of a man, Honest John Bryce, that's what the Pākehā called him, became the Minister of Native Affairs and marched on Parihaka a decade later.'

Hine was silent.

'Kāore he kupu, eh, bub. Children cut in half. Condemned to be hanged and quartered. All for what? Hunting a pig. Defending themselves. No words for that kind of thing. No wonder the old people didn't talk about it.'

Aunty whispered a karakia, settling her emotion and protecting the spuds and the kūmara from taking on any bad energy, and the two sat and peeled as the stereo in the background played iwi radio, alternating between eighties hits and modern music translated into te reo.

This was the first time Hine had heard this history. She had heard about the fighting and the confiscations, mostly by eavesdropping on the adults, but she had never heard about what had happened to kids like her and her brother. Whether it was peeling spuds or wiping down tables or weaving rourou or pulling stale bread apart for stuffing, there was constant conversation where the women worked. Mostly gossip. Who is seeing who at the moment and who have stopped seeing each other and who said what about whoever else. It was the Māori equivalent of a Facebook feed – community notices about the local netball league and all that jazz.

The boys dug holes. There is just something about Māori men and a shovel. They can't keep their hands off each other. Even when all the holes have been dug and the fire is burning, getting the rocks ready for the hāngī, they stay attached, the pair leaning on each other and watching the blaze burn. It's a mostly silent affair. The few words that are said all are about the fire.

'Don't rate driftwood. Stuff doesn't burn even. Better to get crates next time.'

'I reckon we needed a bigger base. Would've stopped the rocks falling off.'

'Pretty hot already, eh, boys. Should just chuck it all in the ground now and sort ourselves a cuppa.'

The only time the men and the women are together is out by the fence, having a good toke, or in the kitchen doing the dishes after all the kai's been eaten. People on this pā have heard whispers that on marae up north, men and women rush into the whare when manuhiri arrive. That sort of stuff doesn't happen round here. Half the men and women are allergic to the wharenui and would rather spend their day after the digging is done cutting up the meat and planting out the riverbanks, imagining a time when their moko might swim in those polluted streams like their grandparents did.

Aunty told Hine to go play for a lil while; they had ages to get the peeling done. Hine said she would rather get it all done first. Aunty smiled and Hine asked her if she was okay and Aunty said, 'Yeah, I'm alright, bub. All that stuff that happened is heavy though. Presses down on your chest when you talk about it. How are you though, bub?'

'I'm all good, Aunty. You know, sometimes Nan takes us to other pā round the country. Mostly for funerals. And when I see them I wonder why they're all so different to our one. Some are older and others are all carved up. But now I kind of get it. All of our old stuff was burned down. And after the war, everyone was too hurt to talk about the old stuff. And so that's why there's not much carvings.'

'All that and more, bub. Was a hard time to be Māori from the time of the fighting until about yesterday, I reckon.'

'What happened yesterday?'

'All the whānau came back for the tangi.' She laughed. 'And did you see her box?'

'Made of flax, eh.'

'He kahu whakatere. First one of those I've ever seen here in Taranaki. It's a good time to be a Māori, I reckon, bub. A fricken good time to be a Māori.'

By ten a.m., all the pā boys and girls had arrived and a group of six women sat round two sets of tables, half of them working on the potatoes and the other half on the pumpkin someone had brought in and the kūmara Mary dropped off. Hine and Aunty subbed out for the stuffing, shifting to the back of the wharekai. You can only peel for so long before even the most patient will want to peel their own eyes out of their skulls. They'd only got a half loaf into their mahi before they overheard Mary in the shed raking them over the coals for doing too thorough a job.

'Look at all this waste,' she said. 'Those two didn't peel these bloody spuds, they skinned them alive.'

Aunty marched in, Hine in tow, and the shed fixed their eyes on their knives and peelers, anticipating a back and forth between Mouthy Mary and Aunty Ain't-taking-no-trash-from-no-one. That's how the whole world knew her: Aunty. Whether nephew, niece or a nanny to the woman, everybody called her Aunty.

'You got a problem, Mary?'

'In fact, I do. Do you know how many people we are expecting over the next three days?'

They locked eyes with each other a moment then Aunty bit back with, 'And do you know who was the first to arrive here this morning to prep for all these manuhiri?'

'I'm not talking about the time. I'm talking about the amount of veggies that've gone to waste.'

'Mary, you haven't peeled a potato in ten years. Don't tell me what a good job looks like. I know. And you want to know how I know? Because while you're out there micro-managing everybody else, I'm here doing the real work.'

'How dare you!'

'No, how dare you circle the pā twenty-four/seven like a damned hawk, criticising and condemning? Nobody here is paid for their mahi. We're all here out of love.'

'And what do you think I'm here for, eh?'

'Why don't you tell us, Mary?'

'I'm here to make sure everybody gets fed. Unlike the time we put Mum in the ground.'

'I know. I was there.'

'Were you?'

Aunty bit her tongue.

'Because you weren't where I was. In the back. Doing everything I could to get as much kai here as possible. Calling the dairy and the pub and the local farmers for anything they might be able to spare at an hour's notice. That's where I was. And where you were you, huh?'

'You know where I was. Mourning our dead mother.'

'And that's the difference between you and I, sis. You—'

Before Mary could say anything more that she'd regret, the women in the shed jumped in. Aunty and Mary stared at each other a moment longer, both ready to throw hands. Hine just stood there frozen, Turi and a pair of men appearing at her side somewhere in the commotion, hearing the argument and knowing straight away what was going on. One of the men offered to go get another sack or two and his wife gave him the death stare. 'Course the bloke jumps in with a solution before he's even understood the problem. Not the reason they're arguing but the reason those two always go at each other when it's tangi time.

Soon enough, Mary stormed to her car and took off. She'd be back in half an hour, the room reassured itself. Just needed some time to cool off. Aunty marched down to the fence, taking long slow tokes as though a hoon would heal her hurt.

Hine picked up where she left off, pulling apart the bread for the stuffing, and Turi jumped in to speed things up. The work was mundane, more precise and slow going than peeling and harder on the finer muscle of the hand than hacking at the earth with a shovel.

'Are they gonna be okay?' Hine asked after a few minutes of working in silence.

'The sisters?'

'Mary and Aunty.'

'They fight like this every time we get together. Don't stress, Sis.'

'This one felt different.'

'They'll be all good. Don't got any other choice. Still heaps of mahi to do.'

'What about when the work is all done?'

'Then they'll have to talk, I guess. I dunno.'

On other pā, they use blenders and food processors. Speeds up the mahi and grinds the bread down to fine bits. After some mixed herbs and butter are chucked in, the stuffing is good to go in the dirt. The Māori at this marae were hooked on the old ways. Loved to do things the way the old did them. Not the real old people of the time of the wars but the old people they grew up with. And so Hine and Turi were stuck doing it the hard way. Bit by bit by itsy-bitsy brain-dead bored-to-the-bone bit.

'You won't ever argue like that with me, eh, bro?'

'Nah. Not with you, sis. I reckon only brothers argue with their brothers like that, and sisters with their sisters.'

'Okay.'

'Even if we did argue, we'd be okay.'

'Yeah?'

''Cause we're blood, eh? Tāwhiri could blow me all the way into the sky and Rūaumoko could swallow you up and we would find a way to be together again. That's just whānau-type things.'

A look of sadness fell over Hine's face.

'What's up, sis?'

'You know how Nan kicked you out of the pools?'

He nodded.

'What if she kicked you out of the house one day?'

'Then I'd take you with me.'

'Where would we go?'

'Who cares? As long as we're together.'

'What if you went to prison?'

Turi placed his bread back in the bowl.

'I ain't going to prison, Hine.'

'The boys did back in the day.'

'What boys?'

Hine recalled the rest of the story Aunty had told her, how after the two boys were condemned to be hanged and quartered, the Crown reduced their sentence to hard labour in Dunedin, breaking rocks and building bridges. Hine didn't remember why – maybe their cruelty had reached its limit or the earlier decision proved unpopular. There they shared a cell with up to forty people, three generations cramped in what Aunty called a rabbit warren.

Hine couldn't recall it all perfectly. She didn't have the lived experience to make it all make sense, nor the ability to speak through her tears as her emotion overcame her. Seeing her brother in both the boys. Imagining what her life would be like without him. If he left like Mary left – but never came back. Turi circled to her side and rubbed the outside of her shoulder with the outside of his hand. He was a boy without a mother, without a father; he hadn't learned how much a hug can help.

When Hine had finished, Turi asked if she was all good. She wiped her eyes and said she was. He said, 'That history stuff's pretty heavy, eh.' Hine nodded. Then Turi rubbed her shoulder again and took off, walking towards the fence, searching for Aunty. Hine almost followed him but her brother was too fast. Boy left without saying another word. Straight gapped it. Hine watched him through the window as best she could, cleaning the tears from her eyes and getting back to the stuffing, pulling apart the bread bit by bit by itsy-bitsy bit. With Turi, Mary and Aunty out of the mix, Hine knew she would have to feel her feelings and help at the same time. This was her rock to break up and bear. Her bridge to build.

'Aunty.'

'What's up, lil one?'

The fence was number 8 wire, running the whole perimeter of the papakāinga. The wind was blowing and the fence shook with it, shifting back and forth in the dirt, the four lanes of wire broken in one or two places every hundred metres or so. The farmer's fences next door are in much better condition. But those have to keep in the cattle. These ones are just to make sure those confiscators don't come back and try to sneak another metre or two.

'You need to call your sister and ask her to come back.'

'What are you on?'

'Hine's crying because Mary has gapped it and that makes her think I'm gonna gap it too. So, you need to call your sister and ask her to come back.'

Aunty took a long toke on her vape, blowing off Turi's plea. 'Not happening.'

'You're the bloody one who made the mess, telling her all that history stuff. Now you've gotta make it right. Stop being a stupid idiot.'

'What'd you call me, boy?'

Turi scowled at Aunty, unwilling to take back his words. He knew they were right and he knew she knew it too.

'You know what that bloody woman called you, boy?'

'I don't care.'

'Called you a waste of space. Since way back when, she's reckoned you'll be locked up like your old man some day.'

'I don't give a crap about her. I'm worried about my sister, that she's gonna grow up like . . .'

'Like who, huh?'

Turi turned to walk away, quick to give up on Aunty. He believed so many years pulling the same bullcrap, blowing up over the littlest comments and storming off, had made her addicted to that kind of behaviour. Aunty took another toke and breathed it hard through her nose.

Turi stopped before he got too far away, his impulsive energy overcoming him, and said, 'Like both of you. Grown-ass women swimming in their own self-pity. Too caught up in their bullcrap to see a ten-year-old who lost her mother back in the day too. Who needs to know she ain't destined like the old people were destined – to live a life so hard you can't help but never talk about it.'

Aunty shook her head at the boy and he took off, thinking how he might make this all better by his sister. By the time he arrived in the wharekai, he'd come up with nothing bar getting down to work beside her. If he couldn't help her emotionally, he could at least halve the mahi she had to do with her own hands. And so the two of them sat for nearly an hour, looking at each other and smiling on occasion but never saying anything substantial, pulling apart the bread bit by bit by itsy-bitsy bit, Turi hoping his being there next to her was enough to calm her.

When Mary returned, she got straight back to business, walking station to station and chucking in her two cents. The men and their shovels got told their hole was not deep enough and the women with their peelers got told the spuds now had too much skin on them and those with the knives got told the pumpkin and the meat needed to be cut smaller and those in the wharekai were left alone. Mary was not a big fan of stuffing so never had too much to say about it.

Aunty was gone a lil while longer, running her vape until that thing went flat and then joining the siblings out the back of the wharekai, making the stuffing. None of them said anything, Hine looking at her brother and Aunty but neither looking back at her. They had all said all they'd meant to say to each other. Better just to keep on with the mahi, think about the whānau in the big house, lying beside their dead mother, the grandchildren beside their nan. Drama aside, the next few days had to be about them. All three of them were loved and looked after when their mothers had answered the call of their ancestors and so a debt was owed, a kind of utu; every tangi from then was their paying it back and paying it forward and doing their part for the aspiring prosperity of the tribe.

Soon enough, Mary popped in and floated round the table. Aunty stopped her mahi and watched her sister, Turi and Hine following suit, anticipating another blow-up. Mary scooped a handful of the stuffing from the top and ran it between her fingers, the bread falling back into the bucket. 'Hmm,' was all she said. Then the woman dunked her hand into the bucket, the stuffing reaching all the way up to her forearm, pulling the bread from the bottom up to the top. Four and five more times she did it, searching for any chunks of bread that might have been missed. Finding none, she disappeared into the storage room next door.

Hine breathed a sigh of relief and Turi looked at Aunty from the corner of his eye and Aunty watched the door where her sister disappeared. She came back carrying a set of small cardboard boxes, dumping them on the table and pushing them into the middle.

'Another half loaf and you three will be ready to chuck in the mixed herbs.'

Nobody replied, anticipating Mary had more to say.

After a few seconds of silence, she added, 'But what do you reckon, sis?'

Aunty nodded and said Mary was probably right, thanking Hine for all her hard work while she was out 'keeping herself warm'.

'More like cooling yourself down, ow,' Turi said and the room laughed.

Mary told Hine and Turi to go check on the moko in the big house, reckoning she would finish off the stuffing with her sister. And that was that. The closest thing to an apology the two sisters could make.

'If we ever argue,' Hine said, 'you better apologise properly.'

'Or what?' Turi said, stirring the pot.

'Or it'll be your tangi next time.'

Turi laughed. 'Oh yeah?'

'And then guess what I'd do.'

'What?'

'I'll chuck you in the hāngī with the rest of the potatoes.'

The Photos Have Ears

The photos on the walls in the big house have a hell of a time. They are there for everything, watching and listening as the daily dramas of the pā play out. Place is like *Shortland Street* on the best of days – let alone when things really hit the fan.

Just last week, one of the koro was complaining his hāngī rocks got moved and his own brother went for his throat, yelling, 'You'd know where they were if you came back more often.' That's the topic on the table most get-togethers. Who visited yesterday, who's planning to visit tomorrow, who hasn't been back in ages. The iwi might as well mandate everybody wear a sign around their neck:

[FIRST and WHĀNAU NAME]
has not been back to their papakāinga in
_______ ***DAYS***

The whānau name is the most important. Everybody is always being asked where their aunty/kui/cousin is. The photos on the wall can't help but crack up while they watch their whanaunga scramble to make excuses. 'Oh, Aunty is busy-as with mahi. Working nights at the moment, y'know.' The photos know the true story though. Aunty's feelings are still hurt from the last time she arranged a working bee and no one showed up. Teach her, the trustees reckoned, for trying to organise a clean-up the morning after a Warriors game. Half the pā are still drunk and the other half hungover. Heck, even the teetotal need a half-day to recover from another Warriors hiding on the field. 'But she'd know that,' the trustees said, 'if she came back more often.'

The pā is full of all sorts of quirky characters. There are the already introduced trustees. These aunties and uncles run the show, or at least they think they do, every whānau voting one of their own in to represent their affairs. They are the true-blue origin of the saying: all hui, no doey. They meet every month, talking about this, that and the other thing, and every year they host an AGM where the same problems are rehashed and they complain about how little funding they received. And they're not wrong. Because of course they aren't. They're the best of this place, burning through their free time in pursuit of progress like Cousin Kahu burns through his daily pack.

There are the pae. These old fellas are the A-grade Māori. Each and every one is a living library, their heads stuffed full of esoteric haka, waiata and poi. Even the atua fear getting trapped in a room with them and a computer. While the look of youth has long left them, its fiery passion is re-evoked as soon as they can't fetch an email.

'Koko, what's your password?'

'Gosh knows. I just want to see if Margaret sent me that picture of Terry yet.'

'Who's Terry?'

'I don't know a Terry.'

'Then why do you need to see a picture of him?'

'So I can see who the bloody hell he is.'

There are, of course, the token young ones who are dragged along to every kaupapa. These are the photos' favourites. Ngā mata o ngā mate, the living faces of the dead. The pictures on the wall have already heard everything interesting the old people have to say. This new generation is where the fun and games are, these little Māuis causing all kinds of ruckus, wrecking taonga and getting away with it because what are you going to tell a four-year-old about a petition that was sent to the Crown 120 years ago? Don't matter how many reserves were promised and then promptly forgotten about, lil Tāmati was born to frick stuff up. His much older brothers use much choicer words but it ain't like they're any better themselves.

Those boys are 'rugby league' this and 'MMA' that. Never mind kapa haka or their elders trying to get stuff done. All these boys want to do is rough and tumble and wrap their arms around each other. Too bad the wars have all been fought round here. These ones were made for it. Legs like Tāne and shoulders like Tū. If only they would watch their language, then the photos would love them like they love the little ones. *I was a warrior in my day*, they whisper when the room is empty, *and these ones will be a Warrior in theirs. Or better yet, a Melbourne Storm – least they win a game every now and again.*

Mary and the nannies are the last of the lot. The real-deal runners of the show. Like the photos, they hug the walls, watching and listening and judging, ready at all times to twack the ears of the young and to growl at the adults. When the kaupapa are finished, they patrol the pā like policemen, making sure the potatoes are peeled properly and no one parks in Uncle Joe's place. Fellas got the gout, 'nuff said.

The nannies' base of operations is the kitchen, every lady over fifty-five with a named apron. (That is, every lady except Margaret, but she never comes back to the pā and when she does, after what she did to the steamed pudding a decade ago, she's banned from everything bar the mop and the bucket.) It is from here they plot and plan and keep the waka afloat. This will be their job here until they join Papatūānuku in the dirt and become friends with the photos on the wall.

Then they'll really get to watch and listen and judge. *Oh*, they will sneer, *you mokos finally wanna straighten my frame up, do yah? It's been crooked since my tangihanga. But you would know that if you came back more often.*

Five Times I Almost Died Before I Turned Fifteen

1

The first time I almost died I was four years old. Mum was in her bedroom, hiding from the company. Dad was in the lounge with his mates listening to the Pātea Māori Club and having a couple of 'cups of tea' as the week came to an end. Not that it mattered, none of them worked nine to five. Like everyone I grew up with, these men had their own means of making ends meet. To this day, it strikes me as strange when I hear people ask what others do for a living. *Don't ask, don't tell* was the tikanga I grew up with in Pātea.

Dad's mates brought all of their kids round and we knew better than to get in the grown-ups' way, so we played outside on the lawn under the Leicester Hill streetlights. I must've been the youngest one among them, not cool enough to be directly included in their fun and games but tolerated on the outside. Like a stray dog.

Allowed to watch and be involved only at my own expense. The first game that night was fetch, the older kids throwing lollies over my head. I'd chase them, hunt them down in the dark, stuff my face and return, ready and waiting until they threw another lolly. There wasn't a whole lot for kids to do round here when it was dark out. And so every kid from the hood evolved a special talent – the unusual ability to keep ourselves occupied. 'Course, not everyone appreciated what we got up to but it was what it was. Playing and playing up are next-door neighbours.

Fetch went on for a while until one of the older kids butchered their throw, the lolly disappearing beneath Dad's car, a rusting blue Mitsubishi Galant. I looked for it as best I could but found nothing. Too embarrassed to return to the older kids empty-handed, I climbed into Dad's whip. The only security measure on the car was Dad's reputation as a fighting man. Then I put my hands on the wheel and pretended to drive, mimicking the sounds of an engine on a much faster, flasher car. Seeing the unimpressed looks on the older kids' faces, I climbed over the centre console to chill in the passenger seat and the car jerked forward.

Dad was always a man of many mysteries and many odd habits. But perhaps the most odd was an unexplained unwillingness to pull the handbrake all the way up. A family of four children, soon to be five, we lived on one of Pātea's steepest hills, and still the man refused to do it. He pulled it just enough to hear the first click, just enough to stop the car from rolling downhill. You'd think it would be easier just to tear on that brake until it was where it was designed to be but no, Dad preferred a more casual approach.

Climbing over the centre console, I made the terrible mistake of testing Dad's handbrake by standing on it. All fifteen kilos of me. And it failed. The handbrake disengaged and the car rolled down the hill. No faster than a crawl at first. The older kids watched as I breezed by them, their eyes wide and mouths agape. Then the hill grew steeper. And the car went faster. And faster.

Only four years old and without any good survival instincts, I watched it play like a film through the front windscreen. The streetlights were passing me by. And the houses. And then Koro Wheat's teenage pine trees. As good a boundary marker as any, I s'pose. The car then caught the grass that bordered the road. And it pulled to the right, slamming into Koro's pines. A few fell, knocking down others, one of them narrowly missing the car. And I flew into the windscreen headfirst.

I don't remember what happened next. Whether I was knocked out or just concussed, I can't say for sure. The memories are missing. I do remember Mum coming down to check on me. And Dad not being too pleased I'd written off his car.

No doctor visits followed. That wasn't on the books back then. Hardly had enough for the gas to get to the appointments most days. And what was a doctor gonna tell us that we didn't already know? Dad should've pulled the handbrake all the way. And if I was gonna crash, I should've been wearing my seatbelt. Would've saved myself a head injury and a near-death experience.

We buried Koro Wheat a little while after that. Before the end of the year. And even after all the months that had passed, after all the growing a four-year-old does in such a short time, I could still feel the anger radiate from his coffin. He was royally pissed about what I'd done to his precious pines. 'You ever see that toerag,' he surely said to St Peter at the pearly gates, 'you send him back down to Earth. Stupid boy already wrecked my slice of paradise there, I won't have him doing that here as well.'

2

The same year as the car crash, I was the only Māori in the whole history of Aotearoa to get kicked out of kōhanga reo – a Māori-medium kindergarten based on my own marae. I wasn't a total tornado of a toddler. I was just a runner. If a door was left open, I was liable to bolt. And my teachers, my aunties, were not skinny women. They did not like chasing me. And so I got the boot.

It made sense then that primary school the next year wasn't going to go well. School had already written me off. And I'd already written off school. This meant every schoolday I made things difficult for Mum: refusing in the morning to get up and get washed, refusing also to get changed out of my pyjamas. Who knows how this would've gone in a city full of strangers but in Pātea, with everybody knowing everybody, this was all solved with a phone call to my would-be teacher. Another aunty. A Māori aunty, of course, which meant we were probably related: we just didn't know how. She was one of the few women openly dating women in those days – in this place. Perhaps that alone explained her going the extra mile for a kid like me. One who didn't fit the mould.

The next morning, Mum put a flannel to my face instead of making me take a shower. Good thing five-year-olds don't smell like fifteen-year-olds. Then I was in the car, our new car – a beat-up Subaru almost as old as as my parents – pyjamas still on and dropped off right outside my classroom door. My school bag and a bag of school clothes were handed straight to the teacher. Soon class started and I stayed in my pyjamas until I realised I wasn't winning this standoff. Only then did I get changed, asking for my bag of clothes and a bathroom break.

Day after day went like this. Week after week. By the next year though, with the love and support of Whaea K, I'd figured it out and had found a way to make school work for me. Not school itself, that's still a struggle nowadays, but the stop-off at the pools on the walk home after the final bell rung.

Fifty cents in the lifeguard's ice-cream bucket and, after I'd stripped off my shirt, shoes and socks, I was ready to roll. For the first couple of weeks, I would hang out in the middle pool. Then it was another few in the shallow end of the big pool, watching the older boys splay out on the concrete and do different kinds of bombs. Some time during those days, I got it in my head that I could do a pretty mean manu myself. Jump and land on my back. There wasn't anything more to it. Driving and schooling weren't in my arsenal. But maybe bombing was. There was only one problem: I couldn't swim. Couldn't even claim a doggy-paddle. Family on both sides had drowned and so water was a sorry subject in my household.

My absolute inability to stay afloat was no real problem though. If I did my bomb close enough to the ladder mounted to the side of the pool, I was good to go. Jump. Land on my back. Do a mean-as manu. Reach for the ladder. Climb out. Rinse and repeat until the older boys called me cool. There was nothing more to it than to do it.

I gave myself the weekend to run it over in my head. And Sunday night I didn't even try to sleep. Just lay there, wondering which one of the older boys would dap me up first. Wondering how big my bomb was gonna be. When morning arrived, I was up before my alarm clock, Mum yelling from the hallway, then I was in the shower and off on my way to school. Who knows what they tried to teach that day, my brain was sunbathing on the concrete beside the big pool.

When the final bell rang, I was already halfway out the door. My shirts, my shoes and my socks were packed in my bag before I was on the road, a single fifty-cent coin in my pocket. I was well ahead of the rest of the kids but waded around in the middle pool until the first wave of them arrived. They got changed into their togs and then it was showtime. I strutted down the side of the pool, walking the whole twenty-five metres until I was shoulder to shoulder with the bigger boys. None even looked at me from the sides of their eyes. But they would see me, I thought. Soon enough.

I parked myself beside the ladder. Did my best impression of the signs of the cross I had watched another boy do. Squatted down. Leapt into the air. And landed on my back. Hard. The pool giving me a good ol' fashioned backslap. To this day, I can still hear the sound. Like the starter pistol before cross country. I winced underwater. Swallowing a mouthful of chlorine and who knows what else. Then, in my panic, I lost all direction. I opened my eyes and couldn't make out up from down until I hit the bottom. Then I lost the ladder. I stretched my arms and kicked my legs. And I didn't move an inch. Just spun around on the spot. My lungs began to plead for air. And then beg. And then scream.

It was no use. There was nothing I could do. I was gonna drown, kicking my legs and flailing my arms in a 1.5-metre pool, trying to impress the big boys by doing a move I had only ever tried before on a trampoline.

One of the boys then jumped in. Māui: only a year and a half older than me but much bigger and a way better swimmer. He got in underneath me and pushed me to the surface where I clung to the edge of the pool until I had caught my breath. If Koro Wheat was watching from above I bet he was freaking out. Not 'cause I was gonna drown. He'd probably think I deserved it. But that I was gonna gatecrash his paradise. No wonder his nephew saved me. Must've been a sign. And no wonder we've been best mates since. What glues a pair together better than one of you owing the other the debt of their entire existence?

3

The third time I almost died was much less eventful. I was eight years old. On a random Saturday in summer, I went to bike down to Māui's house to say *what's up?* and ask if he'd want to go to the library and play on the computers. Or maybe jam some touch at the domain.

Still living on Leicester Hill, I jumped on my bike – a hand-me-down from a cousin – without a helmet. I wasn't worried though. The town only had one cop. And she had bigger fish to fry. And so I was off, tearing down the hill. Not even needing to pedal. The hill doing all the work for me.

What happened next I only found out afterwards. I zoomed by a house near the bottom of the street just as a car was reversing out of its drive. By some miracle, they missed most of me but clipped my rear tyre. I didn't come off the bike immediately. I spun out instead. Ran my bike straight into a picket fence and went over my handlebars, coming down face first.

An inch to the right and I would've lost my life. But I received my third miracle that day. The very tip of one post of the picket fence missed most of me and pierced instead the lid of my left eye, cutting me almost all the way to my temple.

I lay on the ground for a long while. My bike was mangled. Blood poured down my face. And the car took off. Disappeared up the hill. I know I've already said Pātea has a kind of unwritten code about what questions you don't ask. But what ain't in that code is to skip asking a boy if he's still alive.

So, covered in blood, an eight-year-old me lay next to a bike only slightly less mangled than I was. Finally, coming back to consciousness and figuring no one was coming to save me, I wrestled myself back to my feet. No cellphone meant calling home was not an option. Not that it mattered, we lived in the half of Pātea that never had reception. Slowly, I got back to my feet and dragged my body and bike up the hill. Leaving a trail of blood behind me almost thick as the tar bubbling on the road.

When I made it home, I knocked on the door. Then I collapsed. Mum saved me from there. Disinfected my head with soapy warm water. Killed the pain with some leftover painkillers from the last time my brother broke his arm. A flannel and some Sellotape did the job of a bandage. Good ol' Kiwi ingenuity.

No doctor visits followed. Better to save our pennies. We already knew what was wrong anyway. The neighbour down the road was an uncaring a-hole. And I should've been wearing a helmet.

4

As I got older, I only got more stupid. More reckless. Maybe the hormones kicked in and the brain shut off. Or maybe all the hits to the head had started to have an impact.

At nine years old, shortly after Christmas, I was standing on the steepest hill in Pātea. I couldn't tell you the street name – only that it's known as Killer Hill. Warning enough for the brighter kids from the hood. Not for me and Māui. He had initiated me into the big boy crew and, in return, I had brought him in on my thing. The 'I'm Not Touching You' game you normally play to pee off your siblings but with Hine-nui-te-pō. Aotearoa's own Grim Reaper.

We stood there with our skateboards in our hands. Both brand new. Christmas presents. We had ridden them a few times to get our balance and break in the bearings. It meant our boards would go as fast as our Bones Red bearings would carry us. Uncle Google told us they were the fastest around. The fastest we could afford anyway. Fifty dollars a pop. Almost as much as the skateboard and wheels combined.

Māui and I looked at each other as we placed our boards at our feet. Neither of us said anything. We knew it was a bad idea. And bad ideas are like wild animals. Easily spooked. And so we stood silently, feet on our boards. Waiting until the right moment. And then, when the wind slowed down, we pushed. We were off. No more than an arm's width apart. Picking up steam as the hill rounded off.

This was the first of my near-death experiences where I knew I could be signing my own death warrant. I knew this as well as I knew anything: the best case was that it would end well for only one of us. Decisions this dumb don't go better than that. The worst case was that it would be the end of both of us. One of two things would take us out: either the hill or the four-way intersection at the hill's bottom. We hadn't planned well enough to cordon that off with cones – or better yet (because cones don't have eyes), to station one of the big boy crew brave enough to stand in the road and stop traffic. (Hecka, every uncle I have has a hi-vis vest he wouldn't have noticed missing for an afternoon.)

About halfway down the hill, we started to get the speed wobbles. Our skateboards were doing everything they could do to buck us off. Māui, the clever one, made for the grass, leaning to the right and then diving from his skateboard, which rolled to a stop, earning himself nothing more than a few grazes and a rip or two on his shorts and t-shirt.

I stayed on my board, still picking up steam, the wobbles getting worse – until the board had finally had enough. It bucked me over the top. I went flying through the air, coming down – in a surprise to absolutely nobody – on my head, using my face like brakes on a car. Or to be more accurate, like a crayon on concrete.

When I had finally come to a stop, Māui asked if I was all good. Sore and afraid to open my eyes, I stuck my thumb in the air. When he came to peel me off the gravel, he said my face looked wild. And when I finally saw a mirror, I knew what he meant. Half the skin on one half of my face was missing. It took the rest of the holidays and the first half of term one to fully heal. But at least I was alive.

Neither Māui nor I ever skated again after that day. He had the good sense to give his board away to a cousin. My mum must've burned mine because I never saw it again. To this day, I couldn't say if my stunts were harder on my body or on Mum's heart. Dad just called me an idiot. And said at least nothing was broken. Being this close to Christmas meant a doctor's visit was even more off the table than usual.

None of them asked if I had learned my lesson. They knew I hadn't. My teens were just around the corner. And things would get a lot worse before they'd get better.

5

The fifth and final time I almost died, I was fourteen, recreating the music video from Pātea Māori Club's 'Poi E'. I had just got my first phone for my birthday and I had just downloaded TikTok and me and Māui were trying to go viral. We learned some dance moves and got a couple of hundred likes. Then we did some original comedy sketches about growing up in small-town New Zealand and got three likes. Then we had a great idea: we should impersonate the Māori Michael Jackson from 'Poi E'.

First things first, we had to get the outfit. I already had a blue sweater so that was sorted. Māui had a pair of oversized blue pants he'd had handed down from his older brother. And instead of the OG gloves, we borrowed ten pairs of white latex gloves from the school nurse. We looked hori but that was part of the point.

We did all the easy parts first. That was Māui's job. He stood in the middle of the street in between the occasional bursts of traffic and flailed his limbs around looking less like the king of pop and more like a spilled bucket of whitebait – or worse: a preschool kapa haka competition. An old fella in a four-wheel drive told us to stop playing near the bloody road and pulled the fingers at us. Māui did a 360 spin, pulled on the front of his pants and screamed 'Shamone!' I cracked up laughing because I'd caught it all on camera and he carried on, moonwalking down the parking bays.

After Māui did the worst splits I've seen since Aunty split her pantsuit on the dance floor at the annual kaumātua Christmas cabaret, we went over the footage to check that we were sorted.

We were. And so came my turn. We swapped our clothes behind the war memorial and it was on.

Māui squatted low and leaned against the arch on the far side of the concrete waka statue, which was almost four metres tall. Foot by foot, I climbed on his shoulders. It took a few goes but we made it happen. Then it was just a matter of Māui standing and me reaching until I could get my hands over the lip. Finally, Māui pushed on my feet with his own hands so I could get my elbows over and we were good to go. One swing of my legs and, nek minute, I was on my feet, less than two classroom rulers away from the concrete waka featured on that famous music video.

A couple of cars beeped their horns at us. Neither driver was happy about what we were doing. The rest, sticking their phones out their windows as they drove on past, must've thought it was hilarious.

I climbed over the front of the waka and Turi Arikinui, the captain of the waka. And his wife Rongorongo. Māui reckons she's the woman who first brought kūmara over from across the ocean. It was only then I started to get a bad feeling about all this. You don't muck around with the old people unless you want the old people to muck around with you. I whispered *sorry* quiet enough that Māui wouldn't hear me and hoped that'd buy me enough grace to do my dance on the waka for TikTok and get out of here before I got hurt.

In position, I practised doing the OG arm wave and Māui gave me the thumbs-up. Then it was time for him to throw me the gloves. We left that till last because there was no way I could climb wearing ten layers of latex. He started throwing them one by one but the wind made it difficult. Then we had the bright idea of bundling them up in one massive pile and throwing them all at once. It was a good idea but Māui threw them too far, out of reach. And I made the mistake of stretching to catch them. Stepping one leg on the edge of the waka. And missing. And slipping. Coming down hard. Between my legs. Crushing my own kūmara.

If it was over then, I would've learned my lesson. Fourteen years too late, no doubt. But I would've learned. And all it would have taken was a bad blow to my boy bits instead of my head. But it wasn't over yet. My weight was too far forward. I kept slipping. Slowly enough that I could get a grip of the edge of the waka with one hand. And then the other. It slowed me down a touch but it didn't stop me. I went all the way over. And then my grip slipped. Both hands. And I fell. Anticipating the worst backslap of my life: from a four-metre manu onto brick and concrete.

But Māui caught me. Or tried to anyway. I hit his arms and then we both hit the ground. Hard. Though not hard enough to break anything. Thank the Lord. Lying next to me, Māui asked if I was all good. And I just stuck my thumb in the air. Then I asked if he got any of it on camera. He just laughed.

Bloody toerag, I could imagine Koro Wheat saying, having worked another miracle to save my life. Surely, I had him working harder in Heaven than he did on Earth. I never told Mum about it. And Māui never posted the TikTok. After what she'd done to my skateboard, I can only imagine what she would've done to that waka – and what the town would've done to me in retribution.

While it would've been no 'Taika Waititi' tribute, the retaliation would surely have gone viral. 'The Māori Michael Jackson survives miraculous fall,' the *Taranaki Daily News* would have reported. 'Then he had both his legs broken to the soundtrack of "Poi E" by the founding member of the Pātea Māori Club.'

Seven Going On Seventy

Inside the red plastic tunnel of a playground nursed in the glow of streetlights, a young girl is hiding from her sisters. The darling thing is as safe as could be, covered from every angle. It would take a pack of scent hounds to seek her out. Or a pair of sisters who know her habits well: like her favourite hiding spots, the netball courts behind the kura and the red plastic tunnel not too far from the pub a half-block down their house.

'I know you're in there, Grub,' the oldest sister says. 'Mum told us to tell you you've gotta get your butt home.'

'Yeah,' the littlest one repeats, only four years old, basking in the authority of her tuakana, her older sister. 'You've gotta get your butt home.'

'I'm never coming home. Ever. This is my home now. And you're not allowed to visit without a proper pōwhiri.'

Cars blow gently by, charmed by the theatre playing out on the main road of Pātea, a tween and a kindy kid shouting at a peeling red plastic tunnel. The drivers rubberneck and slow almost to a stop, turning their radios down so they can see better. The children in the back seat glue their faces to the windows, delighted to see their friends from school, the adults in the front reminding them to stay in their seats.

'Come on, Grub. You do this every frickin' Wednesday. And for what? 'Cause you don't like seafood?'

'I hate it. And I hate the cleaning and the talking too.'

'It is what it is, Grub. Ain't no such thing as a Wednesday without kaimoana and ain't no thing as kaimoana without company. Get over it.'

'Yeah. Get it over it,' the littlest one repeats, always looking for a chance to jump in.

'I am over it. I'm so over it I've become a grumpy old lady. And this is my grumpy old lady home.'

'You really want to live here? In the cold and the dark, with all the creeps hanging around?'

'Yes. And my name isn't Grub anymore. It's Nanny Grub. And I'm a witch now, like Māui's nan, so if any creeps come my way, I'll just set them on fire with my fingertips.'

Today's escape was an attempt quite unlike the others. Nanny Grub had spent a whole week scheming, reading and rereading the stories of old, collecting all that she would need to become the lady of fire. Nail polish, a Sharpie, scissors. She painted her nails red and drew koru in the space between her eyebrows and cut her hair so that it hung across her face. She had made herself Mahuika, she who set the earth aflame. And to bring her home, the sisters would have to become Māui.

'Well, Nanny Grub, guess all these lollies are ours then?'

'What lollies?'

'Mum gave us two dollars to share, and me and Pōtiki bought a lolly mix from up the road.'

'A big-as one, eh, sis?' Pōtiki adds, seeing her older sister wink.

'Yup. The biggest one they had. And we were gonna save you some but you're an old lady and old ladies have no teeth, so I guess we'll have to have them all ourselves.'

Ocean and Pōtiki wait for no reply, feigning to chew as loud as they can, singing songs of joy and deliciousness. 'Yumm.' 'Hūnene.' 'These are real good, eh, sis?'

'Wait, wait, wait. Did you save any sour ones?'

'Heaps.'

'I knew yous were lying. The shop up the road doesn't even sell them. The owner lady reckons sour lollies make sour kids.'

The sisters pace backwards and forwards, frustrated by the failure of their first trick, angry at Nanny Grub for making them come all this way to fetch her. Again. For a moment, they consider leaving but, because of the wrath of their mother, decide against it. They would be better off moving in with their sister, or finding their own red plastic whare, than returning home without her. Amd so they hatch a second plan.

'Fine, you can just stay here then. Me and Pōtiki are gonna go home and play on the game and wrap ourselves in blankets and eat all the fry bread.' (There is not a Māori in the whānau who could turn down fry bread. And just as surely as Wednesdays meant seafood, it meant deep-fried dough.)

'Yeah,' the little one shouts. 'And we're going to use all the golden syrup, eh, sis?'

They pretend to march off into the distance, stomping four and five and six steps away, hiding behind a nearby bin in hopes the temptation will quickly get to Nanny Grub; in hopes she would try to beat them home. One minute passes, then two, then five and nothing changes, the frigid night filling with the waiata of the old lady fire goddess. 'I saw a taniwha. When swimming in Pātea.' They hide and wait and see the game isn't going to work. Or it isn't going to work fast enough anyway. They will surely see the fire of their mother's eyes before they see the fire of their sister's fingertips.

It is time to try something else. A traditional trick of the tuakana.

'I know why you run away now. You're scared. Scared of a little seafood and a little kōrero.'

'Yeah, you're scared,' Pōtiki teases.

'Who do you think you are, calling yourself Mahuika when what you really are is a 'fraidy cat?'

'Shut up,' Nanny Grub growls. 'I'm not scared of nothing.'

'Prove it then. Come home with us. Eat a cray's leg.'

'Yeah, prove it.'

'I don't have to prove nothing to no one.'

'Told you, Pōtiki – she's scared.'

The taunting continues and Nanny Grub is slowly worn down, the call to defend her reputation irresistible, the fire from her fingertips now burning in her cheeks, the flustered thing ready to march her way home just to make the point. Nanny Grub is no coward. Nanny Grub is the bravest, strongest and most fiery old lady this side of Taranaki Maunga. Impassioned, she reaches for the edge of her cave-tunnel home. But before she can depart, she sees again the embers on the ends of her hands. And so, a cooler head prevails and she retreats into her tunnel like an eel back into its burrow.

'You really thought you were going to get me, didn't you? Not even the real Māui could trick me. Let alone two girls half as smart and twice as smelly.'

A silence reigns, the sisters outside trading looks of desperation, the older one checking her phone, seeing the night grow late, the street behind them grow more busy, the passers-by grow more suspicious. The sisters allow themselves a moment to think, to quietly conspire, and they see a police car circle the block. The sisters are sure they knew what it means and doubly sure, trick or truth, Nanny Grub won't hear a word of warning. They will have to try something else before it gets too late – before they really find themselves in trouble.

'No more games, Grub. Either you get your bloody butt down here or I come get you down myself.'

'I'm never going home. Ever. And if you try to make me, I'll throw my fire at you.'

'Oh yeah?'

'Yeah.'

'Then you better bloody hit me. 'Cause if you miss, I'm going to drag you home by your ears.'

Pōtiki circles the playground like an octopus, stalking her prey, and Ocean takes chase, throwing her body up a slide and running the short bridge an arm's reach from her sister. Nanny Grub, ready to pounce, leaps from her burrow, launching the nail polish at her pursuer, missing with the bottle but staining the tips of her shoes.

'Nobody can stand the fire of the mighty Mahuika!'

'All you did was dirty my sneaker, you witch.'

'And now they'll be red forever.'

The sisters trade fierce looks, Ocean getting ready to pounce again, Nanny Grub now brandishing her Sharpie like a mere.

'Come closer and you'll get it.'

'Just 'cause it's called a Sharpie doesn't mean it's sharp, you doughnut.'

Ocean dives through the tunnel and Grub climbs it, taking a short moment to taunt her sister – 'Down low, too slow' – then leaps from the top of her red plastic home to the bark below. Pōtiki watches it all unfold, positioning herself beneath them, emerging from the darkness in a full dive, wrapping her tentacles around the ankles of Nanny Grub. The fire goddess replies with speed, swinging her arm wildly and drawing a thick black line across her sister's upper lip.

'Sorry about that, sir. I thought you were my sister.'

'I am your sister, you grandma.'

'How come you have a moustache then?'

Outraged, Pōtiki sinks her teeth in the calf of Nanny Grub, the middle sister howling, Ocean sailing down from above, putting her sister in a headlock, the three of them unable to keep their balance, rolling into the bark, trading all sorts of schoolyard smacks. Charlie horses. Snake bites. Wet willies. In the chaos of it all, all direction is lost and all alliances are compromised, Pōtiki sticking her fingers in the ear of Ocean, Ocean putting her hands over the eyes of Pōtiki, Nanny Grub drawing a monobrow across her own forehead.

So it goes, the three warriors wrestling, trading blow for blow, position for position, nickname for nickname. 'You dumbbell.' 'You dog's butt.' 'You turtle tūtae.' Until the police car drifts by again, pulling onto the grass, the driver inside fixing her vision to the distracted three. A long moment passes before she makes her move . . . In an explosion of sound and light, the playground glows red and blue, the woman announcing himself with a short siren. The girls freeze, tied up in all sorts of knots, their fingers in all kinds of unpleasant places.

'Time to head home, I reckon, girls,' the intercom blares, their aunty, the policewoman, trying to keep a straight face.

The sisters stand up. Waving. Faking like they were playing, Nanny Grub throwing her Sharpie into the shadows. Aunty shakes her head, trying to make the seriousness of the situation they are in clear, absurd as it appears. When the police car departs, so do the sisters, drying the spit from their ears and checking their wounds (nothing more serious than a couple of bite marks) and trying to stop from laughing while Aunty could still hear them.

'Reckon she'll tell Mum, Smelly?'

'Probably has already, Ms Monobrow.'

The sisters cross the road and see their aunty parked in their driveway, their cousins drinking in the shed, their mother standing on the porch, giving them the pūkana.

'Still reckon you'll run away next Wednesday?'

'By the look on Mum's face, don't think I'll live that long.'

'Well, if you don't run away, I'll try and sneak you a couple of extra fry breads.'

'Really?'

'That way, you won't have to have any cray and I won't have to hunt you down again.'

'Chur.'

'You still have to help clean though. That's just being a good Māori.'

'Stink buzz,' the littlest one adds.

Lost and Found

I was thrown in the river. With the salt and the sand and the mud. It wasn't long before it swallowed me up. Hid me from searching eyes. All of us were. Me and the other thirteen. I'd figured in the muck of it all whatever was left of me would soon disappear forever. No doubt the rest of the sorry lot did. Forgotten about like all old things are. Things not shoved in front of everyone's fat faces. There was a taniwha in the tide where they tossed me. It carried me down the river like a sack without spuds. Bloody thing slammed me into a bank so hard it broke my nose and buried me in the riverside.

The mud and guts of the river wrapped themselves around me. Layer after layer. It pushed me into the bank until I couldn't tell where the shore ended and I began. I was deaf, dumb and blind to the world. The days clocked up and I knew nothing. Felt nothing 'cept when the whole earth shook, from either those bloody machines building up, tearing down and building again, or Tāwhiri, that monster in the sky taking out his emotion with storms that swelled the river and pulled on the bank that kept me prisoner. There were moments when I thought I might finally be freed. Moments I swear I felt the water brush against my skin. Auare ake.

Day by day, an entire decade passed me by, the mud holding me down like Māui held down the eel. Then a century. I grew older in the bank than those who brought me into the world. That precious woman I was cut out of. And the bugger who did the cutting. There were times in the beginning when an earthquake might shake me from my sleep and give this old fella the idea I might be free one day. But stormy season after stormy season came and went away until I surrendered myself to being this bank's buddy for the rest of my natural life.

The years then raced by and I simply stopped counting. I'd even given up wondering how the world had got on without me. I came to think that thirteen was the lucky number. And it was fourteen who was cursed by the gods above: to rest forever like Rūaumoko in the earth's belly.

It was neither storm nor earthquake that shook me free in the end. Just good ol' rain. Buckets of it. Weeks and weeks' worth. Wearing away at the soil. The river building up. Eventually, the whole bloody bank around me fell away. And then the rain stopped and the river grew weak. And then a frickin' miracle happened. For the first time in over a hundred years, I could see the sky again. Blue as a newborn baby's lips.

I rested there for days, trying to make sense of this new world. The river was butt-ugly brown and the town behind it bigger than any village I had ever seen. Instead of the cries of the owl, the night buzzed with the sound of steel posts with torches on their heads. And instead of the song of the tūī, the day rumbled with the to and fro of steel canoe speeding across the land. Damned things might've been fast but they were small, none fitting more than five grown adults. What tribe would have use of such a small waka I've no idea. But then again, the world had never been short of fools willing to throw their money away. A thousand centuries couldn't stop stupid.

The occasional man or woman passed me by, tracking up and down the river with rods and nets in their hand. Silly boys and girls walked right passed me. Not one of them even looked twice in my direction. Though most of me was still buried, a good part of my frickin' nose was showing, broken and all. It wasn't until a pair of young dumb boys, maybe only eight years old, raced by that someone finally took some notice of me.

'Missed me. Missed me. Now you've got to kiss me.'

'Kiss this, kina breath.'

The second of the two, a big fat child with a shaved head, threw a mudpie. His mate continued to run, turning towards the river to avoid the dirt coming his way, then looked over his shoulder and pulled the fingers. Next minute, he was face down in the river eating a mouthful of water. *Good on 'im*, I thought. Play silly games. Win silly prizes.

'You all good, bro?'

The first boy, built like the branch of a kōwhai tree – long, lanky and blond – turned over in the water and held his foot. The boy tried to breathe through it, wincing and rocking backwards and forwards. Nothing like the warrior kids in my day.

'I think I broke it.' He pulled on his ankle to keep it out of the mud and looked at his mate. 'No, no, no. Aunty's gonna be angry-as if she finds out I was mucking around barefoot again.'

'Where does it hurt?'

He pointed at his big toe.

The fat boy poked it with his finger and the skinny one breathed short and sharp through his mouth. If I'd had eyes to roll, they'd have rolled right out of my skull.

'Did it hurt?'

'Yes, you jumbo dumbo.'

He poked it again, only harder and the boy threw his head back in pain.

'Did that hurt?'

The first boy looked ready to thrash him. 'Why'd you do it again? I already told you the first time.'

He scratched his shaved head. 'To be honest, Charity, I don't really know how a broken toe works. What happened anyway?'

For the first time since his fall, Charity made the genius move of looking at his foot. When the silly bugger saw his toe was as straight as the seagull flies, he took a deep breath and, by the look of calm that fell over him, he'd finally figured out he'd only stubbed the damn thing. Truthfully, if he'd broken anything, it would've been my nose. Again. Running full pace and kicking me with his bare feet. Hurt me good. Glad I hurt him too.

'I kicked something. Something hard.'

'Woah, what is that?' the fat boy asked, turning towards me.

'No clue,' Charity said, reaching his hand out to be helped out of the mud. They both took a long look at me. 'Maybe it's a treasure chest or something?'

If I hadn't been convinced the boys were a matching pair of drongos by then, I was after that comment. How bloody thick do they make the kids' skulls these days? Holy hecka.

'Like the ones from *Zelda*?'

'I don't know. Maybe.'

The fat boy poked me and then kept on poking me. Never in my life had I wished I had a mouth that bites. The worst I could do is give the overly curious critter a good ol' splinter.

'Looks like wood. Feels like wood.'

Charity scooped a handful of mud from my nose and rinsed off most of what was left over with a couple of handfuls of water.

'It's kinda red. Are treasure chests red?'

'Course, I thought. I've been buried for over a hundred years and I've been discovered by a pair of the hardest-headed children on Māui's great fish. If only I had been in Te Āti Awa territory when I was tossed in the water. I'd be halfway to a museum by now. Instead, here I was, old enough to be their great-great grandparents, and being poked and prodded as if I were only a dead seal washed ashore.

'I'm pretty sure Aunty has an old chair the same colour as this,' Charity said. 'Maybe tuatara?'

Tuatara. The boy thinks I'm made of a spiked lizard. I may be bloody old but I ain't a dinosaur. Tāwhiri, send me a storm. Toss me back in the river – please.

'That means it's old, eh? Like, really old.'

'Like ancestor old.'

'What if it's full of dead bodies?'

'And when we open the treasure chest, they'll jump out and fight us.'

The two boys jumped backwards and looked each other in the eyes.

'Well,' the fat one said, 'I'm not afraid of no skeletons.'

'Me neither. If one jumps out I'll just punch him in the spine and I bet it'd break in half.'

'Well, if one jumped out at me, I'd just shin it.'

'I bet I could beat up way more skeletons than you.'

'Just because you're built like one. I bet I'm way better.'

The boys went on and on and on like this until Charity furrowed his brow and told the fat kid to watch him. Then, handful by handful he scraped the mud away from me until he saw I was no treasure chest. For a starter, I was as tall as eight men laid head to toe. Not to mention I had no lid. Charity breathed a sigh of relief. I reckon the boy really was ready to throw down with a skeleton just to make a point. Thick as the boy's skull was, I had to admire his bravery. One moment you're running down the bank of the Pātea River dodging mudpies and the next you're ready to beat up a skeleton just because your fat friend said he could do it better than you could.

'Hey, Kura.'

'Yeah.'

'I think it's a boat.'

Kura's face dropped. The boy must've been holding out for gold coins or a chest full of greenstone.

'Where's the engine?'

'Nah, like a paddle boat. Like, a really, really, really old paddle boat.'

Probably one too many reallys but the boy geniuses finally put it together. They both got around me and started digging, throwing handfuls of water over me on occasion to rinse the mud off. Charity complained that I just kept going. The lanky child's arms were getting tired. Kura kept shovelling. The gods had made the boy for this kind of work. For centuries his ancestors dug like this. With their hands and all manner of tools carved from wood, bone and stone. After all these years, this strength had seeped into their blood, passed down from father to son and mother to daughter.

I couldn't tell where Charity's whakapapa stretched back to. Probably the dark side. Te Tai Rāwhiti. Nobody worked the soil as well as Taranaki Māori. These ones were renowned even by Tāne himself for three things. Beautiful women. Prosperous gardens. And men as ugly as the Pātea River was shallow. The former two meant the locals had plenty of visitors from all the tribes across the North Island. The latter meant their enemies left their weapons at home. You ain't ever seen a haka until you've seen one hundred

Taranaki Māori beaten every which way by the ugly stick haka. Even the trees tremble.

The boys had carved out about a few metres of me, leaving enough mud underneath to keep me from falling over or rolling down what was left of the bank. And I was grateful. Who knows what my body would do bloated with a hundred-plus years of water and all other kinds of ugly stuff. Then they paused to rest.

'How much more you think is left?'

'No idea,' Charity said.

'You wanna keep going?'

'Nah. Do you?'

'Not if you don't want to.'

'What should we do then? If we leave it here, someone might steal it. Or tell everyone that they'd found it. And then they'll be on *Te Karere*. Or Te Korimako o Taranaki.'

'I never even thought about them. You think they'll come? Like Scotty Morrison. Or Te Okiwa Mclean?'

''Course. And then they'll probably interview us.'

'We're gonna look hori as. No t-shirts. No shoes.'

'I'll probably stand there tensing my abs the whole time.'

'And I'll stand there like this.' Kura put one hand behind his baldy and the other one on his hip then turned sideways, poking his butt out.

'Bro, I dare you to.'

'I will if you will.'

The pair went on like this for ages, so caught up in their silly games that they'd already forgotten about me. I came to think now that I was out in the open maybe someone a little bloody brighter might stumble on the three of us and dig the rest of me out of the bank. And so I waited. And waited. And the boys beside went on and on with their silliness, one asking questions and the other exaggerating their story until both of them were full-on fibbing about how they found me in the first place, all the while with the fat one throwing mudpies and the skinny one kicking me as if I were a table corner.

Eventually, some sense washed over the two of them and they began to think about who they should tell to get me out of here before the next king tide. Before someone else could claim credit for their discovery. As much as they could call it that. Really, they discovered me like Abel Tasman discovered this country. The Māori were here hundreds of years before that fella on his bugger of a boat. And for at least a hundred years, I knew I was here before these two drongos dug me halfway out of the mud.

Kura persuaded Charity to go get his aunty. He lived the closest to the river, Kura said, trying to talk his way out of having to walk across the road from the school at the top of Kent Street Hill. 'Will only take you about ten minutes. Or five if you're keen-as and want to run all the way.' Charity was not. And so by the time he returned – fifteen minutes later, washed and dried, wearing shoes and a shirt and with his aunty in an all-black land canoe carved by a man named Toyota – a crowd had started to form. A couple of old men came to check me out.

'How old you think it is?' the whitebaiter asked the fisherman.

'In all my life, I ain't seen a waka like this. I've heard of one being found in the Waitara River. A waka tētē. An old fishing boat. Was found way back when. But I ain't never seen one myself. Not this colour. Not this long.'

So it was true. The other thirteen were long gone. Not yet found. Or never to be seen again.

'How'd you find it anyway, young one?'

'We just saw it. And Kura thought it might've been a treasure chest—'

'Nah, not even. That's what you thought. After you fell over it. And then you thought it was haunted. And then you thought that there were skeletons inside.'

The adults all looked at each other and smiled, only Aunty brave enough to roll her eyes and tell the boys to cut it out. 'Don't matter either way,' she said. 'The only thing that matters now is we got to look after it. Get it out of here before it gets any more damaged than it already is.'

'Might be better to just cover it up again,' the whitebaiter said. 'Put it back where it came from.'

If only I could've socked the man in his fat frickin' gut. A hundred-plus years I've been locked away in the mud and the water and what . . . He wanted to put me away for another hundred. I thought the two boys were a few chisels short of a set but this fella was on a level of his own.

'Nah,' Charity said. 'That's stink as.'

'Yeah,' Kura said. 'Imagine how'd you feel if we buried you for no reason.'

'Boys,' Aunty growled. 'Koro here has been around a really long time.' *Not as long as me,* I thought. 'If he thinks we should bury it again, he has his reasons.'

The old man leaned on his net and looked me up and down in silence. 'No, no. The boys found it. If the ancestors wanted me to decide they would've stopped me when I walked straight past it. Off on my way to catch absolutely nothing. And come to think of it, if we buried it again we'd have to put down a rāhui and that'd be the whitebaiting season over before it began. Before I could catch enough for a measly fritter.'

Aunty smiled. 'Fair enough. What's next on the cards then?'

'We got to dig it all the way out,' Kura said.

'Yeah,' Charity said. 'And I'm sure we have a couple of shovels in the car, eh, Aunty?'

'Some timber too,' she said. 'Help keep the weight even. Save the thing any more damage.'

And that was that. The fat kid and the kid built like the branch of the kōwhai and his aunty and the whitebaiter with no whitebait took turns with their hands and the shovels hacking away at the bank that surrounded me. In the beginning, the fisherman just watched and criticised their technique, and then Koro told him to make himself useful and catch them something to fry up when all the mahi was done. And that was that. One fella fishing and everyone doing all they could do to carve me out of the earth. Same as the bugger who carved me out of my mother, a tōtara taller than any other tree I've ever seen.

As they dug deeper, the work grew harder, the bastard bank resisting every pull of their hands and strike of their shovels. I'd seen men fall to blows only half as hard. Undeterred, they toiled on. Digging out a healthy distance around me at first, careful to not strike me with the sharp end of their shovels. And then when they were sure where I was not, they worked in closer with their shovels. And finally, they used their hands, scraping the mud off, all the while throwing buckets of water over me to keep me wet.

'My own koro told me,' Koro said, 'dry wood makes the best firewood. Catches easier. Every man and his dog knows that. But it splits easier too.'

'Might be easier to carry if it split,' Charity joked.

'If you split this thing,' Aunty said, 'the town will bury you in its place.'

Kura started singing funeral songs. 'Whakawaiwai ana te tū a Taranaki.'

'If they do bury me,' Charity said, 'do me a solid, eh, Kura.'

'What's that?'

'Don't sing. My familiy's hearts would be hurting enough without you hurting their ears too.'

'Gummon.'

The lot of them cracked up laughing then went straight back to work. Within two hours, they had made their way down towards my tail. Kura took a big swing well above where he thought I lay.

'Oh frick,' he said.

'What's that?' Charity said.

'I think I just hit something.'

'Like a rock?'

'Nah, wood.'

'There is no way,' Koro said.

'No way what, Koro?' Aunty asked.

'If he's hit a part of the thing that high up . . .' He paused and looked long and hard at my nose, the front of me all of the way out of the mud and propped up on a pile of timber. 'Clap my feet and call me Irish. This is a waka taua. The real-deal battleship of our ancestors.'

'How do you know?' the boys asked.

'Dig the bugger out – carefully – and you'll know what I mean.'

I knew I was no longer the looker I was before my nose was broken off and swept away to only the gods know where but surely these drongos didn't go through all this time thinking I was some run-of-the-mill canoe used for crossing the river when the water got too high. No bloody way. In my day, I was decked up and decorated more than most brides on their wedding day. The pride of my people's fleet.

At last, they dug the rest of me out of the earth, my tail alone taking an hour to dig out and scrape dry and wash off. Though Kura had given me a good dong, my mother's wood was hardy. Left me with little more than a chip and a scratch.

'Now, what in God's good name is that thing?' the fisherman said, returning to find the lot of them sitting around on their butts, catching their breath and unable to stop staring at my tail.

'That's the taurapa,' Charity said.

'It's got to be at least two metres tall.'

'Koro told us that means it was a battleship in its day,' Charity said.

'He thinks the Pākehā sunk it when they captured the iwi up the river after the war,' Kura said. 'Back in the late, um . . .'

'The late eighteen hundreds,' Koro said.

'Yeah, the late eighteen hundreds.'

'And after all these years, it's still in fine nick, huh,' the fisherman said. 'Carved up like all those marae in Ngāpuhi country.'

'Nose would've been carved up too,' Koro said. 'That didn't survive the years though. We're lucky any of it did.'

If I had muscles to flex, I would've flexed them in that moment. I'd like to see those land canoes last as long as me in the mud and water and come out just as pretty.

'Wowza,' the fisherman said. 'I was gonna say the missus has the fish on the fryer at my place. Filleted and ready to go. But I don't suppose you will want to leave this thing alone, will you? And it ain't like it's gonna fit on a truck. Going to need a—'

'A custom trailer,' Charity said.

'Already on its way,' Kura said.

'Aunty called the Ministry for Culture and Heritage. And they said they'd be a few days. Then she told them about the taurapa and they said they'd be on the road ASAP.'

'And then what?'

'Well, once it's been treated, it'll go in the museum across the road from the concrete waka in the middle of town.'

It wasn't exactly being on the water again. Or in battle. My two favourite pastimes. But I'd be glad to go anywhere if it gets me off of this bloody bank. Hecka, tear that concrete waka down and put me in its place and I'll be good to go.

'Now it looks like yous are the one stuck in the mud.' The fisherman laughed and laughed at his own joke and the rest of them barely cracked a smile. 'Oh well, guess I'll make the walk home and bring you back a couple of sandwiches.'

'And chips?' Charity asked.

'Of course.'

'All you eat is chips,' Kura said. 'How are you still built like a twig?'

Charity shrugged. And so did his aunty.

'Oh well,' Koro said, watching the fisherman disappear a second time. 'While we are waiting, I reckon we should give the waka a name.'

'Any ideas?' Aunty said.

'If it were up to me, the thing would still be buried in the bank. I get no say. Got to give the honour to the boys.'

'Well, you kicked it first,' Kura said looking at his buddy. 'And then you were the one who tried to dig it out first. It's all yours, bro.'

'I already have a name for it. I thought of one ages ago.'

'Is that right?' Aunty asked him.

'I want to call him Kura-nui.'

'Ow, what?' Kura said, taken all the way aback. 'Why would you name it after me?'

'Easy. You're my best bro. And your name means treasure. And I wouldn't have found it without you. And you know why else?'

'Why?' Kura asked.

'Because kura means school too. And when you hit the taurapa with your shovel and almost wrecked it, I knew why you needed school so badly.'

'Ow, shut up.' Kura picked up a mudpie and threw it at Charity and the boy dodged it, turning and running in the opposite direction, Kura quickly taking chase.

'Missed me. Missed me. Now you got to kiss me.'

Boil-up

You ever want to know what matters to a Māori, what truly bluely matters, what lights a fire in their belly, what tides swell inside their heart, what morepork call endlessly in the night of their mind, ask them what they put in a boil-up.

Astrology doesn't work in Aotearoa. The waewae of this whenua live under a different set of stars. We know no giant crabs nor lions but waka and whare and gods who liked Dad's place more than they liked Mum's. Neither does Myers-Briggs carry mana here. What in Matua Te Tapu's glorious name is ISFJ? The maunga wouldn't even recognise half of those letters let alone accept introversion as a personality profile. 'It don't matter who your koro is,' Matua would say. 'Introverted or recently reconverted, when your people stand to sing, you damn skippy better stand and sing with them.'

The two most commonly found ingredients in a boil-up are pork bones and pūhā. Any man, woman or divine being who throws these two ingredients into a pot and calls it a day can be relied upon rain, hail or fiery explosion from the fingertips of Mahuika. Pork bones and pūhā are a no-nonsense, get-it-down-your-gullet kind of people. They are hunters and gatherers, the kind of bloke and sheila to feed a whole hapū on less than two hours' notice. Common examples include that aunty who carries her vape around her neck like it's ID and that uncle who is always on the pā but has never been seen inside the big house. These types may throw a potato in the mix if the situation calls for it: Nan and Koro are finally getting married or the cousin brought his kids to the kaupapa and they need to be kept busy with a potato peeler. But do not mistake me, the pork bones and pūhā are doing the real work.

Watercress replacers are the second species of Māori. These are the ones the kaumātua made a conscious decision not to share the secret places of pūhā with. Told them instead where the watercress grows on the roadside. No one knows why for certain. Still, we suspect the old people, blind and deaf as they've all become, have developed a sixth sense in their old age, one that tells them when someone is a tattletale. The type who won't take a single secret to their eternal sleep. The type to post something vague and dramatic on Facebook only to promise to PM everyone who comments *What's wrong???* or *I hope evryding's ok <3*. Common tattletale examples include your niece who recently moved back from Australia or your in-law with two kids under two and three side hustles he calls his babies.

The brisket bunch are another iwi entirely. They descend from the same place as the people who throw doughboys in with their meat and veg – the dark side. The East Coast. While nothing is wrong with pork on a bone, the brisket bunch prefer their dinner neatly cut and cubed. These are the kind of people to serve boil-up with a bottle of wine or as an entrée to a three-course meal. To them belongs the fanciest of pants and the most sophisticated of salad bowls. While everybody on the marae knows nobody likes brisket more than they like pork, this lot are all about being different. Common examples include your sister who wears Birkenstocks instead of Crocs and your brother who went on an OE five years ago and somehow still speaks his reo with a Spanish accent.

If the pork bones and pūhā set is ol' reliable then the precooked sausage crew is chaos incarnate. If you're part of this lot, your cooking methods mean a ten-minute search for the right-sized pot only for you to realise you never owned your own but borrowed your mum's one last Christmas and somehow lost it before New Year's; followed by you cutting your miscellaneous meat in sixes, with only half the amount of vegetables you know you need to stave off your oncoming scurvy so it can all fit in the same pot. Common examples of this type include your twenty-five-year-old brother who has lived on his own since he was nineteen but still only owns one set of knives and forks and those weirdos from Ngā Rauru just outside of Pātea who swear cream in a boil-up is essential seasoning.

The final species of Māori are those who throw neither pork nor beef nor highly processed meat substitutes in the pot. While this kind of people, huge-hearted as they are, insist that their boil-up is ethical eating, they have no right to claim such a thing. The toil and trouble they have boiled and bubbled is milk-thistle soup. No amount of Mainland butter, kosher salt or potatoes grown at Parihaka can change this. You ever want to know what matters to a Māori, what truly bluely matters, serve him this monstrosity and you'll soon find out.

Grand Theft Auto

'Look, I hear you, Ms, but you got it twisted. The whole thing went like this.'

Rongo was sitting in the back of a cop car, a tissue held to his nose, his t-shirt torn and splattered with blood. Senior Constable Berry, known as Aunty to the ones who knew her well and Ms to the ones who didn't, was standing under the stars with a notepad and a pen, the car door open.

'A few days ago, my older brother got a car for his seventeenth birthday. A 2001 Civic. The bro had been saving for ages, working weekends at the local dairy. The one at the top of town. He and Dad went in halfsies. A grand each they told me but I don't know how much it really cost. I only got two hundred and fifty dollars on my birthday. But then again, I ain't the oldest. The bro had been driving for ages. Well before he got his restricted. Even before he got his learners. We both had.

'Wait. I'm not gonna get in trouble for telling you this, eh? The farmers' kids are always on their motorbikes without helmets and they never get in trouble.'

'To be honest, Rongo,' Berry told him, 'right now, your other misadventures are the least of my concerns.'

Rongo checked the tissue on his nose, saw that blood was still leaking and pushed the tissue back to his face. 'It was only around the block and stuff anyway. We never took it into town.'

'Again, not why we're here. Where you've found yourself now, Rongo, is a much more serious situation.'

Rongo ignored her. 'The bro was stoked with his car. Grown-looking man was almost on the verge of tears. He took it to the shops in H-dub – y'know, Hāwera. Then he got himself an air freshener and a wash and wax at the Caltex. You should've seen him, Ms. There are parents less in love with their newborn babies.

'On the day he got it, I asked him if he would take me and my missus, Ngāti, for a drive.'

Berry frowned at him.

'I know it ain't legal but just being honest with you, eh.' Rongo shrugged his shoulders. 'I wanted him to take us up to Ōhawe Beach for a nosey. Said I'd shout us some fish 'n' chips or maybe some K Fry. It was up to him, I said.

'The bro shot me down hard. Said not on my life. Reckoned I would smell it out. That he'd have to put a towel down like the neighbours when they brought their dog home from the SPCA. He is a cheeky fella, my bro. Always picking on me. You know him, eh, Ms? Fella is huge. Six foot two before his fifteenth birthday and just kept getting taller. Skinnier too. Fella has a build like the Slender Man. Tall as the Waverley wind turbines, brown as the Whenuakura River and limbs as long as State Highway Three.'

'Interesting description,' Berry said, not writing any of it down on her notepad.

'I'm not being mean.'

'Didn't say you were.'

'Fella is always saying mean stuff to me though. He tells me all the time that I must've been baptised in the shallow end of the gene pool 'cause I had a body like a wood pigeon. All stomach and chest.

'At least I had a missus though.'

Rongo raised his eyebrows at the cop.

'What – not even a smile, Ms?'

'None of this situation is funny to me, Rongo. And none of your jokes explain how you've ended up here, looking like you're looking.'

Rongo checked again to see if his nose had stopped bleeding. It hadn't.

'Well, the bro turned seventeen on Tuesday. He took the next two days off school. The bro had already got his Level Two anyway. Dad took two days off work too. Too many crosses on the side of the road not to take a boy's first car seriously, he reckoned.'

'That, Rongo, is the first sensible thing you've said.'

'Every day I got back from school, the bro was telling me all the things Dad had taught him to do. How to change the oil. How to check the pressure in the tyres. All this other stuff too.

I've played every *Grand Theft Auto* game since the neighbour gave us his original X-Box with *San Andreas* inside but I've never heard of half the stuff the bro was going on about.

'Anyway, this morning, the last day of school for the week.' He raised his eyebrows at the cop and she furrowed hers. 'The bro drove to school. 'Cause he was all legal now, he said he couldn't give me rides anymore unless Dad was in the car too. So I had to bike. I left the house ten minutes before him and he still beat me there. Then when I finally got there, it was like Ricky Baker was visiting. Whole school was at the front gates. Year One all the way to Year Thirteen. Teachers and the office ladies too.

' "I'm so proud of you, bo-boy," Ms R said.' He rose his voice two octaves higher trying to put on her voice. ' "We knew you could do it. Lucky you had a good homeroom teacher. Just imagine where you would be without all those detentions I gave you for not wearing the right shorts."

' "Just like the one my nephew has at home," the principal said. "Now make sure you tell the office you're parking out here now or they'll fine yours like they did Darren's."

' "Far, you're the man, Rei," Māui said. "Didn't think you'd be the first boy in our year group to get a car."

'You know Māui, Ms?'

'I know him well.'

'Thought you would. He's a play-up, eh?'

'Back to the point, please, Rongo.'

'Well, the whole thing drove me wild. There I was, huffing and puffing after biking up Kent Street Hill, only to arrive at school, unnoticed mind you, to a pack of the bro's adoring fans. I know he'd worked hard for the car but he could've at least given me a ride. I don't even know why it's illegal. Not like I was gonna cause him to crash anyway.'

Senior Constable Berry – not interested in an argument – let the boy go on.

'When school was finished, it was the same sort of thing again. Our science teacher let us go five minutes early and I started my bike home but, this time, the bro zoomed past as I was going up China Hill on the other side of the bridge.

'A little while later, we got home. And then he gave his car another wash. And then when Mum finished work, he was telling her how stoked on him everyone was. I told him to be humble and he told me I was just jelly. Said at least he didn't have to bike everywhere like a primary schooler. I felt like punching him in his chest. The bro was always Mum and Dad's favourite, always the most popular at school.'

Rongo clenched his fist around the tissue pressed to his nose and his eyes started to water. Berry stopped writing for a moment and asked the boy if he was okay.

'I was over it. The bro was always getting what he wanted. And I just wanted something good myself. Just one time. A cruisy drive to the beach with the missus. I didn't even want to go to Ōhawe. The local was good enough. And so I started a plan.

'First, I texted my missus to stay up late. Then when the bro fell asleep – he had work in the morning – I took his keys. Stupid idiot was always leaving them on the kitchen table. Mum told him to put them away properly but nope. Bro didn't listen and left them right there begging to be borrowed. The only problem was the car sat right outside his bedroom window. Oh, and Dad was up late watching the Warriors in the lounge. I had to be next-level sneaky like a stealth mission. And so I went out the back door and unlocked the bro's car and released the handbrake then put the thing in neutral. Slowly, slowly, I pushed the car. The whole time, my heart was trying to jump outta my chest. And then I heard something behind me. And my skin went cold. I looked over my shoulder. And saw the neighbour's cat skulking around, its eyes glowing in the dark.

'I almost pooed my undies. But I couldn't muck around and so I went back to the car, pushing it all the way outta the drive and onto the road. Lucky there's no traffic in Pātea. I adjusted the front seat so I could reach the pedals and turned on the ignition. I was worried the old man might hear the engine start up. But hoped that this far away he'd flag it off as the neighbour's. And he must've. His silhouette stayed still on the couch minus the beer moving to and from his lips. I chucked the gear into drive and pulled away slowly. Waited a hundred metres before I turned on the headlights and then I was away – scot-free. Off to see the missus.

'I checked my phone a couple of times just to be sure.'

Senior Constable Berry shook her head.

'I stopped, Ms, I promise. Pulled over on the other side of the bridge.' She furrowed her brow again at the boy. 'Pono ki te atua! I knew if I got caught using my phone while driving I was as good as gone. So I drove safe-as. Never even sped down the hills.'

There was a momentary pause in the flow of conversation, Rongo wanting badly to be believed.

'Righto,' Berry said, nodding, looking down at her notepad. 'So you're driving towards your girlfriend's house. Is that correct?'

'Nah, just to her street. I picked her up on the corner. She reckoned she jumped out the window but I don't know.' He adjusted the tissues on his nose. 'After that, we were off to the beach. No muckarounds.'

Rongo looked down at his t-shirt and took a deep breath through his mouth.

'We saw Māui and his mate walking, the one who's always covered in bruises, and then I gave them the West Coast nod. Didn't want them to know I wasn't allowed to borrow the bro's car.'

Having established the boy's motivations, Berry knew the time had arrived to push back a little.

'You mean steal – didn't want them to know you had stolen your brother's car.'

'If I stole his car, then he *stole* my bike.'

Berry wrote it down on her notepad.

'Got you there, eh, Ms?'

He raised his eyebrows and she stared at him.

'So now we've arrived at the scene, have we, Rongo?'

He looked towards the ocean. 'We were chilling in the car over there. Me and Ngāti. Listening to the waves. Talking and—'

'I reckon that's enough about what you two were or were not up to,' Berry said.

'That was all, Ms. Promise. Just chilling. And then about half an hour later, we saw the bro coming around the corner on my bike. His face all red. We locked eyes for a second from about twenty metres away, the bro pedalling as hard as he could.

'Lucky me and the missus were trying to stay warm so we had kept the car running. I slammed it into reverse and pulled away from the park, cutting an angle. Then I chucked the car back into drive and was ready to take off. There was no way he was gonna catch me. And he knew it. All he could was cuss me out. Call me all sorts of names. Said he was gonna punch my fat nose in. I wasn't worried though. Got ice in my veins. But my missus was another story. She freaked out. Started pulling on my arm. Next thing I knew, the car had smashed into a streetlight.'

There was a long pause in the conversation, Berry waiting for Rongo to fill in the gaps before she started to push back again.

'You understand, Rongo,' she said. 'I've already spoken to your girlfriend.'

'Yeah.'

'And do you know what she told me?'

Rongo looked Berry in the eyes.

'She told me it went down a bit differently to that.'

'What'd she say?'

'She said when you saw your brother, you got a spook. Said you didn't even think that Māui might tell him. She thought you were more concerned with how it all made you look. How popular you would be at school on Monday after one of the older boys saw you taking your brother's new car for a cruise.'

'I mean, sort of,' he said, dropping his eyes and looking down at Senior Constable Berry's boots. 'Felt pretty nice to be noticed by the bigger boys. And I wasn't expecting to see the bro. Who wouldn't be surprised? I wasn't spooked though. I've got ice in my veins, y'know, like Israel Adesanya. I don't get afraid or nuffin' . . . You believe me, eh, Ms?'

Berry paused to consider her reply and Rongo rushed to fill the silence.

'We were all good though, me and the missus. Hardly a scratch on us. We weren't going fast. And we had our belts on. The car wasn't though. It shut off. I turned the key over and over and the car ticked but the engine wouldn't go. That's when my missus really started to freak out. She got outta the car and the bro asked if we were all good. And she said yeah and then the bro came around to my door. He opened it and said I was an idiot but he was stoked I was safe.

'Then, to be one hundred percent honest with you, Ms, I just lost it. I knew I'd effed up. Bad. Had stolen his car. Wrecked it. And so I was ready for him to blow up. To curse me out. But he didn't. Big bro mode must've kicked in when he saw we were in danger and he just checked I was good. Even tried to help me outta the car. Still huffing and puffing from all his pedalling. And I shoved him. And he told me to chill.

'After that, it was on. I couldn't take it anymore. Him being the bigger man. I punched him in the chest. Knew I'd have no luck swinging at his face all the way up in the sky. Then he stooped down to my level and punched me in the nose. The blood poured almost instantly. Then I grabbed him and he grabbed me and we were tearing at each other, throwing punches in bunches and missing most of them. The whole time, the missus was telling us to cut it out. Screaming at us, y'know. But we just couldn't. So we pulled and we punched for about five minutes straight. Till we were smashed. And then we both collapsed. Bloodied up. Clothes all torn. Car still wrecked.'

Berry wondered whether she might push back a third time. His girlfriend had told her they had fought for about thirty seconds before they were out to it. Blown their load. Lying on their backs next to each other. Then Rongo went on.

'That was probably the first time me and the bro talked. Like really talked. He called me Kererū. And I called him Slender Man. Then he asked why I'm such an idiot. And I said it must run in the family. And he laughed. And I laughed. Then blood spat outta my nose and down my shirt.

'"Reckon Mum and Dad will be pissed?" I asked him.

'"They're gonna kill you," he said. "And then me for coming after you. And then they'll probably kill me again for leaving my keys out on the kitchen table. And for bloodying your nose."

'The bro took a deep breath.

'"Why'd you do it anyway?" he asked.

'"To be honest," I said. "I wanted to be like you. Be popular for a second."

'"You ain't ever gonna be as cool as me," he said. "But I reckon you might come close after this whole stunt. Māui was telling me how he saw you driving."

'"That was before I wrecked your car."

'"Stealing a car ain't cool anyway. Straight dumb. I meant because you survived a scrap with the biggest and best-looking fella at school."

'We both cracked up laughing. Then you pulled up and separated us.'

'Righto,' Berry said.

'How's Ngāti anyway?'

'Home safe.'

'Her parents pissed at me when they came to pick her up?'

'Very.'

'And Mum and Dad?'

'They'll be here shortly. Your brother called them.'

Rongo dropped his eyes again. 'And then am I gonna go to jail?'

Before Berry could answer, Rongo's Mum and Dad pulled up in their Prius. Dad went immediately to the car and Mum went after the boys, wrapping her arms around Rei who was still sitting on the sand, calling him a mongrel and thanking the gods he was safe. Then she marched towards Rongo, big brother in tow.

'Sorry, Mum,' Rongo said, trying to get ahead of her growling.

'You're not sorry yet, my son. But you will be. You'll be mopping floors at the dairy with your brother for the next two years until you get some brains in your head. And pay your brother and your father back for what you've done to their car. You want to be grown, want to drive around like a man, good – then you can work like one. And if the dairy doesn't have a job for you, then we'll call it PD. Act like a criminal, you're gonna be treated like one. Isn't that right, Aunty?'

'Right.'

Mum asked if they needed to do anything on the legal side of things. Berry said she'd have to write a report and there'd likely be some fees involved around removing the car and repairing the streetlight but given it was a family situation and no one was hurt too badly, she was happy to leave both boys with a warning, as long as Rongo took up a defensive-driving course as soon as he turned sixteen. She hoped she'd never have to hear another one of his long-winded stories.

'And what do you say, boys?' Mum said.

'Thank you, Ms.'

'And what do you say to your big brother, Rongo?'

'Sorry, bro.'

'You're all good,' he said. 'Car might be smashed. But at least I won't have to mop the floors at work anymore.'

Rei winked and Rongo smiled until he saw his mum frowning at him in his peripheral vision. Silly as the boy could be, he was clever enough to know now was no time to piss off Mum more than he already had.

'You're big enough and ugly enough to know better, Rei,' Mum said, turning her fury towards the big brother. 'You can bet your butt we're gonna have a long and serious talk in the car ride home.'

'Made a good mess of that one,' Dad said, finally returning from the wreckage.

Rongo mouthed another apology to his brother.

'Oh well. Could be worse.'

Berry looked at the car again to see what she might be missing. Mum shook her head at the old man.

'Could've been my car.'

Berry smiled and the boys tried not to laugh, looking sideways at their mother.

'Glad you're in such good spirits,' Mum said. 'Because that bike isn't going to fit in the Prius. And these boys aren't leaving my sight.'

'So?' he said.

'So, guess who's gonna have to bike home.'

'You serious, babe?'

'Serious as a car crash.'

I'm A Māori

'See that car, ow?' A lime-green Beetle puttered into the distance, barely making the speed limit. 'Lady in the front winked at me. Almost crossed the centre line she was so lost in my eyes.'

'Bro, that's the lifeguard. She's seventy.'

Māui shrugged his shoulders. 'My swag crosses generational lines. What can I say?'

The brothers rested atop a bridge, still dressed in their school uniforms, shirts hanging over their shorts and socks pulled up to their knees, watching the cars drift by, dreaming up love stories. Or whatever you call the not-so-quiet fantasies of fifteen- and sixteen-year-old boys. The night would soon grow late and they'd stay there, trading fictions, blasting homemade beats on a Bluetooth speaker. A kind of karanga to the centre of the universe. Their universe anyway. Pātea.

'See that one?' A painted rental sailed into town, the waka decorated with all sorts of surfer stuff. Palm trees, sunrises and lava lamps.

'With all the girls?'

'Not girls, bro. Women!' Faithful winked at his brother. 'Should've seen the hungry eyes they were giving me. Looking me up and down, licking their lips. Like I was a steak or something.'

'Grade-A meat, you reckon?'

'Better than Grade A . . . Muttonbird.'

'Bro, you smell like muttonbird.' They cracked up laughing, remembering the last time one of their neighbours cooked that devil fowl, bombing out the whole block for a month. 'And anyway, they were probably looking at me. I was stretching, y'know, showing my abs.'

'More like showing your undies.'

The banter went on endlessly, their little world alight with humour, their voices most passionate after a joke, their eyes most alive after a laugh. There were few joys in this rural kingdom more soul-warming than the company of a like mind. A brother from another mother. God knows how the boys had struggled everywhere else.

In the classroom. A fart in a test, no matter how impressive, means an automatic *Not Achieved*. If you wait until all the windows are closed, you get a bonus letter home detailing the event in hilarious detail. 'Three times, Māui pressed his buttocks into his chair . . .'

In church. The minister straight up fainted when Faithful screamed, 'It burns!' at his baptism.

Even on the sports field. Turns out, undies on the outside was not the official away kit.

The brothers were Māui incarnate. Twenty-first-century edition. They knew how hard life was in these parts and had come to know the mauri of a little glee. Just how far a joke could carry a car on an empty tank, two parents in a bust-up, a couple of boys who'd been told they were no good. A waste of space.

'See him, ow?'

'That young guy?'

'Fella looked like Billy T. James had a child with a hippo. Same moustache and everything, just fat.'

'Pretty sure that fella's the principal of the high school in Hāwera. Remember seeing him at the whakatau and wanting the same mo.'

'Should've grown it.'

'I tried. Came out red.' They exploded with laughter, almost losing their balance, almost falling into the river beneath them.

'No way. You're a ranga?'

'Yeah, honest. Was red-as.' They laugh again. 'I looked like an off-brand Ed Sheeran.'

'More like a a J. Geek.'

Māui, jumping on the opportunity, broke out some bad dance moves, moonwalking the length of the one-lane, spoofing the J. Geek classic as he went. 'I'm a Māori dancing cross a bridge. Got no money for my sandwiches.' Faithful, getting caught up in it all, jumped in with a harmony, eyes closed, singing into his fist. 'Do I ever ever get annoyed?'

A beat-up ute slammed on its brakes, the driver smashing his hand on his horn, calling the brothers from their daydream.

'This ain't the TSB Hub, boys. Get off the bloody road.'

'Our bad, sir,' the boys replied, unappreciated again, darting quickly out of his way, posting themselves back upon the barrier of the bridge, waiting for the ute to disappear.

'Never mind him, ow. Fella's stressed. Probably just praying that broken-down thing gets him home, y'know.'

'Yeah nah. I get it.'

'Anyway, he won't be able to stop from laughing when we really are playing the Hub. When the girls really are checking out your undies.'

Faithful winked at his brother. 'Not girls, bro. Women.'

Cruising In a Cop Car

She didn't put Turi in handcuffs. Just chucked him in the back of the car. The boy didn't moan or complain. Did as he was told, for once, sliding on his seatbelt and slipping down below the window so most of him couldn't be seen, his eyes peering above the window, looking at the older boys roasting him, the policewoman taking her seat in the front.

'You're not even gonna ask me where I live?'

'You know I know where you live, Turi.'

'What if we moved?'

'Pigs don't poo round here without the whole town knowing.'

He swallows down the obvious joke. 'What if we weren't even—'

'Turi. If I were you, I would be less worried about what-ifs and more worried about what-wills. As in, what will Nan do when she finds out what you've been up to?'

He buried his face in his hands and felt the car swing, first around another, a busted-up Civic still buried in a broken streetlight, and then around a corner and the next, the one road leading down to the coast, and stressed less about what his nan would do and more about how his sister would react. Just last week at the pā, they were talking about him going to prison and now look at him, getting dropped off home in a cop car. Boy knew he shouldn't be hanging out with the older kids, just couldn't turn down an invite. After he'd been kicked out of the pools, there wasn't much left for him to do besides hanging down the beach, watching the waves roll in, waiting for high tide.

Māui and Faithful were lowkey jealous of Turi. They would've loved a ride home to the other side of town. The night was getting cold and the walk home would take at least an hour. Nothing better to do, the boys got on with it, dragging their feet behind them, Māui freestyling some lines and the bro dropping a beat. It was all they could do to keep themselves entertained ever since Faithful gave up his death wish.

The road was quiet, the only sounds the music of the engine and the buzz of the police radio, Aunty on overtime, working later on a Wednesday night than she should be, any energy she had for making conversation dead and buried. Turi scoped the domain, the field still torn up from the kids playing touch, then, a little down the road, three kids playing on a playground. He points them out to the policewoman, asking why he was picked on while kids younger than him were left alone to cause mischief.

'They weren't drinking with boys almost twice their age.'

'How do you know?'

'Because they're my nieces, Turi. And you know I know they do this every Wednesday.'

Turi tried to concoct a story in his head about how the girls' safety was top priority and the woman should just drop him off on the road right here so she could rush back and look after them. He didn't get far before he gave up on the whole idea, the policewoman reassuring him she'd pull back around to the playground as soon as he was home safe.

Tonight was his first time having a drink: a can of Cody's Māui had stolen from his dad's fridge in the shed. He sipped on the thing and recoiled in revulsion. The older boys asked if he liked it and he said yeah and the older boys laughed. The taste was terrible but they liked the light-headedness they tricked themselves into feeling, sharing a single can between the three of them. Turi laughed as well, doing all he could to fit in. A pā boy though he was, no amount of culture was enough to protect him from the allure of hanging out with the older teens. The big boy crew. Not even the usual line about jumping off a bridge if they jumped off would work on him. That's exactly what he'd meant to do when the tide rolled in.

The cop car cruised past the concrete waka not too far from the Pātea pools and then took a right turn down Hadfield Street, Turi's nan's house dead centre of this homely little neighbourhood. The car pulled into the drive and Hine rushed out to check who was in the back seat. Seeing her brother, she called for Nan and Nan – still in her lifeguard uniform – trudged to the porch.

'What'd the poohead do this time?'

Hine scowled at her and Turi stayed stowed away in the back seat.

'Playing up with the older boys.'

'Hope you gave him a good slapping round the ears.'

'Only meant to make sure he was safe.'

'What was he up to?' Hine asked.

'Well, sweet pea, your brother was being a bit silly. I was doing some laps up and down Egmont Street—'

''Cause Grub ran away again.'

The cop nodded.

'She told me she was gonna do it at school today.'

'I bet she did. Anyway, I happened to spot Turi down in the sand with a can in his hand.' The policewoman smiled at the accidental rhyme.

'Are you gonna take him to prison now?' Hine asked, a sad inevitability in her voice.

'I bloody hope so,' Nan said. 'Boy wants be grown, let him be grown with those ones, I reckon.'

The cop ignored her. 'No, sweet pea. Just returning him home.' She opened the back door to let Turi out and he didn't budge, glueing himself to his seat. 'Though next time, he may not be so lucky.' She winked at Nan and Nan nodded, the pair trying to scare the boy straight.

Hine leapt from the porch and marched towards the car, pushing the button on the boy's seatbelt and asking him how he was. Turi looked her in her eyes and, seeing sadness, bowed his head, not replying but climbing out of his seat. The policewoman was quick to gap it, racing off to check on her nieces, her overtime stretching deeper into the night. Nan trudged inside, pulling her moko's dinner out of the microwave and leaving it on the dinner table, disappearing into her room to catch the latest episode of *Coronation Street*. Woman hadn't missed an episode in fifty years.

Turi waited a while then followed his nan inside to eat his dinner at the table, bangers and mash gone cold and then reheated and then gone cold again. Hine boiled the jug and collected two cups from the cupboard; the one-litre blue top from the fridge; Milo and sugar from the tabletop. After the hot drinks were ready, she wiped up the milk and sugar she'd spilled into the sink, then carried the cups to the kitchen table, setting one down beside her brother and sitting beside him with her own, watching the boy as he ate.

'Shot, Sis,' Turi said after he had finished his mouthful.

'Sorry the tide's out. Forgot to fill up the jug.'

'It's all good.'

'You're not drunk, eh?'

'Nah. Only had one sip.'

'Okay.'

Hine sat there for a long while afterwards, hoping Turi might have something to say, but he didn't. The house was quiet bar the blaring of the TV in Nan's room, the old lady deaf in one ear and compensating by playing her favourite shows at full volume. Cheaper and more reliable than a hearing aid, she reckoned. Hine asked her brother if he wanted to brush his teeth with her and he shook his head and she pottered off to bed, returning only to say goodnight. 'Night, sis,' he said and that was that, Hine heading off to bed herself, worrying about what tomorrow might have in store for her brother.

He was a good kid, she knew. Just a play-up. Pushing the boundaries. She didn't know, though, if he had the good sense to rein it all in before stuff really went sideways. The world wasn't all that different now than the one the old people lived in. Māori boys who didn't do what they were told when they were told soon found themselves in poo creek without a paddle.

Hine woke early, not long after the sun, throwing some water over her face and shuffling into the kitchen, surprised to see her brother standing by the jug with three cups on the bench.

'Morning, Bro.'

'Wanna Milo?'

Hine nodded.

'Sweet as. Bag's packed by the door too. Lunch sorted.'

'Thanks.'

'I'll just sort Nan's cuppa and then chuck on some toast, eh.'

'Okay.

Hine watched her brother, trying to figure out what was going on. Boy was never keen to help out around the house. When the jug boiled, he made Nan's tea – black, no sugar, bag still in – and she asked him what he was up to and he said nothin' and she thanked him with a smile and then he ate toast with his sister, heading off to school early after the dishes were done. Hine followed her brother, always watching him from the corner of her eye, not knowing whether he was trying to make things right or scheming again.

On the corner, they saw Māui and the bro and Hine's heart dropped. Boy was surely scheming. Always up to no good.

'All g, lil T?' Māui said.

'All g. How was the rest of you fellas' night?'

'Nah, just cruised back to this fella's house and that was that. How'd it all go with Aunty?'

'Just gave me a growling then dropped me off home.'

'She's alright, eh? For a pig.'

The older boys laughed and Hine growled at them, 'You're not supposed to call people that.'

There was a moment of silence, the older boys looking at each other then looking at Turi.

Hine did the same, her brother recognising things had come to a sort of crossroads: choose between his goodie-two-shoes sister or the older boys on the block.

'Kid ain't wrong, y'know,' was all Turi said. And that was that. The younger ones walked one way and the older boys the other.

'Are we gonna go to school now?' Hine asked.

'Yeah.'

'And I'll meet you at the gate afterwards?' She wanted to be sure he wouldn't get up to any mischief between kura and the kāinga.

'Nah.'

Hine looked her brother up and down. 'Where then?'

'At the pools.'

A moment of silence.

'But Nan banned you.'

'That was before I made her a cuppa this morning.'

Hine laughed. Boy really was scheming all along.

'And anyway, I reckon she'll want to keep a close eye on me after yesterday.'

'No wonder the aunties call you a toerag.'

Turi smiled and threw an arm around his sister. 'Toerags stick together though, eh, sis?'

Hine nodded, nestling her head into her brother. 'I love you, bro. You stupid idiot.'

Acknowledgements

Michael Bourke
Jennifer Ritter
Chris Bourke
Sherryl Balsley
Tracey Bourke
Andrew Bourke
Kelly Bourke
Hemi Ngarewa
Colleen Ngarewa
Darren Ngarewa
Debbie Ngarewa-Packer
Grant Ngarewa
Nicola Ngarewa
Shi-han Ngarewa
Celeste Ngarewa
Waitohu Ngarewa
Haumene Ngarewa
Cayden Tito
Harlen Tito
Ryu Redgrave
Rōmana Rapira-Ngarewa
Greer Anderson
Tamati Maruera
Ruakere Hond
Te Ingo Ngaia
Reihana Rimene
Emma Neale
Dr Darryn Joseph
Jeremy Sherlock
Luther Ashford
Megan van Staden
Kate Stephenson
Dom Visini
Tania Mackenzie-Cooke
Suzy Maddox
Sacha Beguely
Cyanne Alwanger

Ngā whakapai ki
Ngāti Pātea

'Mā *Pātea Boys* e kata ai koe, e mamae ai koe. Ko ngā kōrero o ngā whānau o Taranaki o ēnei rā ka kōmuri atu i ngā hakihaki o te iwi i te takahitanga ā Tauiwi o mua. Pānuihia kia rua ngā wā i te reo Ingarihi ka huri ai ki te reo Māori. Ka ngā, ka whaiwhakaaro, ka noho te Ao Māori ki roto i tō ngākau, i tō puku hoki.'
WITI IHIMAERA

'Kua tū torotika a Airana i te ata o Taranaki, o ōna tūpuna me te kī, tēnei au, anei taku pūtaketanga. Mā te pūtake ka tipu te rākau. E piki ki tōna kāuru tirotiro kau ai ki ngā nukunuku, ki ngā nekeneke i te tāone me ngā tāngata tino Māori nei. Ka mutu pea te ātaahua!' **NĀ HŌHEPA**

NGĀTI PĀTEA

NGĀTI PĀTEA

AIRANA NGAREWA

He mea whakaputa i Aotearoa i te tau 2024
e Moa Press
(he tapanga hokohoko nō Hachette New Zealand Limited)
Te Paparanga Tuarua, Te Whare 23 i te Tiriti o O'Connell, Tāmaki Makaurau, Aotearoa
www.hachette.co.nz
www.moapress.co.nz

E wātea ana tētahi pūrongo taipitopito i te National Library of New Zealand.

ISBN: 978 1 86971 829 9 (he uwhi pepa)

Te kaihoahoa uhi Megan van Staden
Te pikitia uhi Luther Ashford
Te nahanaha momotuhi Bookhouse, Sydney
I tāngia i Ahitereiria e McPherson's Printing Group

Ko ngā pepa e tāngia ana tēnei pukapuka he mea whakapūmau i tā ngā paerewa o Forest Stewardship Council® Standards. Kei te pupuri a McPherson's Printing Group i te tiwhikete tohu pūmau SA-COC-005379. Ko tā FSC® he whakatairanga i te arotaiao, i te hua pāpori, i te whakahaere tōtika o te ōhanga o ngā ngahere o te ao.

Ki a Koko Hemi me Nēni Colleen.
Ko rāua ngā hikuwai o tēnei waha.

Ngā Wāhanga

Tangaroa Hakahaka

Tērā te tama e tū mārohirohi ana ki runga i ngā toko rino a te hōpua wai matua. Mauria ana e ōna ringa he ipu wai. Kua kore te manapou i aroaro mai, kei te mātakitakina kētia te hōpua wai pēpi. Mei kore noa e kaupare mai te manapou, kei te tūteitia e te tino hoa o te tama rā. Kei te whakapatipati ōna hoa kē atu, 'Hīkina te mānuka.' 'Kia teretere, e tā.' 'Kei tahuri mai ia!' Koia te rā e heke iho ana. Kua tīkākā haere ngā kiri o ngā tamariki katoa.

Kei te rewarewa he kōtiro poto i te taha hōhonu o te hōpua wai matua. E tāria tonutia ana te manu a tōna tungāne. Ka whakaarotia e ia, he papai ake te rongo i te mahi a te manu.

Ko Tūpaki rāua ko Pīki ngā manu kākā a te puna kaukau o Pātea. Waiata rapi ai i te tukuoro. Ko ngā tamariki tinihanga ngā manu tīoriori a te ngahere nei. Hāmama atu ai. Pōhutu ake ai. Peipei iho ai ki te wai. Kei te takotoria tatahia e te tokorua o ngā tuākana ki te hōpua wai matua. He hōha nō te tokorua ki ngā

mahi a ō rāua tēina. Kāore rāua e mahi pērā, engari tarapeke iho ai i te arawhiti teitei. Otirā, i tēnei wā tonu, kei ngā wāhine kē tō rāua aronga.

I te arawhata ngā rama teitei. Tē taea e ēnei mea te whiti. Engari, he poupou rūri i ngā manu. Ki te tihi o te arawhata e kaingia ana e tērā whānau he parāoa mā, he tītipi, he ika. 'Hanawiti māu?' 'Kāo, kua mākona. I kainga kētia.' Tākarotia ai e ngā kōtiro te pāwhutupōro ki te hōpua wai iti. He takekore te kēmu rā. Tē taea e rātou te whai piro, i te mea, he pōturi tā rātou oma i te wai. Kei te hōpua wai pēpi, māringiringi wai ana tētehi māmā ki tāna pēpi. E katakata pākinakina ana te pēpi, kātahi anō tōna kope ka tautau rawa.

Kei te tarapeke ake a Turi i ngā toko. Mea rawa ake ka rere, ka topatopa, ka whātorotoro ōna ringa me tāna ipu ki te rangi. He mauri tau tōna, he mea tau tōna katoa. I mahi pēnei ai. Ahakoa he tangata matatau ki te manu, he rerekē rawa tēnei mahi o nāia tonu nei. Kua pau te manawanui o te manapou. Ki te kite ia kia mahi pēnei anō te tama, ka panaia atu te tama e ia. Ko tēnei ture tōna tino. 'Kaua e peke atu i ngā toko me te tēpu.' Kī ai ia, 'He nui ngā whara nā tēnei tinihanga. He nui ngā haenga upoko. He nui ngā whatinga kōiwi.' Te whakaaro o te tama, he kōrero teka tērā. Ā, kei te tika tāna. He tino iti a Pātea. Ia wā ka haere mai ngā waka tūroro, ka mōhio pū ngā tāngata katoa i mua o te hekenga o te rā. Koia te mahi matua a ngā kuia.

Ki te hiahia kuhu i te puna kaukau, me utu te 50 hēneti. Ko te whakapono tō ngā kui, kāore tēnei e tika. Nō te kaunihera te puna kaukau. Nā reira me utu kore. Ahakoa te hē rānei ka kuhu

tonu te tini me te mano. Pērā me te tikanga o ngā pā o Taranaki, ka hoatu puku i ngā pūtea ki te haukāinga – arā ki te manapou. Ki muri o te taeapa rino e noho ana ngā piharau tokorua. Ia rā kuhu huna ai rāua. Ahakoa te huarere ka tarapeketia pukua ake te taeapa. Kua mōhio kē te manapou, nā te mea, i mahi pēnei ai rāua. Nā reira e rata rānei ana te manapou ki a rāua, e hōhā ana rānei ki te kohete tonu atu.

E mātakitaki ana ngā hoa anake o te tama i tāna mahi. Ko rātou, ko ētehi kōtiro. Hoki atu, hoki atu, ko taua āhuatanga anō – kua kitea kētia. Nā reira ka rere iho te tama i ngā toko rino kia puta tōna ake ihi, kia takahia te tino ture, kia whakawewehi i ngā kōtiro. Ko tēnei rautaki tē whaihua. Ko te manapou te whaene, te kui rānei o te katoa. Kāore he mana mēnā ka whakahōhātia tō rātou ake whanaunga.

Kei te rūma tāne he tarau poto, he tāora, he pīkau, he hingareti. Te nuinga o ngā kākahu tē iri ai i ngā matau rino, engari kei te iri kē i ngā tūru me te raima. He ōrite te rūma wāhine, otirā he tarau kinikini, he pari kinikini anō hoki. Kore kau he popoki i ngā heketua. He mātaotao te wai o ngā hīrere. Kua pau ngā hopi. Kāore tēnei āhua paruparu i te raruraru ki ngā taiohi. Te whakaaro o rātou, mā roto pea i tēnei taiao paruparu e whakamataku ai i ngā whānau hōhonu pūkoro. Kei a rātou te puna kaukau rā o Te Hāwera. Kei a mātou te puna nei.

Topatopa tiketike tonu ana a Turi. Kātahi anō ōna ringa me tāna ipu kirihou ka toro ki te rangi. Kua pakaru atu te menemene. 'Whuu!' 'Hōri mori!' 'Kātahi rā ko te toroa ko tērā!' Taihoa ka taka tērā tama. I pīrangi ia ki te patu i te wai kia tuku ai ki

ngā rangi tūhāhā. Kua kūmea ōna ringaringa ki tōna tinana, kātahi ōna ringaringa ka whakawhitia ki tōna poho, ka mutu, ka kūmea ōna turi ki tōna puku.

He pūhutihuti ō rātou makawe. Te ingoa tūturu ko Poto-ki-runga-roa-ki-muri. Te ingoa Māori ko Te-mūreti-Māori. Ko ētehi wāhanga o ō rātou makawe kei te parāone. Engari ko ētehi atu kei te urukehu. Kāore tonu rātou i te mōhio pū ko wai te kaitito. I tētehi rā ka whāia e te katoa tērā āhuatanga.

Kia pā ngā hope o te tama i te wai ka whakatuwheratia tōna tinana me ōna ringa. Kua paratītī te wai ki te rangi, ka mutu, ka rere te ipu ki runga ake i ngā rama. 'Tirohia.' 'Wīare!' 'I ā hā hā!' Kei te puta ake te kōtiro poto i te wai me te menemene ki tāna i rongo ai, 'Whū, he pahū tōna nei rite.' Topatopa ana tērā ipu i te rangi. Kātahi ka tata taka ki ngā māhunga o ngā tuākana. Kāore te tokorua e karo.

Kei te tāwhai mai te manapou. Nā te hīkaka te kaitūtei i wareware ai ki tāna mahi. Kei te kōwiringia e te manapou te taringa o te tama, ā, ka tō ake i te wai. 'He taringa mangō ēnei mea, e poai. Kī atu au, kaua e peke atu i ngā toko, he aha te aha. Pae kare! Tīkina ōu kākahu! Mōhio kē ana ki te hua pirau a tēnei tinihanga.'

E katakata pākinakina ana ngā hoa o Turi, engari e huna ana ngā kōtiro i ō rātou menemene. Kua mirimiri te tama i tōna taringa, ka mutu, ka pātai atu ki tōna tuahine. 'Nui rawa taku manu rā?' 'Nunui rawa atu,' te kī. 'Nīti ana! Hei te pō, ka kite tāua i a tāua. Me koe hoki, e kui.' Ka kamo ia ki te manapou. 'Katia, e poai. E wehe.'

I mua o tāna puta atu kei te kaupare tōna aroaro. Kei te tirohia e te tama ōna hoa me te tokorua. Ka puta te whakaaro, hei aha a Tangaroa-hakahaka, nau mai a Tangaroa-tiketike. Kua tae ki te wā kia tarapeke a Turi i te arawhiti teitei o Pātea.

Poi E

Nōku te pōhēhē ko au te tama anake nō Pātea he hononga kore ki te Pātea Māori Club. Kei aku karangarua i tua atu o te arawhiti he hononga nō te mareikura, nō Nanny Hui. Kei taku Whaene o te whānau Prime i Bedford Street he hononga ki te kaitito. E ai ki te kōrero, i rērere ki tōna taha i tētehi pēne, i The Fascinations. Kāore anō au kia rongo i a rātou. Ā, kāore anō au kia paku rongo i ā rātou waiata. Engari ia he tika tāna, tā ētehi atu. Ka rērere haere rātou i te ao katoa. Ko rātou pea ngā Māori kau i pērā. Ko rātou pea ko Howard Morrison me tana waiata whakamoemiti ki te atua i runga rawa.

I a au e whai hononga ana, ka pātaia atu a Koko, i whai wāhi rānei tētehi o te whānau i te PMC. Kāo, tāna. Ka kaha ki te haka, tāna anō. He tika mārika tērā. I kitea tana pūkana whētero. Engari tē taea te waiata, te kōrihi. Tē taea e ia, otirā, tē taea e te whānau katoa. I ngana ia ki te whakamātau i te kapa. Heoi, kīhai i āhei.

I te tatau i pāngia tana poho e tētehi tāne i te wā ko te Māori Methodist Club te ingoa. Mea atu taua whara kia haere atu a Koko. Ka pai tonu ia, tā Koko. Kei te mōhiotia ehara ia i te korokoro tūī. Ka kī mai a Koko he rite te kaha o tana korokoro o mua me ana waewae o nāianei. He kaha kore. I pakaru mai te katakata. Whakatoi pēnei ai ia mō tana whaikaha, mō ana waewae turihaka.

Ina whai ahokore taku whare, ka pureihia a *Poi E*. I mua o te kura. I mua o te puna kaukau. I mua o te haerenga ki tātahi. Nā runga i tērā, he poho kererū ki taku hononga ki Pātea. Ki taku whakapapa Māori. Ahakoa he pārekareka te waiata, he pārekareka ake te kiriata mō Poi E. Tērā ka kitea a koro mā, a kui mā ā tōna wā. Ka kite anō hoki i taku marae, ko Pariroa Pā.

I tētehi rā, i te mātakitakina te kiriata a *Poi E* i runga te rorohiko a te kopa ora. Mea rawa ake ka hoki a Pā i tana mahi, i te whare miraka. E mauria tonutia ana tana tāngari me tana pōtae kua uwhiuwhi i ngā tūtae kau. 'Kei hea a Mā?' tāna. 'Kei te māra kai', tāku. 'Kei hea ōu tuāhine?' tāna anō. Kei te whīra matua e tākaro pā whutupōro ana me ō rātou hoa. Kātahi ia ka pātai mai, he aha ahau e mātakitaki ai i a *Poi E*. Koinei taku tino, tāku whakahoki.

'Ka tū au ki roto i tērā kiriata.'

'Nē?' tāku kī me te kore whakapono. 'Tē taea e koe te kōrihi.'

'Kāore koe i te mōhio.'

'E Pā, kua rangona e aku tuāhine. I mea mai rātou, tē taea e koe te waiata, tē taea e koe te whakatipu makawe.'

Kua mimingo ngā pāpāringa, kātahi ka tangohia tana pōtae, ā, ka pāngia tana pākira.

'Kei te tika tā rātou. Heoi anō, kia tīmata anō tēnā kiriata. Ka kitea e koe.'

Kua tīmataia anōtia te kiriata. Kei te tū torotika a Koro Taranaki i te raumati. Mea rawa ake ka kōrihi ngā manu māori, ā, ka pūkana te tekoteko i runga i te wharenui, i Taiporohēnui. Ko taku tino te karanga a Nanny Hui. 'Te poi – patua taku poi, patua kia rite tāpara patua, taku poi e!' Ka rere rā ngā poi porotiti. E rere atu, e rere mai, e rere pērā me ngā kupu a te waiata, 'kia rite ki te tīwaiwaka.'

Kei te tohu ahau ki tētehi wahine popoto. 'Ko koe tērā, e Pā?'

Kua whakahē te mahunga. 'E 70 ōna tau. Ahakoa ka whakapoto haere tērā kuia ināia tonu nei, kei te tāroaroa tonu i a koe.'

'I te mea, he tamaiti tonu ahau.'

'He tamaiti, he tama iti rānei?'

Kua katakata ahau.

E purei tonu ana te kiriata. Kei te tāhae tētehi kurī i te poi a tētehi tamāhine, ā, kua huri te aroaro ki te pokapū o Pātea. Ko te pakoko whakamaumahara o Aotea waka tērā. I runga rā, ka kanikani tērā Māori Mikaere Hakitama, arā, a Māori Michael Jackson. Kātahi au ka titiro ki a Pā. 'Ki te kanikani pērā, e pā, tērā pea, kua kitea kētia koe e pērā ana.'

'He tāne rongonui ia ki ngā wāhine,' tāna urupare. 'Ko ia pea tōu matua māori.'

Ko ia ka mea mai, kaua e tuarua ki a Mā. Kei whakamate i ahau.

Kei te whētero te kaitito, a Dalvanius Prime, i te matapihi muri o te waka. Kātahi ka huri te aroaro ki tētehi whara hurungutu nui me te tarau nanapi rawa atu. Te āhua nei, i peita ōna kākahu ki tōna tinana. Aroha rawa atu ana ahau ki tēnei kiriata, engari

koinei te wā tuatahi ka kanohi hōmiromiro ahau. Ka mutu, ka whakaarotia he aha ngā tūmomo kākahu e mau ana a Pā i ōna wā.

Kua tau te kiriata ki tana miniti whakamutunga. Kāore anō kia kite i a Pā. Kei te purei tonu te kiriata, ā, kei te kitea ngā mea whanokē. Nā tērā whara ana makawe i tāniko ki tētehi poi, ā, nā te Māori Mikaere Jackson te hīkoi hina i whakamahi. I taua wā tonu, e rere ana ngā poi me ngā hurungutu me ngā ringaringa o ngā tamariki e tautoko i ō rātou whanaunga.

I ngā hēkona whakamutunga, ka tohutohu mai a Pā kia perehitia te pātene tatari. Kei te tū ngā wahine i runga i te atamira o te kura, ā, kei te pāngia e ō rātou ringa ō rātou hope.

'Kua kite koe i a au?' tā Pā. Kua mimingo rawa atu ana pāpāringa. Ahatia te hipokina tonu o te tūtae me te mimi kau kei tana tāngari.

'Titiro atu ki ō rātou makawe, ka mutu, titiro ki a koe,' tāku.

Kua kamokamo mai a Pā. Ka mea mai, 'Kaua e titiro ki te atamira. Kia titiro kē ki te minenga.' Kei te tohu ki tētehi whara waewae tino tea e mau ana i te tarau – arā te ahua, he tarau taiti waiti. 'Koia ko ahau.'

Pakaru mai te katakata.

Kei te pātai mai, i pēhea tōu wairua ki te whai pā tino rongonui?

'He tea ake ōu waewae ki te marama i runga rā, ki te inanga ki raro,' tāku.

Kua whakahē te māhunga.

'Me horoi koe ki mua i te mutunga o te mahi a Mā,' tāku mea whakamutunga.

Ka hongihongia ngā kākahu mau tūtae e ia, kātahi ka whakaae. Kua whakakā i te hīrere, ā, ka rangona e ia te waiata tana waiata. 'Poi ē. O tāua aroha. Poi ē. Paiheretia rā. Poi – taku poi ē!'

Nōku te pōhēhē he whiro, he kino tērā whara i pā ki te poho o Koko i aua wā, ka ngana ki te whakamātau i te Pātea Māori Club engari kīhai i whakaaehia. Engari, kia rangona te korokoro mōrihariha o Pā, ka hurirapa te whakaaro. Kāore e kore, he tuahangata tērā whara. Ki te kore ia e pā ki te te poho o koro, kāore te waiata e pureihia ki te reo irirangi. Ka pērā, ka kīia kētia e te katoa, kei hea anō a Pātea?

Pū o te Riri

I puta atu te tamahine i te pekerangi o te pā. E kawea ana e te hau te kakara o te auahi ahi me te auahi pū. Koia ngā tohu o Tū. O te atua o te aituā. O te poropiti o te pakanga. I patupatu ōna ringaringa riri, te Kāwanatanga, ki Te Tai Tokerau, ki te Te Tai Rāwhiti. I tēnei wā kua mutu te pakanga ā-motu rā. Kātahi anō te Kāwanatanga ka kaupare mai ki Te Tai Hauāuru. Nā reira e inumia ana e te ope taua Emepaea. Koia tā ratou whakaritenga i te pāhuatanga o Taranaki.

Omaoma ana tērā tamahine ki te ngahere. He tore ōna karu, he kakama ōna waewae. Ehara i te mea nāna ngā peka i whati. Ko ia te ngahere, ko te ngahere ko ia. I rērere ngā tīwaiwaka i mua i a ia. Ko tēnei tokorua āna kaiārahi tae noa ki te rākau whakamutunga o te ngahere nei. Ahakoa tōna māharahara, ka ū te tamāhine ki tāna i whai ai, ki tāna kaupapa. Pai tū, pai hinga.

He mea whiti tōna mata e te rā hou. Kua huna haere ngā karu o ōna tupuna i runga rawa. He tohu anō. I tata pau te wā. Me kōpere te tamāhine. Nā reira e omaoma atu ana ia ki te mānia, ka mutu, ka aroaro atu ki te wairepo ki mua o te aroaro. I pikipiki ake ki runga i tētehi taeapa, ā, ka tarapeke iho. Heoi, ka hinga te tamāhine ki ōna ringaringa me ōna turi. Ahakoa kāore he whara, i kitea e tētehi tauheke mau pū ai. I whakakekongia atu te pū e te tauheke ki te kōtiro. Kātahi te tamāhine ka tū, ka kōpere atu. Kua rangona e te waha ōna werawera, ōna roimata rānei. Kāore ia i te paku mōhio. Mōhio kau ana ki ngā mea e rua. Ko ngā tohutohu a tōna matua. Ko te aituā o te pū.

—

Ka rūnanga ōna rangatira i te pō uriuri. I kitea e rātou te ruru e noho ana i te pekerangi, engari kāore anō kia rongo i tāna karanga. Pērā i te tai ki te takutai, i pari mai te pōuriuri i runga i te ngākau. E ai ki te kōrero, he pō kino te pō o te ngutu karangakore. He rā kino te rā.

'He paku te wā. Kia tae mai te rā hou, ka kōrihi te manu rā.'

'Rangona te hau, e te teina. Kua mārama ko te pū te pūtake.'

'Tērā pea, he kaiwhakangau rātou.'

'Kātahi rā. Ahakoa te hiahia kia whakakāhoretia te aranga o te rā, ka maranga tonu.'

'Heoi, he nohinohi rawa taua kōtiro.'

'He kakama ōna waewae, he roa tōna manawa.'

—

Kua maranga ake te rā, ā, tērā tauheke kua heke iho i tāna pū. Te itinga o te Māori rā ka kitea e ia. Ehara i te toa hauhau, he kōtiro kē. Ki te tauheke mau pū, e rua ngā momo Māori pai. He wahine. He tūpāpaku.

Mea kau ake nā tētehi pōkai pūkeko te tamāhine i pōwhiri ki tō rātou kāinga. I tekekō te māmā. Ārahina ana e ngā tamariki te manuhiri ki te pokapū o te wairepo. I tū ngā harakeke me ngā raupō ki reira. Pērā me ngā rangatira kua mōhiotia pūria e ngā pūkeko ki te hirahira o tōna haerenga. Ki te kore e oti, ka hinga te wao – arā te waonui o Tāne-matua. Te waonui o te manu. Te waonui o te iwi Māori. E matekai ana te Emepaea ki te whenua. Ko ō rātou whakaaro, hei aha te mana me te manu. Ko te kōhatu me te kau ōna ake atua.

I tīkina e te tamāhine he raupō me te pūkohu, ā, ka hoatu ki tōna kete i te taha o tērā peka kaikōmako me te kaueti māhoe. Kātahi anō ka rere atu. Kāore ōna wā ki te karakia ake. I mārama te atua e pīrangi ana te tamāhine ki te whakarauora i āna mokopuna. Ngā rākau, ngā manu, ngāi Māori.

Tere ana tērā tamāhine ki te mānia ki tua atu. He pāmu anō. Pūrere atu ana ngā kau, ka mutu, ka whakawhitia te awa. E tangi ana ngā kararehe, otirā e tūtae ana ki te wai. Kua taka te kapa i te tamāhine. Nā whai anō ngā kōura awa i ngarongaro haere ai. E taea te pēhea, tōna whakaaro.

Nāwai, nāwai, ka pikipiki ake te tamahine ki tētehi puke teitei. Heoi, ka kitea te ope taua Emepaea. He tokomaha ngā hōia e tū ana i te rori oneone. Tata ki te 300, ki tana tirohanga iho. I muri i te ope, he nui ngā hōiho me tētehi pūrepo. Ko ngā pahake kei te

mau pāhau roa. He momo maro tēnei tō ngā ika a Whiro. Kāore anō ngā taiohi kia mau huruhuru ā-kanohi. He momo ika anō rātou. He ika tauhou.

I āta mātakitakina te ope taua e te tamāhine. He pōturi tō rātou haerenga. Nā te waipiro pea te kakara o te ope i pirau ai. Kātahi anō tētehi tāne ka piko, ka ruaki. I horaina āna kai ki te rori. Kaha mai te katakata a ngā pahake.

I te wehenga o te nuinga, i tū anō te tāne hiaruaki, ā, ka mukua ōna ngutu me ōna karu. Kua wera haere tōna pāpāringa i te whakamā, waihoki, kua heke te werawera i tōna rae. I whakarite kakama ia ki te whai pahake, engari i kitea tētehi mea i te pī o ōna karu. He mea wareware e te tamāhine kia huna tonu i te pukuaroha mō te tama rā. I tūtaki ō rāua karu, kātahi te tāne ka tū pateko, ka mutu, ka toro atu ki tāna pū. Kei roto i te tama ngā whakaaro e rere āmio ana me te kī a ōna mātua, a tōna tianara. He iwi mohoao te iwi Māori. He ao kōhatu tōna. Ko rātou te tino taiepa i waenga i a mātou ki te whakarauora i a Niu Tīreni.

'Kua mārama pū ki tōna kaha. He manawanui tōna, he manawaroa rānei, he kōtiro tonu.'

'Kua tau mā taku kōtiro e haere, e te teina.'

'Nā reira, māku kē e haere.'

'Ki te haere koe, ka hinga.'

'Tērā pea. Otirā, ki te hinga au, ka hinga ētehi o rātou anō hoki.'

'Āna. Koia te tino take ka haere tāku tamāhine.'

I tangi te mapu o te tama, ka whakaū atu ai i tāna pū ki tērā tamāhine. E tū mārō tonu ana ia. I tua atu e tū pērā a Koro Taranaki. He tiketike te koroua, he pakupaku te tamāhine. Ki ngā karu o te tama, he putiputi noa te tamahine. Kei hea te iwi mohoao? te whakaaro o te tāne. Nā te toimaha o te pū ōna ringa i pauhau haere ai. Nā te itinga o te tamahine i ngākaurua ai.

Koia te pū ka heke iho, ka mutu, ka whai atu te tāne ki te ope taua Emepaea. Ka rere hoki te tamāhine. Ahakoa he tarawewehi, kei a ia te mana o tōna hapū. Ahakoa ngā piki me ngā heke.

Nā reira, i omaoma atu te tamāhine, ā, ka pikipiki ki te pari roroa tata ki te awa o Pātea. Kei te tihi i kitea e ia ngā pā tokomaha o Taranaki Mātongatonga. Otirā, i kitea te pokapū o te Emepaea o te rohe nei. I mārama ia me tere te mahi i tāna tahu ahi.

Nāna te pūkohu i pūkei ki te kaueti mahoe. E takawiritia ana e ōna ringa te peka kaikōmako ki te pūkohu me te kaueti mahoe. Kātahi, ka rua, ka rere te auahi. Waihoki te ngārehu. Ka mutu, ka kaha haere te wera. Kia tuku atu i ngā raupō, ka tū tiketike te ahi rā.

Kei te tihi o te pari roroa i kitea e te katoa o Taranaki Mātongatonga te muramura o te ahi. Nā reira ka mōhio pai rātou kua tae mai ngā hōia, otirā te pākanga ā-motu ki Te Tai Hauāuru. Mea rawa ake ka whakatangihia ngā pūkāea i ia kokonga o te rohe. Nekeneke mai, nukunuku mai, te urupare a ngā kaitoa ki te Kāwanatanga.

Kua tangi hoki te ruru i te pekerangi o tōna pā. Nā reira, kua pūhoto tōna pāpā. Kei te ora tonu tāna kōtiro. Te whakatinanatanga o te toanga. Hoki rawa ake te kōtiro ki te wā kāinga tērā ka tau tētahi ingoa hou ki runga i a ia. Ko Kāea tonu.

Taranaki Moumou Moni

Tērā tētehi papa tākaro e tū ana ki te Tiriti o Egmont, kei tāwāhi o te pāparakāuta. Ehara tēnei pā i te pā inu pia, engari he pā moumou moni. Kei te inu pia tonu ētehi, engari kāore rātou e whakahaurangi kia weherua ā rātou pūtea i ō rātou pūkoro. Nō reira te whakawai ko Taranaki moumou moni, moumou wā.

Tīrara ana te tokorima i runga i te papa tākaro. Kāore rātou ko Hone, ko Turi, ko Kōkohu, ko Hine, ko Kāea i te tākaro, kei te noho noa iho. Mātakitakina ana ngā waka e rere atu ana ki te pā me te hikareti i ngā ngutu o ngā kiriwara i te tōnga o te rā. Kāore te tokorima i te kōrero i ēnei mea – he hōhā te katoa – kei te matakite kē ki anamata.

'Kia toa taku kui, ka hūnuku mātou ki Tāmaki hoko whare ai me te kai Makitānara. Kua kai Makitānara koutou? Kei te hūnene rawa. He maha ngā Makitānara kei Tāmaki.'

'Kia toa taku whaene, ka hokona kia rua ngā whare tino tata, kātahi ka tāhae i te ao, i te pō. Ā tērā wā, ka whai mai ngā pirihimana ki te whare tuatahi, ka tarapeke taeapa ki te whare tuarua huna ai.'

'Kia toa taku matua—'

'E kore rawa tōu e toa, Bro.'

'Tē mōhio koe. I tērā wiki, i toa i a ia te miriona tāra.'

'He teka tāu. Ki te toa ia, he aha i eke paika tonu ai?'

'I tere rawa tana rere mā runga i tōna waka hou, nā reira, nā te pirihimana tōna raihana i muru.'

'Te puku! Kāore ōna wīra hou'

'Kāore anō koe kia kite, nā runga i te mea, e noho ana te waka kei te whare o taku whaene kēkē.'

Ko Kōkohu te Rangatira o te tokorima. He nui ake ia i te nohinohi, engari he iti iho i te Rangatira o te tiriti. Tū pērā ai i ōna tuākana, kōrero pērā ai, engari ehara i te mea he pērā rawa tōna mana i ō ērā atu. He kotahi te rerekētanga. Kāore anō ia kia whai mahi hira i te moana waipū. I whai mana hira a Hone i taua wā ka mekemeke atu i tōna tuakana i te kura. Kīhai i tutuki tāna i meke ai, kātahi ka hinga a Hone ki te papa, ka mutu, ka tangiweto. Otirā koia te ia o te awa ki kōnei. Ka huri te taurekareka hei taniwha. Ka whai mahi hira a Turi ki te puna kaukau. Waihoki, kei a ia tōna moko nei. He koru i tōna ringa. Mea mai ngā kuia o tēnei tiriti o Egmont he ira kē tērā moko. Engari ko wai kei te mōhio pū?

I te pō katoa ka tiaki ngā tuākana i ngā nohinohi, otirā ka whakahāweatia a Kōkohu. He ngākaunui rāua ki a ia. Engari he kutukutu ia ki runga i te upoko o ā rāua kemu.

'Kia pahake au, ka whakatītokowaru au i a au, kātahi ka taki wero ki tēnā pā, ki tēnā pā.'

'Kia pahake au, ka whakahānibill au i a au, kātahi ka uru ki te rīki whakataetae ā-motu, ka mutu, ka whakatakotoria te mānuka.'

'Kia pahake au . . .'

'Ka tiki tūtae koe.'

'Āe marika. Ka whāia mai e ia hurirauna i te maunga, ā, ka tīkina te tūtae a ā tāua nei mōkai.'

'Kāo. Ka au te manukura tāne o Ngā Waihotanga, kātahi ka whakahōhonu i ōku pūkoro, ka rua, ka haere ki Amerika haka ai.'

'Ka haere koe ki Amerika hākari ai, nā runga i te mea, ka whakamōmona haere koe.'

Kāore e kore, i tēnei wā tonu ka kangakanga atu a Kōkohu ki ōna tuākana, kātahi ka wehe. Kāore ia i waiho tapuwae, i waiho rongomai kē. Ka kerekere te pō, ka patapātai atu a Hine, he aha a Kōkohu i tangi ai. Kei te noho ngū ōna tūngane. I tēnei wā tonu ka taea te kite i te hononga i ngā kaitiaki kei te kāinga i te ata ki ngā tamariki kei te pāpā tākaro i te pō. Tutetute ana, whakaiti ana, whakatāmi ana. I tēnei wā hoki ka taea te kite i te rerekētanga. Kei te whakamahere ngā tuākana i te whakapāha ki te teina, ki te pōwhiri mai anō, ki te whakamōhio atu he reanga kē tēnei.

Taihoa ka tau a Kōkohu. Kua maroke ōna roimata, kātahi ka hoki pōuriuri atu ki tōna whānau. Āwangawanga ana ia ki te hoki i mua o te moumouranga katoatanga a tōna matua. Kāhore kau ia e hiahia ki te mōhio ki te utu a te tūreititanga, ki te rongo i te riri o taua tāne haurangi, o aua pūkoro pakaru.

'Kei te pai, Bro?'

'Pai ana au.'

'He whakatoi noa nā mātou.'

'Kei te mōhio au ki tēnā.'

'Kei te ora pai, Bro?'

'Ora pai ana au.'

'Inā he tīpi māu.'

'Koia tā koutou? Mā te tipi e whakapāha?'

'He tohu aroha nui. Ka hokona hoki he heihei māu, engari tē taea i muri mai i te ono karaka.'

Oma Rāpeti

Tērā tētehi tama e ngapu ana ki te oma. Kei te tau ōna kamuputu ki te oneone. Ka tū ngā kape me te tau o ōna karu ki te pae. He ngākau tapatahi tōna, kotahi te pīrangi. Rangona ai te kī:

'E mātakitaki atu ana a Koro i a koe.'

Katoa ngā tamariki i rārangi i tōna taha, kei ia tamaiti ō rātou ake hiahia. He kūare ngā mātua ki ēnei. Mātakitaki kau ana rātou i ā rātou tamariki matapae ai. Matapae ai ki te huarere, ki ngā tamariki e whakapau kaha wawe ana, ki tērā tama. 'Kāore e kore, ka tangohia tōna tīhate i te tuatahi. He poho kererū nōna i ngā wā katoa.'

Kua tīmata te whakataetae omaoma, kātahi anō ngā tamariki ka oma atu i te wī ngapunga. Rērere ana ngā waewae, rērere ana ngā manawa, rērere ake ana ngā pātītī. I taua wā tonu ko terā tama, ko Tohu ki mua i te rōpū omaoma. Ka kōrero whakatoi ngā pahake i te tama me ōna kamuputu, tōna tarau tāngari poto.

'Te āhua nei, e oma atu ana ia i ngā pirihimana.'

'He nui pea ōna wheako?'

'Mēnā he rite tahi ki tana pāpā . . .'

I runga i te puke tuatahi kua tīmata tētehi hunga kōtiro ki te hīkoi. Kei te mōhio rātou tē taea e ngā mātua te kite mai. I ō rātou tarau poto kei te tīkina ngā waea. Kātahi anō te aro ka huri ki ngā mea e toru: kōrero whawhewhawhe ana mō ngā tama o te kura, tītiro ana i te pae pāpāho, tohetohe ana ko wai te mareikura tika i tō rātou kapa haka. Kua huri pēnei tērā tira tama ki te nanakia. I tarapeke rātou i te taiepa, ka huna ai ki te pāmu kānga. Kei te pūkoro o tētehi tama he pākete hikareti. Nāna i tāhae i tōna kui. 'He whakataetae oma kei te haere,' te kī a ngā kaiako. 'He kaiako kore kei te haere,' te rongo a ngā tauira.

Ahakoa kua puku te rae o Tohu e pōturi ana tōna ngā ki roto, tōna hā ki waho. I mākū ōna kākahu i ōna werawera, ā, i mākū ōna kamuputu i te paruparu. Ia tāwhai ka horahora atu ōna hū i aua mea. Ki te tama, he mea iti te mahi nei. Ko te mahi nui te rapuanga ki te whakamarumaru ki mua o te aroaro. Kāore a Tohu i te kite i ōna hoariri. Kei te mōhiotia kētia ka tere ake. Nā reira, mōna, he whakataetae kē te whakataetae nei.

'Mātakitaki mai a Koro.'

He matatini tēnei ara whakataeatae oma. Kei tētehi wāhanga he koropupū te tā i te weranga o te rā, he torotoro atu ngā ringaringa o te kōhi, ka noho weherua i ngā whira kānga i te oneone. Kei tētehi atu wāhanga, he nui ngā taiepa, he maha ngā tiko kararehe, he noho pūmau tētehi tōhihi e kore e mimiti. Ko ōna painga anake te korihi a ngā manu me Maunga Taranaki e tū mai ao te pō, pō

te ao. Pērā i te pōwhiri, kei ia wāhanga he oro kē. Ka ketekete te makipai, ka kūkū te kererū, ka kōkō te tūī. I te mea, te kaha o ō rātou manawa, kāore ngā waewae oma e rongo i ēnei oro.

I waenga i te manu kōrihi me ngā hipi e hiahia ki te tukirae i ngā tamariki, kei te oma tonu tētehi rōpū. Kāore rātou i whakapau i te kaha, engari ka omaoma noa kia ngū ai ōna mātua kei te kāinga ā muri i te whakataetae. I tua atu i a rātou he rōpū tamariki tē taea te oma tonu. Kua pau rawa. Kei te piko tētehi tama, kātahi ka hinga. I tōna taha e tāpapa ana ngā tama e toru. Ka takato pērā rātou kia tae mai ō rātou whāene ki te whakarauora i a rātou. Koia te kai o te kūare.

Kei te pāmu kānga, e whakawehe ana te tira tama i ā rātou hīkareti. E toru noa ngā hikareti ki waenganui tonu i te tokorima, engari ia kei a Turi tāna ake. Ko ia te mātāmua. Heoi anō, he nui ake ōna wheako. I tētehi wā i rongo tāwara i te pia, koia tāna. He rite te inu pia ki te kai hikareti, tāna anō.

'Kei hea te pūahi?'

'Kei hea te aha?'

'Māhunga wai koe, āu mahi, ōu whakaaro. Ki te kore he pūahi, tē taea te whakakā.'

'He roro kore koe! Me orororo kē ngā kaupeka.'

Ka hīkoi atu, ka hīkoi mai ngā mātua. E noho toimaha ana ō rātou māharahara. Ko tērā pātai te pūtake o tēnei kare ā-roto: Mā wai te whakataetae e toa? I mua o tō rātou aroaro e whakatakoto ana tētehi whīra. Koia te wī haurua o te ara whakataetae. Kua mōhiotia paingia ā rātou tamariki e rātou, heoti anō, e tūmanako tonu ana ka kitea tētehi o ā rātou tamariki e ārahi i ngā wae oma.

Kāore anō rātou kia kite i a rātou, engari kei te kite kē i a Tohu me ōna kamuputu e takitaki ana, e rapu ana i te manaakitanga o Tāne, o te marumaru o ngā rākau.

Nō Tohu e omaoma ana, ka tungou tētehi upoko i waenga i ngā mātua, ka mutu, kei te mātakitaki ngā karu parauri e rua. E nukunuku ngū ana ngā ngutu o tēnei koroua. Ahakoa he kupu o mua ēnei kupu, he mea hou ki te nuinga o nāianei. He ruruku nō te wā o te wehenga o te waka Aotea kia marino ai te tai.

'Karakia ai tērā whara, engari e pīrangitia tonu ana ngā tokotoko e rua.'

'Kua mauheretia hoki tāna tama rā.'

'E oma tonu ana tana mokopuna ki ngā kamuputu.'

Ehara i te mea tika te ngutungutu nei. Kāore tāna tama i te whare herehere. Kei te urupā kē. Kūare tonu ana ngā tākuta ki te take i mate ai. I tētehi rā e tū ana, ao ake i te rā, kātahi ka hinga, ka mutu, ka tanu ki tērā urupā ki te hiku o Te Ika-nui-a-Māui. I tōna pōuri kua wehe tana whaene, te māmā o Tohu. Ināia tonu nei tērā tama ka whāngaia e tōna koroua. Kāore rātou i mōhiotia te pūtake o tēnei kōrero tūkino. Kāore tētehi i pātaia te tokorua ko Tohu, ko tōna koro. Kei te kukū i tā rātou kūare.

I te pāmu kānga e orooro ana ngā tama i ngā momo kaupeka kē. He nui ake tā rātou kohakoha ki kōnei i ngā waewae e omaoma ana. Kei te noho hītengitengi rātou ki te tahu ahi. Ka mahia, ā, ka tū noa te mahi kia kohete pai ki ngā mahi hē a tētehi atu, ka mahia anōtia.

'Ehara i te mea me pēnā, me pēnei.'

'Kua whakamahia e koe te mahi nei?'

'Kāo. Engari ia kua mōhio pai ehara tēnā i te tika. Ā, i tērā tau i pānuitia tētehi pūrakau mō tētehi tamāhine o mua e mahi pēnei ana ki tērā pari roroa o Pātea.

Tērā tētehi kāhui hipi toa kua whakarite ki te tukirae i ngā kōtiro e Tiki-Toka ana. Kei te ketekete ngā kōtiro kūare mō te taumau me ngā tama hūmarie me ngā tamariki. E hiahia ana te katoa ki te tokoiwa tamariki. Mā te hapū ka ora anō te hapū, te whakaaro o ngā kōtiro nei. I pātaia tētehi he aha te pūtake o te hapūtanga. Kei noho ngū te tokorua nō te pāmu kau. E mōhiotia pūria ana e rāua ko te pū te pūtake o te hapūtanga.

Mea rawa ake, kei te takahi te tokorua i tētehi pūkei tūtae hipi, kātahi ka hāmama ki ngā rangi tūhāhā. Kaha mai ana te katakata a ngā kōtiro kē atu. Kātahi rā ka pōkaikaha. Kua maumahara ngā kōtiro ki te tū ki te tūtae, ka kōkori ngā kararehe. Huri tahi ana tō rātou aroaro, ka kitea ngā hipi toa. Kātahi anō ngā waewae ka tere atu ki te taiepa tata nei. I te mauri rere, ka rere hoki ā rātou waea ki te paruparu me te tūtae. He whāngai hau ki te taniwha o te pāmu.

'Ka whakahōha rānei ngā kararehe ki ngā tamariki?' te pātai o tētehi ki te tumuaki.

'Mēna e oma ana rātou, e kore e pērā.'

'Ki te kore e oma?'

'Tē oma, ka kite. Ka kite i ngā hipi toa, ka oma.'

Kei te pāmaemae haere ngā waewae o Tohu. Kua pau haere tōna kaha i te kaha whiti o te rā. I whakamaroke te paruparu i ōna hū, i harakuku tōna tarau tāngari i ōna kūwhā, i whakatoimaha tōna werawera i tōna tīhate. Ahakoa kei te whakapōturi i a ia, e whawhai

tonu nei, e whawhai tonu nei. Ahakoa te aha, ka whawhai pērā i ōna tūpuna i ōna wā. He nui te aronga. He kotahi te aro. Ehara i te mea te toa, engari ka pikipiki ake ki te tihi – arā, ka hinga te rekoata. E tino wawatahia ana ki te whakamōhio pū atu ko wai ia. Whakamōhio pū atu ki ngā mātua i katakata ai ki a ia, i tōna whaene i whakamahue i a ia, i tōna koro i whāngai i a ia.

Mā te urunga a tōna ingoa whānau ki te rākau tihi ā-kura, ka whakamānawatia tōna koro, ka whakaitia tōna whaene, ka whakakitea ā rātou hē ki a rātou mā, ki ngā mātua o te kura. I taua wā tonu e kore e wareware i te hapori ko wai tōna whānau. Ki te toitū tonu te kura, ka toitū tonu te ingoa o tōna whānau.

Nā reira kei te omaoma tonu ia, kei te whawhai tonu. I tōna upoko, e tauria ana ia hēkona kua hipa. Mārama ana te tama koia anake te ara ki te piki ake i te tihi. Mea kau ake, ka tetē ōna niho. Kātahi ka hau atu ki ōna ponga. Ka mutu, ka tāwhai hē ki te tōhihi e kore e mimiti. Kua kī ōna kamuputu i te wai, ā, pērā i te tino kēmu o Aotearoa nei, kua poharu i te paruparu. Nā whai anō a Tohu ka hinga ki te oneone. Ka ngaro ōna hū ki te paruparu.

'Whakaaro ana koe ka hinga te rekoata i te tama?'

'Nōna ka mau tarau tāngari me ōna kamuputu – e kore.'

'I tata eke ia ki te tihi i tērā tau.'

'He rerekē rawa te tata eke i te ekenga tihi.'

Rērere ake ana te auahi i ngā kaupeka oreore. Kātahi ka kā ko te ngārehu. Kia tukuna te hau me te kiri o te kānga, ka tahuna te ahi. Kua muramura ngā karu, ā, kua muramura ngā hikareti. I waenga i ngā maremare me ngā kaumingomingo, kei te kamokamo rātou i

a rātou anō. Tirohia mai, te kī a ō rātou pāpāringa uraura. I tāhae a Māui i te mura, ka tāhae hoki tātou.

Kei te tupu tonu te ahi. Ā, kei te tuputupu tonu. Kātahi a Turi ka takahi i te ahi. Engari auare ake. Ka whātorotoro ngā ringa o te ahiahi ki tētehi kānga, ā, ka mahitahi te tira poi ki te whakaweto. Kei te whiua ā rātou hikareti, ka takahi atu ai. Ka pekepeke atu anō hoki. Kua ngau te ahi i ō rātou hū me te huruhuru iti o ō rātou wae.

Taihoa, ka tangohia e Turi tana tīhate, ka whiua ki raro. Kei te ngana anō kia whakawetohia te ahi me ōna waewae. E takahi atu ana, e pekepeke atu ana. Ka haere, ā, ka haere te takatakahitanga a ngā tama, ā, ka whakawetongia paitia ngā tamariki a Mahuika. Nā reira kei te titiro pāwera atu rātou i a rātou. Ko tō rātou tūmanako i karo i te aituā.

Kei te hīkina tōna tīhate e Turi. Aī auē! Kātahi anō te ahi ka ara ake anō, me te aha, ka whātorotoro te ahi. I taua wā tonu ka pāngia te kakau o tētehi kānga. Nā whai anō ka tahuna haeretia. Kei te māharahara haere ngā tama rā, ka patua ai e tētehi te kakau. Kua tangohia kotahitia e ngā tama. Kei te whiua ki runga i te ahi, ā, ka takahi tonu atu, ka pekepeke tonu atu.

'Kua whakaweto katoa i te ahi nei?'

'Te āhua nei, āe.'

'I whakaritea e au kia tangohia taku tarau poto, kātahi ka whiu ki runga rā.'

'I whakaritea e au,' tā Turi, 'te tango i taku tarau roto.'

Kaha mai te katakata.

Otirā, pērā me Mahuika, ku puku te rae o Matua Maru. Kua kitea e ia te auahi e rērere ake i te pāmu. Tirotiro haere ana ōna karu, ka mutu, ka whakaarohia ko wai ngā matangaro. Kāore e kore, i tēnei wā ka mau a Mahuika i a Māui. I taua wā hoki pea, ka wehe wawe ake a Māui ki te kūwhā o Hine-nui-te-pō.

Kua hora ngā tūtae a ngā hipi ki ngā waewae o ngā kōtiro. Ki tua atu o te taiepa, e whakarauora ana rātou.

'I tukia koe?' te pātai a tētehi o te tokorua ki tōna hoa.

I a ia e tangi ana, kei te tungou te māhunga.

'He mamae tōu?'

Kei te rūrū te māhunga.

'Ka mutu, he aha koe e tangi nā?'

'Nā te mea, tētehi tama kua pātuhi mai. Ā, i taka taku waea. Nō reira, tē taea e au te whakautu. Kei te pōhēhē ia kei te waiho ahau i a ia.'

Tū kaha ana a Tohu i te ara tūkaha. I mahue ōna kamuputu ki te paruparu. Kua tae anō ki te wā me whakapau ia i ōna kaha ki te oma, ki te torotoro ake ki te taumata tiketike o tūmanako. Kāore he raru ki a ia ki te oma mā raro, mā te hū kore. Ahakoa te tara me te kuiki, kei te mōhio pai te tama, mā te ihi ka rere te toa. Nā reira ka oma anō te tama.

'Mātakitaki mai a Koro.'

Kua rangona e te tira huna i te pāmu kānga i te tihitihinga o tētehi mea tata. Mea rawa ake ka kōpere atu rātou, kātahi ka tarapeke i te taiepa, ā, ka puta atu ki runga i te ara tūturu. E tirotiro haere ana ō rātou karu. Hāunga te rōpū tāpapa ki te whenua, kua wātea noa rātou.

'Kua kitea atu te tangata rā?'

'Kāo. Kua kitea tātou e te tangata?'

'Āe mārika,' te kī i tua atu o te taiepa. Ka puta atu te ihu o Matua Maru.

Pūkana ake ngā karu o ngā tama.

'E pā, kia kaua e pana atu i a mātou.'

'Nē hā?'

'Nē?'

'Kei a koutou tērā mana o nāianei. Ka taea e ō koutou nei parirau te rere pērā i ō koutou nei waha i te akomanga?'

Kātahi ka oma tīhate kore kia kore e Matua Maru e kite atu, ka kīia e ngā tamariki, 'He waimarie nō tātou ka toitū tonu te pāmu.' Ka kīia e Turi, 'He waimarie nōku ka mauria tonutia tōku tarau me te kore oma kirikau.'

I tērā atu taha o te ara whakataetae oma, ka piupiu ngā karu o ngā mātua i te tama hū kore ki te matawā e tatau hēkona ana. Kei te noho pūmau te aroaro o Koro ki tāna mokopuna, waihoki e whakaaro ana kei hea ōna kamuputu, otirā e poho kererū ana ki tōna manawaroa. Hei aha māna, mā koro tēnei mea te toanga? Ki taua reanga rā, he nui ake te mana o te manawanui.

E kōpere kaha ake ana a Tohu. Kua hongihongi i te wī mutunga, i te nanu o ngā mātua. Kei te tae ngā wae kōpere ki te wāhanga whakamutunga, ki te papa tākaro. I te wī mutunga, ka whātorotoro atu tērā rīpene i tētehi pou ki tētehi atu, ā, ka tatau tonu te matawā. 11 haupū 59 hēkona te wā kua hipa. 14 hēkona e toe ana ki te tihi. Ki te toa ake, me tahuti ia i tōna tino 100 mita. I tangohia tōna tīhate, kātahi ka hāmama atu. I ā hā hā!

Kei ōna toto, tū ake a Tū-mata-uenga, a Tū-te-ngana-hau, a Tū-tāwake. Ia tāwhai ka kō i te oneone, ka rūrū i te whenua. Ahakoa kei te kaha te pupuhi o Tāwhiri, tē taea te rongo. Kua whakakōhatu i tōna kiri, kua whakakōhatu i tōna ngākau ki ōna hoariri, ki ngā mātua e mātakitaki mai ana. Kei te rongo-ā-wairua anake i te tirohanga o ngā karu o Koro. Me te wī mutunga. Nā reira kua mataara ōna karu. Kei te whakapaungia te kaha. Kātahi anō ka whakatata atu ki tōna pae tawhiti, ka whakamaua tōna pae tata, ka tīhae i te rīpene. Ka mutu, ka hinga.

Kei te ngana ia kia whakapapa pounamu te tai pari o ōna toto, tē taea. E pātukituki tonu ana te ngākau, waihoki e heke iho ana ngā werawera ki ōna karu. Nā reira kei te takoto kōhatu tērā tama. Tē taea te kite. Tē taea te rongo. Tē taea te hongihongi.

Kei te hipa tonu ngā hēkona me ngā haupū. Taihoa ka whana tētehi ki tōna pakihiwi.

'Kei. Konā. Koe. E koro?'

'Kei konei ahau.'

'Kua. hinga. te. rekoata. i ahau?'

Kei te tirotiro haere ia ki te matawā.

'Aua, e tama. He aha koia taua tihi rā?'

Nā te ngoikore o te tinana, he ngoikore hoki te katakata. I taua wā tonu kua mōhio te tama ki te itinga o te ngākau o tōna koro ki tāna mahi. He aha te whakataetae ki te koro e mōhio kē ana ko wai tāna moko, tāna moko mārohirohi e omaoma hū kore ana?

'12 haupu. 13 hēkona,' te kī a te tama.

'Nē hā? Kei te tata koe.'

'Tehea taha o te tata, e koro?'

'Kotahi te mata o te tata, e tama.'

'Auē.'

Kāore a koro i te urupare atu. Kei te whana anō. Nā ōna tokotoko e rua, koinei tāna tino akiaki e taea ana te whakamahi.

'Heoi anō, kua eke mai te haora, e tama. E tū. Ki te taea e ēnei mea pahake te hīkoi,' kei te tohu ōna karu ki ōna wae, 'ka taea hoki e koe.'

Pakaru mai te menemene a Tohu.

'Heoi, kea hea ōu kamuputa? He nui rā te utu o aua mea, e tama.'

Kāore te tama i te mōhio tēhea taha o te tihi. Kei te noho whakarikarika ia tae noa ki te wā tiki taonga, tae noa ki te wā ka taurangi a Matua Maru ki te whaowhao i tōna ingoa whānau ki te rākau tihi ā-kura. 'Ka tono atu au ki te katoa o Pātea, o Taranaki anō hoki,' tāna taurangi. 'Ehara i te mea iti,' tāna, te wikitōria i te tihi oma, he pahake ake i a au.'

TE TIHI Ā-KURA O TE WHAKATAETAE OMA
Tohu Tumahuki (Tau kura 8)
12 haupū 12 hēkona

Kīngi o te Ringi

He wāhi mokemoke tōku papakāinga i ēnei rā. I tū ngā hōia o mua i ngā puke, tau mai ana ki ēnei rā, ka tū kē ko ērā uru kōhi. Nā ngā tarutaru ngā rori i whakaangiangi. Tiko ai ngā kau. Tiko poka ai ngā taraka. Kīhai ngā pūkeko i rere mai. He mea patu tuatinitini e ngā waka. Tē taea pea e aua kaitaraiwa taraka te pānui te pae tere. Ko te mea nui o te ao ki a rātou, he pūtea, he pūtea, he pūtea.

He wāhi mokemoke tōku papakāinga. I te pikopiko haere a kui mā, a koro mā. Kua ngaro ō rātou niho, kua angiangi ō rātou makawe, kua kāpō haere ō rātou karu. Ia tau ka hekeheke iho tētehi henemita i tō rātou tāroaroa ki tō rātou hope. I kotahi mita te tāroaroa o ēnei kaitiaki. Te tikanga kē ka whakaahuatia kētia Te Hopiti e Pīta Jackson ki konei. Hei aha rā te ata mariko rorohiko, kei a mātou te mea māori.

Kei te pae he Maunga Doom. Tāria ai tērā maunga tapu ki te pahū anō, ki te kimi utu i ngā kaipāmu i ō rātou hara ki te whakaparuparu i ōna awa tapu. Kei a mātou he auahi, he waipiro, he taniwha. Kia kaua e tuarua ēnei ki ō mātou kui, kei patupatua ahau, kei kurua ōku taringa. Ko rātou, rātou. He patupaiarehe ērā taonga a mātou.

Kei te pā ōna rua ririki. Koia te ingoa tika mō ō mātou nei whare. Kīhai i taea e te hapū te tūmanako ngā whare papai ake. He mea pana atu mātou nā ngā kura. Waihoki, kia tae mai a Takurua, he mea pana atu hoki nā te wheketere. Nā reira ko ā mātou tino taonga ko Koro me āna karakia ki te akiaki ki Te Atua kia pēnei, kia pēnā, kia whakapai mai ai. He taringa mangō pea nō te Atua. I wehe atu rānei ki Tāmaki pērā i te tokomaha o Ngāi Māori.

He wāhi mokemoke tōku papakāinga. Kua kāpō ngā whakairo. Kua mā haere ō rātou karu pāua. Hohore haere ai ngā kōwhaiwhai. Tāria te wā, ka taka te tuanui o te whare tupuna. Taihoa ake ka waikura te kāuta. Kāore e kore, ka hinga katoa ō mātou whare ā tōna wā. Kātahi ka hinga te take a kui mā, a koro mā.

He wāhi mokemoke tōku papakāinga. Engari anō te wā, ka mate tētehi, tērā te wā ka tū anō te ihi me te wehi me te wana. Ko te haka me te reo me te poi. Ko te kai me te manaaki me te hākinakina. Ko te aroha me te nanakia me te whanaungatanga. Nāwai, nāwai rā, ka mutu tēnei ngahau. Ka whātoro te urupā tae atu ki te whare tupuna. Ā taua wā ka tukuna te tūpāpaku whakamutunga i te mahau ki tōna rua.

I muri mai, ko tāku e whakaaro nei, kua kore te mokemoke o tōku papakāinga. Ka kī te pā i ngā kēhua. Ka okioki pai a Pīta

Jackson i tana pā taurima ki Matahiwika puta atu, ka rua, ka haere mai tērā whara kaua-e-inu-me-te-taraiwa o Te Arawa. Hei te tau 2052 tū ai tāna kiriata hou: 'E tā, mōhio koe kāore e taea e au te nanao ō titipi kēhua.' 'E moko, mōhio tonu koe ka kurua tonutia e au ō taringa wairua.'

He Kahu Whakatere

I nehua tō mātou kuia i tērā wiki. Kāore ōna kāwhena, he kahu whakatere kē. Nā āna tamāhine tēnei waka tapu i āta raranga. Kei tāwāhi āna tama tokorua, he tohunga whakairo kua hou te rongo ki te ao, tē taea te hoki pēnei mai. I māuiui te kuia mō te wā roa. Engari kāore ia i hinga kia mutu rā anō tōna kahu pōuriuri, kati ana ōna karu i taua rangi tonu i oti atu rā i ngā whāene te raranga whakamutunga. Ahakoa kīhai i kitea ā-karu atu e ia, i mōhio tonu.

I muri mai i te tangihanga, ka takahia te whare e tētehi tohunga. Ko tētehi o ngā minita o Pātea. Ehara rawa i te mea he kuia i kaha whakapono ki ngā atua, ki Te Atua rānei, engari i whakapono te whānau he tika te mahi nei. E ai ki a koro, 'Ki te hē te tikanga, kāore āna hua pai. Ki te tika te tikanga, he tika anō te hua.' Nā reira i tīkina katoatia ngā whakaahua a tō mātou kuia i ngā pakitara, i ngā tēpu hoki, kātahi ka hunaia ki roto i ngā toroa kia rewa anō

a Puanga i te pae. Ko te kī tahi a ngā tohunga tokorua, koinei te tikanga. 'Ka matangaro ia, ā, ka māteatea pea te ngākau.'

Kua rongo kē tōku ngākau i te pāmamae.

Kua rangona te ngarotanga o tana manaakitanga. 'Kua kai, e moko?' 'Pīrangi ana koe ki te tiki i taku kāri mō ētehi rare?' 'I inu inawhē koe?'

Kua rangona e te ngākau te ngarotanga o tana hōhā. 'He karakia kai, e koro, ehara i te kauhau. Kia tere.'

Kua rangona te ngarotanga o te tiaki. 'Ko wai koe, e hine, ki te kohete i taku moko? Kua pango tonu ngā pakitara o te wharepaku i tāu kaiā hikareti a te koroua rā.'

I tana wehenga, i wahangū kau te whare, i mokemoke haere mātou. He pūwhero te karu, he toimaha te ngākau. I te ānewanewa puku te whānau i te kopa noho, me te aha, tērā anō a Koro ka kuhu mai. Kei ōna ringaringa he tatau e mau ana.

'I kohaina atu e te kui āna mea katoa, hāunga tana tarau.' Ka heru ia i tōna pāhau ki ōna matimati. 'Mōhio pai ana a Io, ka tukuna taua mea hoki e tōku ipo ki te taea e tētehi te mau.'

'E Pā e!' te kohete a ngā whāene.

'Inā te pono, kōtiro mā. He maunga tō whaea.' I hurirauna ō rātou karu. 'Kīhai i taea te pupuri tōna manawa nui ki rō tinana iti iho. Heoi anō, ko wai te Māori i kī atu he kino te puku mōmona? Kia kitea a kui, ka tipu te tōtara a Tāne.'

'Haki rā!' tā māmā. 'Kei konei āku tamariki. Waiho taua āhua ki te moenga. Kei ngaukino rātou i ō kōrero hemahema.'

Ka karakia a Koro, ka whakatakoto i te tatau ki te tēpu matua. Kei te tatau e whitu ngā ingoa: ngā ingoa o āna tamariki me āna moko. Ki te taha o aua ingoa, ngā ingoa i tāruaruatia ia rima tau, ia tekau tau, ia tekau mā rima tau te tāroaroa o te whānau i roto i te toru tekau tau. I ngā tau tata e toru nei, i whakaiti haere a koro, ā, ka kitea kua whakatipu ake tōku tungāne. Kua kati tōku tupuranga i tōku tekau tau. He teitei ake au i a Whaene Kiwi – otirā, he tika taua ingoa mōna.

'Kei a kui he taonga mā koutou,' tā koro. 'He iti he pounamu. Ā, anei tōna aroha.' Ka whanaia te tatau e koro ki tōna waewae.'

'Mā wai rā?' te patai a Māmā.

'Ki tōna tino taonga,' tā Whaene Kīori whakakata. 'Ki a au nei.'

'Me moemoeā tonu,' tā Whaene Kiwi. 'Mōhio kē te katoa, ko te tino taonga ko te pōtiki.'

'E hine, i tapaina tō ingoa mō te manu mōmona rere kore. He rangirua koe, he pōrangi rānei?'

'Kua wareware ki tōu, Rīroi. Kāore a kui i mōhio ki tōna hapūtanga. Koia te take mō tō ingoa. I puta ohorere mai pērā i te kaihuna waka.'

'Kāti ake rā!' tā koro. 'He mea kore whakarite koutou katoa. Mahimahi rāpeti ai māua me te kore e taea te pēhea atu i te whāwhā.'

'Aī auē, Pāpā! Haki rā hoki!'

I noho māua ko tōku tūngane i te mahau. He roa te wā ka tautohetohe ngā whāene me tērā nanakia, a Koro, ko Māmā me

ngā whāene ka kī ko rātou te tino, me te aha, ka āpiti noa a Koro i āna kōrero hemahema ki roto noa i te kōrerorero. Ka pērātia i ia noho ā-whānau. Ia noho marae, ia wānanga, ia hautapu, ka pērā tonu te kawe i a rātou anō. Ahakoa e 40 ō rātou pahake, e 70 rānei, i kōrero pērā ānō nei he tamaiti tekau mā toru te pahake.

'He aha ō whakaaro ki te tatau? Me aha kē rātou?' āku pātai.

'Me tapahi kia ono ngā wāhanga. He wāhanga mā ia uri, mā Koro anō hoki.'

'Koinā tonu te wawata o kui?'

'E aua hoki,' i hīkina ōna pakahiwi.

'Mōku nei, ka whakaiti tērā i te mana o te taonga rā. Ahakoa ngā tono tūpāpaku, kīhai i tika kia tapahihia te tūpāpaku, kīhai i te tika kia tapahi i te pou whakamaumahara.'

'He pēhea ō whakaaro?'

Kia haere anō māua ki te kopa moe, i te inu waipiro rātou, ngā whāene me Māmā. Ko Whaene Kiwi i noho i te kokonga. I inumia e ia te waina me te kai pihikete paka. He pūkoro hōhonu ōna. I inu pia ērā atu whāene, i kaingia te parāoa parai. Koia te tino kai a kui. Nā reira i mōhiotia paingia e te whānau i aha kē a Nan kia mōmona haere. He kaitākaro netipōro ia kia 40 ōna pahake, kātahi ka mutu, ā, ka mōmona haere. Te kī mai a māmā, i akiaki a Koro i a ia. 'I ū tonu te aroha a Koro ki a Kui ahakoa pēhea. Otirā, kia whakawhānui ia, ka whakawhānui te hiakai a koro ki tōna maunga.'

Kāore te tatau i nukuhia atu. I takoto tonu i te tēpu.

'Nā runga i te mea i haere ngā tungāne ki tāwāhi,' tā Māmā. 'Ko te mātāmua wahine te kaitiaki tika. Ko au tēnā.'

'Ko koe te rangatira o te ka me te wa ināia tonu nei?' tā Whaene Kiore. 'I whea rā koe i te tīmatatanga o te rangaranga i tōna kahu?'

'I te mahi.'

'Ehara i te kōrero whakaiti, engari he take kōrero noa nei.'

'He tika tā Kiore,' te kī a Whaene Kiwi. 'Engari, i roto i tēnei whānau nei, ko au te ahi kā. Inahea ō waewae tae mai ai ki te pā i mua rā i te nehunga? Nā reira ahakoa te kī a Kiore, ko au te kaitiaki tika ake.'

'Kaua e whawhai,' tā Koro. 'Me manaaki tātou i a tātou. Ka hoki te mahara ki te wā ka whakatakoto māua ko kui ki runga i te—'

'Wīare!' tā te whānau.

Ahakoa te aha, i whakaae rātou i a rātou ki tētehi mea kotahi: kīhai i pīrangi ki te whakarongo ki a Koro me Kui me te mahimahi moenga.

I mahuta ake te marama, waihoki i pikipiki ake te haurangi, otirā i pikipiki ake ō rātou riri. Kāore tōku māmā rātou ko ngā whāene i te noho kau, i tutū rātou me te puehu. Ko koro i haere ki tōna kopa ki te nohopuku me te ruruku. Kia kimihia ia e māua ko tōku tūngane, i takoto ia i tōna moenga e au ana tana moe.

'Ka pēhea mēnā ka tohaina te tatau e mātou ki a mātou anō. Kei tētehi kāinga mō ngā marama e whā, kei tētehi atu mō ngā marama e whā, ā pau noa te tau.'

'Kei a wai i te wā o Puanga?'

'Kei a au.'

Pakaru mai te riri, kātahi ka ngana anō te whānau.

'Me oma mō te taonga.'

'E hia te tawhiti?'

'E toru kiromita.'

'Ha! Ehara i te mea kei te tamariki tonu tātou. Tē taea e au te oma kotahi rau mita ināia tonu nei.'

Pakaru mai te hōhā, ka hakahaka, kātahi ka ngana anō te whānau.

'He whakaaro tōku. Ko te kī-o-rahi. Te mea tuatahi kia whā ngā piro'

'E pīrangi ana koe ki te tākaro i tēnā kēmu me ngā kaitākaro e toru.'

'Koia.'

'He roro hipi tō roro, e hine.'

Ko te tauutuutu i ngā whakaaro pōrangi me ngā taunu, kātahi ka ngana anō te whānau.

Nāwai, nāwai rā, kua mutu te kōrero. I noho ngā whāene i ngā tūru o tā rātou tamarikitanga. Kei te papa a Whaene Kiwi. Kei te hōpa hāneanea a Whaene Kiore. Kei te ringaringa o te nohoanga poto a Māmā. Kia hoki mai, i ohorere a Koro kia rangona te kupu kore o tōna whānau. Kua wahangū i tā rātou whakapau kaha.

'Kua pau te hau, kōtiro mā?'

'Āe mārika,' tā ngā whaene.

'Nā reira he aha te hua a hā koutou tautohetohe?'

Ka rūrū ngā māhunga.

'Kei te waimarie koutou kua wānanga māua ko haku pinati,' i herua tōna pāhau e ōna matimati. 'E hiahia ana koutou ki te mōhio ki te hua a haku wānanga?' Kua tūngoungou ngā māhunga. 'Karekau.' I katakata a koro, ka pūkanakana ngā kanohi o ngā whāene.

'Ko tētehi huarahi anake e toe ana,' tā Koro. 'Me pātai ki te tino taonga o kui. Ko āna mokopuna.'

'Taihoa ake!' tā Whaene Kiwi. 'He tika tāu? Koia tonu te tino?'

'Kua mōhiotia kētia e te katoa,' tā Whaene Kiore, 'ko te tino taonga te pōtiki a te whānau.'

'Ehara,' tā māmā. 'Inahea a Māmā i mamau ai me tātou, ngā kōtiro?'

I hīkina ōna pakahiwi.

'Nā reira, e āku moko, pēhea ō kōrua whakaaro ki tēnei tatau?'

I tirohia māua e ngā whāene, kātahi a Koro ka menemene mai. Kei ōna karu he kōrero, ahakoa te aha, he pai te whakaaro.

'Mōku nei,' tā te tungāne, 'me tapahi kia ono ngā wāhanga. Ka riro tētehi wāhanga ki tēnā, ki tēnā, ki tēnā.'

'He whakaaro pai tēnā, e moko.'

'Otirā,' te kī a ia me te kamo mai. 'Kei te tuahine te tino whakaaro.'

I whakaputa whakaaro atu au. Kei te tūngoungou ngā māhunga.

Nā reira ka hangaia e te whānau te tatau hei pou whakamaumahara. I hūna tonu te pou me ngā whakaahua o kui kia rewa mai a Puanga kai rau. Nāwai, nāwai rā, ka huraina tērā pou hei tohu whakamaumaharatanga i tōna rua. Kei tētehi taha o te tatau, ko

ngā ingoa me ngā inenga tāroaroa o te whānau. Kei tērā atu taha, he whakairo. Mā te pūtake ka tupu te rākau.

'Me whakairo ngā mātua i te tatau,' tā te tūngane.

'Whuu,' tā koro. 'Ka taea te kite tēnā. Ka tū te pou—'

I tirohia te tūngane e au, kātahi māua ka tatari kia rongo i te kī nanakia a Koro.

'. . . pērā me tōku pou.'

'Haki rā hoki, e pā.'

Te Pāhuatanga

'Kua werangia katoatia ngā whare wānanga i muri mai o te pakanga. Kua murua te katoa o te whenua. Ahakoa i mahue ētehi whenua tāpui mō ngā taipahake–'

'Ehara i te mea me kī he pahake rawa rātou, engari he tāngata kē.'

Ka waiho tana whakawaru, kātahi ka rūrū te kōroa ki a Whaene. I waenga i a rāua, i takato te 40 manokaramu taewa i roto i ngā pēke e whā. I moata tā rāua oho ki te mahi i mua i te taenga mai o te whānau pani. Kīhai rāua i mōhio ko wai te tūpāpaku koinei te take nā rāua te mahi nei. Ka tika me waiho te whānau pani kia tangitangi, kia heke ngā roimata, kia whiu i te hūpē. Ka tika hoki me kawe te hapū i te kaupapa.

'Nā wai tērā i kī?'

'Nā Kui.'

'Me whakamōhio atu ehara ia i te rōia, he manapou kē.'

Kua whākanakana ngā whatu o Hine.

'Ā, i a koe e pērā ana me whakamihi ia i ngā huruhuru pūhina ōna i tōna kauae. He nui te mana o aua huruhuru.'

'Nā reira he aha koe i huhuti ai i ōu?'

'Kāore au i huhuti i te aha!'

'Āna. Kua kitea koe e au.'

'Pae kare, e kō. Kei te hiahia rānei koe ki te whakarongo ki tāku kōrero?'

I te reo rotarota ka rakangia ōna ngutu, ka hakina ai te kī.

'Koia tāku e whakaaro nei,' kua tiki taewa a Whaene, kātahi ka āta titiro, ka whakahokia ai ki te pēke. Pīrangi ana ia ki te huawhenua porowhita e ngāwari ai te waru. 'Me huri te aroaro ki tērā wā kotahi rau rima tekau tau ki muri. Nō muri mai o te pakanga. Nō muri mai o te muru me te raupatu. Nō muri mai i te hokianga i te whare herehere o Ōtākou. I hoki mai te iwi ki ngā whenua tāpui, ā, heoi anō ko rātou kīhai i hinga i te whare herehere, i te hōhipera rānei ki te tonga. He iti iho i tā te Kāwanatanga i kī rā. Kātahi ka whakatū whare, papa kāinga, ā, ka noho wahangū mō te wā o te whawhai. I tūmanako te iwi kia ngarongaro haere ēnei maumaharatanga pērā me te moa. I tūmanako te iwi kia whai wāhi ngā uri whakatipu i tēnei ao, te ao hurihuri. I whakapono te iwi, mēnā ka tuku iho ā rātou kōrero o mua ka tau kē ko te pāmamae. Tērā hoki ka whakawhanaketia te kōingo mō te kāinga e kore rawa e hoki atu.'

'He pōuri tērā, nē, Whaea?'

'He pōuriuri rawa atu.'

'Engari, he pātai tāku?'

'Tukuna mai.'

'Kāore ōu pahake i whakaako i a koe i aua kōrero o mua?'

'Āna. Kīhai rātou i kōrero mō aua mea.'

'He tapu?'

'He tino tapu, ki tōku nei whakaaro.'

'Engari, i whakaakona koe e rātou te reo rangatira?'

Mimingo ana ngā pāpāringa, 'Kāo. Kīhai rātou i whakaako mai i ahau nei.'

'Engari, he arero Māori tōu. Kua rangona.'

'I kimikimi haere au i te reo. Kīhai i tōku reanga ngā Kōhanga Reo. Kotahi anake te momo kura, te kura auraki tonu. I aua wā, he aha te utu o te reo rangatira? Te wepu, te wepu, te wepu.'

'He aha te wepu?'

'He momo patupatu nō ētehi māhita o te kura auraki.'

'I patupatu rātou i a koe?'

'Patupatu kino nei.' Kua waiho ia i te warunga rīwai, kātahi ka papakia te tēpu ki tōna ringa. 'He tinihanga ngā tamariki i aua wā. Kua hunaia ngā kōmeke i rō ō mātou nei tarau. Kia patupatu mai, he nui te oro, engari he kore te pāmaemae. I atamai ake ngā tamariki i ngā pahake Pākehā, ki tā mātou i whakaaro rā.'

'Engari, i pēhea tāu ako?'

'I tīmata i muri o te kura. I aua wā he iti rawa ngā whānau e kawe tonu ana i te reo. Ko te tokomaha nō waho o te kāinga, o Taranaki nei. Nā reira i haere ki ngā kura pō, ki te noho ki te taha o ngā panekoti o ngā kui. Ko Te Ataarangi te ingoa o te kaupapa

rā. Engari, ko te whāwhā rākau tae maha te ingoa tika.' Kei te katakata ia. 'He pōrangi, engari he pai te wheako, he nui te ako.'

'Kei te matatau koe i nāianei?'

'Tōna matatau nei.'

'Engari, ka taea e koe te kōrero.'

'Ka taea e au te kanga atu ki ngā kaitaraiwa pōrangi e whakatū ana i ahau.'

'Kīhai aua rākau i te pōrangi. He pōrangi kē koe.'

'He tika tāu, e hine. Ko ahau te pūtake o te pōrangi.'

Kei te marae e whā ngā whāre me tētehi wharau. E tū ana te wharenui ki te taha mauī. Koia te wāhi e iri ana ngā whakaahua o ngā mate, koia hoki te wāhi e tīraha ngā tūpāpaku i mua i ō rātou haerenga nui, haerenga roa, haerenga ki te whatu o Maru. Kei waenga e tū ana te whare piringa. Koia te wāhi tino pai ki ngā taiohi taringa kōhatu. Kei te taha matau e tū ana te whare kai me te Kōhanga Reo. Koia ngā wāhi whaimana o ngā kui.

I mua o te wehenga e rua tēkau ngā whānau i noho i roto i te rua tēkau o ngā whare. Kei te tū tonu e whā ngā whare mai i aua wā, engari kei te noho tonu tētehi wahine anake. Ko te tamāhine morehu o te whare. Atu i ngā mahi pāmu, karekau ngā mahi i kōnei. Karekau ngā toa hokomaha. Karekau ngā taonga māori o ngā tāone nui. He toa Pouaka-4 nō Pātea anake me ētehi toa pakupaku e hoko ana i ngā heihei me ngā maramara rīwai. Nā reira kua rerekē rawa te papakāinga nei. Kua ngū, hāunga ēnei momo kaupapa. Ngā tangi me ngā hui ia rua marama mā ngā taratī marae.

—

'Kei hea a Whaene, e te tuahine?'

Ka mutu i a Hine tētehi anō taewa te waruwaru me te whakapā atu i te kiri māeneene kia āta tirohia kāore ōna pūkanohi.

'I wehe ia ki te whakahaurehu ki te taeapa.'

Kei te whiu atu a Hine i tāna taewa ki te pēke, ka rapu ai i te taewa nui rawa atu. Ko tēnei te whakaaro o kui. Mā te taewa nunui, tērā ka pōhēhētia kei tetere te whakaoti haere i ngā mahi. Nui ake ngā warunga i ia kirokaramu. He pāngarau Māori tēnei.

'Kāore anō koe kia whakapau i te pēke kotahi?'

'Āe, tata ana.'

Ka anga whakamuri te tama. Engari, kīhai ia i te kite atu i a Whaene. 'Ki a au, he mate warawara tō tērā whara. Nā te momi haurehu ia i waiho ai i ngā hikareti, otirā ka nui ake tana momi haurehu i āna momi tūturu. Ka mutu pea te rorirori!'

Kei te whakaaro a Hine ki te kohete i tōna tūngane, engari kīhai i pērātia. 'I whea koe?'

'Ka tika me muku ngā heketua. Koirā te tohutohu a kui.'

'Nā te mea, i takahi koe i ngā ture, i tarapeke atu i ngā pou kei te puna kaukau?'

'Te āhua nei, koia.'

Kua pari mai te ngūnga. Ka aro nui a Hine ki ngā karu o tōna tungāne, o Turi. Kua huri kē tōna mata ki raro ka whana ai i te oneone i tōia mai ai e ngā pāpā mahi hāngī ki te papa o te wharau. Ahakoa he nui te ngākau o Hine, he whakahī ake te tama.

'I whakaako mai a Whaene i ngā kōrero tuku iho.'

'Pono ana?'

'I whakamōhio mai ia i te hua pirau o te pakanga me te patupatu kino a te kura ki ngā tamariki o mua.'

'Mōhio ahau.'

'I pēhea koe i rongo ai?'

'Nā te tumuaki tāku mahi momi i kite i te wā o te oma ā-kura ki tuawhenua. I hiahiatia te rongo i taua momo reka a ngā pahake. Engari, kīhai i reka. Heoi, i hui māua ki tōna tari, kātahi te tumuaki ka mea mai mō te wā i momi ai ia, me te aha, ka patupatu tōna tumuaki i a ia.'

'Kātahi te rorirori, nē hā?'

Ka hiki ngā pakihiwi o Turi e maumahara ana ki aua wā ka kurua ōna taringa e kui mēnā ka haututū ia.

'Hei aha koa. Ka kimikimi haere au i a Whaene. Ki a kui, kei te mōhio ia kei whea te patuero.'

'I raro i te kōrere wai. Kei te kāuta. I whakamahia e māua ko Whāene ki ngā tēpu i mua noa i te taenga mai o te whānau pani.'

'Kua kitea te nunui o tērā kahu whakatere?'

'Te pīki hoki, nē?'

'He pīki ake i te pīki. He mōmona rawa ānō nei he tohorā nui.' Ka tiro makutu a Hine ki tōna tungāne.

'He oti anō, Sis, kia mahia te mahi, hei te parakuihi.'

E moata tonu ana te ata. Kei te makaia te riri e Tāwhirimātea. Kua rūrū te wharau i te pupuhi kaha a te atua, waihoki kua tangi te rino o te tuanui. Ehara i te mea hou ki ngā haukāinga. Kua rite rātou. I mau ngā pahake i ngā kākahu whakangau, i ngā mai

hī ika, ā, i mau ngā tamariki i ngā Ōri. Engari, kia tae mai ngā manuhiri me whakamau rātou i ngā kākahu pango taratara nei me te pare kawakawa. Ki te kore, ka wepua e ngā kuia.

Ko te tangihanga te tino kaupapa o te marae. Nā reira ka tika me mau mai te tino e te katoa. Te tino kai, te tino kōrero, te tino karanga – koia ko te karanga nō tuauriuri whāioio me te ihiihi i te whānau mai o Hine Tītama.

'Kei hea a Whaene, e kō?'

'Hoki atu, hoki atu koirā te pātai matua i te ata nei.'

'Kia kaua taua wahine e uru ki te tūranga taratī, koia tonu tāku i kī atu rā. Engari, kāo . . . kua uru tonu. He taringa mangō ōna.'

'Kei te momi haurehu tonu pea ia ki te taeapa.'

'I mua i te whakaotinga i te pēke tuatahi?'

'Koirā te kī a taku tungāne.'

'Hei aha te kōrero mā taua tiko tarau.'

Ko Marea te māreikura o te wharekai. I whakarite i ngā kai, i te rārangi kai, i ngā ringawera me ngā kaihoroi, i ngā mea katoa o te kāuta. Ka eke tōna pahake ki te 26 i te matenga o tōna māmā ka pērā ia i te itinga o te hākari i tētehi o ngā tangihanga, nā reira i mahi pēnei ia. Nā reira, i taua wā kua tae wawe mai te kuiatanga, e kore e pau te katoa o tōna manawanui ki ngā hamupaka, ki ngā tama e kore e mahi i ā rātou mahi.

'Te tikanga kia kaua e kanga pērā.'

'Te tikanga kia kaua e mahi pērā i te tiko tarau, ihu hūpē rā. E whakahōhā nei i a au. Pae kare! Ko tā te tangata hoki e rui ai, ko tēnā tāna e kokoti ai. Mea atu au ki tō kui kia horoia e te tama

rā te whare iti, engari kua mā? Kāo. Paru, paru tonu nei! Ā, kei hea te tama? Kua puta atu hoki pea ki te momi haurehu.'

'Kāore ia i te momi.'

'Ki tō mōhio,' te kī a Marea.

Kua tuohu te upoko o Hine, ka aro atu ai ki āna mahi. Kei te tīkina tētehi taewa e ia, kātahi ka waruwaru. Taihoa ka whiu i te kiri ki tētehi pākete pounamu, ā, ka whakatakoto i ngā taewa kirikore ki tētehi pākete anō. Kua puta atu a Marea, ka hoki anō ai ki ngā pēke kūmara e rua. Kaua e kaha rawa te waruwaru i te kiri o ngā taewa ki te pākete pounamu, tāna. Ka nui tēnā mā te marae ki te kore e moumou.

'Kia hoki mai a Whaene, whakamōhio atu e pīrangitia ana e te hapū ngā huawhenua katoa i mua o te poutūtanga o te rā.'

'Tēnā anō koe, Whaene.'

'Manawanui mai, e kō.'

'Pai ana.'

'I pēhea tāu mahi ki kōnei?'

'I haere mai a Turi. Kei hea te patuero, tāna kī mai. I tukuna ia e au ki te kāuta.'

'Ka pai koe.'

'Otirā, i haere mai hoki a Marea. He tūtae taua tama, tāna kī.'

'Ki waho o te kēti.' Kua noho a Whaene ki te tēpu, kātahi ka hoki anō ki te mahi. Kei te mauria te waru, ka waruwaru haere ai i te taewa i tata mutu. 'Tuku ai a Marea i ngā kupu rorirori.'

'He wahine whakaiti tangata, nē?'

'Koirā te āhua o te mātāmua. I poipoi tamariki ia i te wā o tōna ake tamarikitanga. Kīhai ia i mahi i ngā mahi kei tamariki ana. Nā reira kīhai ia i te pāku mōhio.'

'Ehara au i te nanakia, nē hā?'

'Kāo.'

'Engari, he nanakia a Turi?'

'He tama ia. Koia tonu te āhua o nga tama katoa. Kātahi te tai ka huri ki ō rātou tānetanga.'

'Kātahi rā te nanakia ka mutu?'

Kei te hiki ngā pakahiwi. 'Kāo.' Mimingo mai ngā pāpāringa.

Kua whakangū te wharau, ka mutu, ka pātaia e Hine i aha ngā tamariki i te wā o te pakanga?

Ka hoki te kōrero a Whaene ki ngā tama e rua nō te papakāinga nei. 13 ngā pahake o tētehi, 12 te pahake o tētehi atu. I whawhai rātou i te taha o Tītokowaru, i te taha o te tokomaha o ngā tama i pērā. I kōia ngā rua e te tokorua. I karohia ngā matā o ngā pū me te whakahoki i te riri. 'Ka mate rānei, ka ora rānei,' te kī a Whaene. 'Kua murua te whenua e te karauana. Kua tahuna ngā pāmu tūturu. Waihoki, kua whakatakoto i te mānuka. Ka hoki te mahara ki te wā i haere mai tētehi hōia, kātahi ia ka pū i te wai me tētehi poro rākau, ka taurangi ia mēnā kāore te hau kāinga e whai i ngā kupu a ngā hōia, i ngā ture o te Karauna, he ngāwari ake ki te pū i ngā tāngata.'

'He wā pōrangi,' te kī a Whaene. I taurangi ngā heahea o te Karauna ki te whakamutu i ngā pakanga, heoi anō, nā rātou i tīmata. Me aha kē te iwi? Ko te riri te kai tika o tā rātou tāmitanga.'

Ka pātaia e Hine i pēhea te haere o te pakanga. Kātahi a Whaene ka whakamōhio atu i iwa marama te roa o te whawhai. Mea kau ake kua mutu noa te whawhai. I taua wā tonu kua pau te riri, te whakaaro o te nuinga. Tērā pea, kua pau hoki ngā kai. Nā reira i hoki anō rātou ki ō rātou whenua, otirā i hohou te rongo. Hāungā tētehi hapū, āra, ko Te Pakakohi. I te taenga atu o Te Karauna ki tō rātou kāinga, kua whakatakotoria kētia ā rātou pū. I te aonga ake o te rā, ka rere atu rātou mā runga ō rātou nei waka ki te tāone.

'Mea rawa ake,' te kī a Whaene, i tukuna katoatia ngā tāne, ngā mea i taea te pupuri pū ki Pōneke mā runga pōti. I kāwhakina pērātia me ngā kau. Kāore he whakatūpatotanga. Kāore he wā ki te kōrero ki ā rātou wāhine, ki ā rātou tamariki. E noho tonu ana rātou kei taua pōti mō ngā marama e whā. Kātahi rātou ka kawea ki te kōti matua. I whakamōhio te rangatira ki te tiāti i aha rātou me ngā take i whawhai pērā ai. Ahakoa e 70 ngā pahake o te mātāmua me te 12 pahake o te pōtiki ka tukuna e te tiāti te nuinga ki te tārore me te koata.'

'He ōrite te pahake o te tokorua kua kōrerotia ki tō tūngane. Ko tō tūngane i peke tonu atu i ngā toko. Ko tō tūngane i panaia atu i te puna kaukau. Ko tō tūngane i kore e taea te kite te patuero ki tōna wāhi tika. I tukuna te tokorua rā ki te tārore me te koata, nā tā rāua tiaki i ō rātou whānau. Kāore ēnei kupu āku, e kō. Koinei ngā kupu a te Karauna i tuku i te tokorua nei. Kāore anō au kia whakomōhio atu ki a koe mō taua wā e whakangau ana ngā hōia i ētehi tamariki pērā i tō taiohinga. I ngā pahake e kanukanu ana, i kōhuru aua pokokōhua i aua tamariki.'

'I aha rātou.'

'Ngā tamariki?'

'Āe.'

'Kua patu i tētehi kunekune.'

'Pērā i te poaka?'

'Āna. He poaka. I taua wā o te taurikura poto i waenga i te pakanga, i puta atu ngā tamariki i te pā ki te patu poaka. Kātahi tētehi o aua hōia, te hōia e arataki ai i te pāhuatanga o Parihaka ā te tekau tau whai mai, ka arataki ia i tētehi rōpū ki te whakangau i ngā tamariki Māori.'

'Auē taukiri ē. Ka pōhēhētia he pahake rāua, he aha rānei?'

'I mōhiotia pūria e ngā hōia he tamariki rātou. I mōhiotia pūria kīhai rātou i mau pū. E ono te pahake o te pōtiki. E ono! Maringanui, te nuinga o ngā Tamariki i puta ora atu, ka oma, ka huna i aua mohoao me ō rātou hōiho. Heoi anō, i mate ngā tamariki tokorua ki reira. Mō te tama tekau noa tana pahake, i topea, i haurutia tana upoko ki te hoari.'

'Kātahi ka ahatia?'

'Kātahi ka kore rawa. I rūkahu ngā hōia. Ka kīia ka patua ngā pahake e waru, koia te kī a te kaiarataki. I horahia atu tēnei kī kino e te niupepa. Ko taua pokokōhua, ko Hone Bryce Kī Pono tōna ingoa ki tā te tauiwi. Ko Te Tangata Kōhuru tōna ingoa ki ngāi Māori. Ka whakatūria ia hei Minita mō ngā Take Māori, ā, ka pāhuatia a Parihaka tekau tau i muri mai.'

Ka noho whakangū a Hine.

'Kāore he kupu nē, e kō? Ka topea hauruatia ngā tamariki e te hoari a ngā hōia me te hama a te tiāti ki te aha? Ki te torona me te kōata. Mō te aha? Mō te tiaki i ō rātou whānau, ō rātou

whenua. Mō te whakangau poaka. Ka tika kāore he kupu. Nā whai anō kīhai ngā tauheke i paku kōrero mō te pakanga.'

Kua taki puku a Whaene i tētehi karakia kia whakatau i ōna kāre ā-roto, kia whakahaumaruhia ngā huawhenua ki te mau i te tapu. Ka mutu, ka waruwaru tonu rāua me te whakarongo ake ki te reo irirangi e whakatangi ana i ngā waiata nō ngā tau 80 me ngā waiata hou kua whakamāorihia.

Koia te wā tuatahi i rangona e Hine tēnei hītori. Nā, i rangona kētia te kōrero mō te pakanga me te muru, nā te areare o ngā taringa, engari i mua o te ata nei, kāore anō te hine kia rongo i te kōrero mō ngā tamariki o aua wā pērā tonu te pahake i a ia me tana tungāne.

Ahakoa te aha, e kōrero tahi ana ngā wāhine o te papakāinga. Ko te wā waruwaru taewa, ko te uku tēpu, te ranga rourou, te ngakungaku parāoa mā roto i te heihei. Ko te nuinga he kōhimuhimu e hāngai ana ki a rātou a waho i te rūma. Ko tēnei te pukamata tūturu o ngā pahake. Ka keria ngā rua e ngā tama. Ko te hāpara te tino taputapu o ngā tāne Māori. Ka whakapā atu ō rāua ringaringa ki ō rāua tinana hoki whāwhā haere ai. I muri mai o te keri me te tahu o te ahi kia mahana ai ngā kōhatu ka piri tonu rāua, kāore te tokorua nei e weherua. Engari ka tū piripiri, ka tū takirua me te mātakitaki i te mura o te ahi. He wāhi whakaāio mō taua tokorua. Ko ā rāua kupu ruarua noa iho mō te ahi.

'Kāore au e rata ana ki te paewai. Kīhai i tōtika te wera. 'E pai ake te kereiti, nā te tere o te tahu.'

'Me i whakawhānuihia ake te tūranga. Ka whakamutua te takahanga iho o nga kōhatu.'

'Kua wera kē ngā kōhatu. 'Whiua ki raro, kātahi ka haere tāua ki te inu kaputī.'

Ko te taeapa te wāhi anake e tū tahi ana ngā wāhine me ngā tāne. Koia te wāhi kaha rā ki te momi. Ko te kāuta anō hoki pou atu te kai. Koia te wāhi horoi rīhi. Kua rongo kōrero ngā tāngata o tēnei pā kei te Tai Tokerau, ka kotahi atu te haukāinga ki te wharenui kia tae mai rā ngā manuhiri. Kīhai i te pērā i kōnei. Kua mate pāwera te haurua o te haukāinga ki tēnei mea te wharenui. He pai ake kia whakapauhia te kaha ki te keri me te tapahi mīti me te whakatō tupu ki ngā tahataha o te awa. Ko te tūmanako ā tōna wā ka kaukau anō ngā tamariki mokopuna ki roto i aua awa paru pērā i ngā mātua tūpuna.

'Haere ki te tākaro,' te kī a Whaene ki te hine. 'He nui te wā ki te whakaoti i te mahi nei.' Me whakaoti i te tuatahi, tāna whakautu. Mimingo ana ngā pāpāringa o Whaene, ka mutu, ka pātaia e Hine kei te pēhea ia. 'Ora pai ana au, e kō. Engari he toimaha rawa taua hītori. Kia kōrerotia, ka pēhingia te poho. Kei te pēhea koe? Ehara i te mea he māmā ki te whakarongo.'

'Ora pai ana, e te whaea. I ētehi wā i haere atu māua ko Kui ki ngā pā o tēnā atu rohe, o tēnā atu rohe. Ko te nuinga he tangihanga. Kia kite i aua marae ka puta atu te whakaaro he aha ō mātou nei whare i te rerekē ai? He pahake ake aua whare. He nui ngā whakairo. Engari kua āhua mōhio ahau i naiānei. I tahuna ō mātou nei whare tāwhito. Ā, i muri mai o te pakanga kua noho ngū ngā pahake ki roto i te kōharihari, i te pāmamae. Kāore rātou i hiahia ki te kōrero mō te wā o te kino, ki te whakarei mō aua tāmi. Koia hoki te take kāore he nui ngā whakairo.'

'He tika tāu. He toimaha i taua wā o te whawhai tae noa mai ki tēnei wā – ki inanahi pea, ki ahau nei.'

'I aha i nanahi?'

'I hoki katoa mai ngā whānau ki te papakāinga,' tāna katakata.

'Āna.'

'Kua kite i tōna kāwhena?'

'He kahu whakatere, nē hā, he mea mahi ki te harakeke.'

'Koirā te mea tuatahi i kite ki roto i Taranaki nei. He tohu pai tērā, e kō. He wā pai ki te tū Māori mai.'

I te tekau karaka kua tae mai te katoa o ngā ringaringa o te hāpai ō. E noho ana te tokoono o ngā wāhine ki ngā tēpu e rua. Kei te waruwaru te haurua i ngā taewa me ngā kūmara, waihoki kei te tapahi tērā atu haurua i ngā paukena. Kua puta atu a Hine rāua ko Whaene ki te tīhae i ngā parāoa hei raranu, ka neke atu ki muri o te wharekai. Ahakoa te nui o te manawa, i muri mai o te waruwaru mō te wā roa, ka hiahia ki te waruwaru i ō ake karu i tō mata. Ka mutu noa te haurua o te rohi parāoa te tīhae, ka rangona te amuamu o Marea ki ā rāua mahi ki te wharau mō te āhua o tā rāua mahi pai.

'He moumou rā ē,' tāna kī. 'Ehara ēnei hua i te mea waruwaru, engari i patua kētia.'

Kua hōhā haere a Whaene, ka takahi atu ia. Kei te whai hoki a Hine. Ka tau ngā karu o te kāuta ki runga i ngā oka a Whaene me ngā whakawaru, kua whakangū i te wharau. E tatari ana te hāpai ō kia pakanga te tokorua rā, ko Marea Waha-nui rāua ko Whaene Whai-utu.

'He raru tāu, Marea?'

'Ehara. He raru nui. Kei te mōhiotia tokohia ngā manuhiri ka tae mai i ngā rā e toru kei te tū tata nei.'

Ehara tēnei i te pakanga ā-Tū, engari i te pākanga ā-karu, ā-waha hoki. 'Kua mōhiotia ko wai i tae mai i te tuatahi ki te wahakarite i ērā manuhiri?'

'Hei aha te matawā, kāore au i te kōrero tāima. Titiro ki te mou me te mou. Kāore tātou e pōwhiri mai i ngā kurī. He rongonui taua tūpāpaku.'

'E Marea, ināhea koe i waruwaru ai? Kua tekau tau neke atu? Kaua e pēnā mai me te kī kei te mōhiotia he aha te mahi pai. Ko au tonu kei te mōhio! Mōhio koe he aha au e mōhio nei? Ko koe te waha papā. Ko mātou te ringa raupā e mahi nei i ngā mahi.'

'Tō tene!'

'Tōku tene? Tōku e noho pūmau ana ki te āwhina. Engari tō tene! Ānō he kāhu e haere āmio i te marae amuamu ai, whakaiti ai. Ehara tēnei i te mahi whai utu.'

'He tika tāu. He utu kore. Nā reira, he aha ahau e haere āmio ai?'

'He pātai pai tēnā. Whākina mai, e Marea!'

'Kei konei kia whakatūturu te nui o te kai kia whāngaia te iwi – kia kaua rā e pērā i te rā nehu o Māmā.'

'Kua mōhio kē. I tērā wā ko ahau nei i tū i tō taha.'

'Ki tōku taha?'

Kāore a Whaene i te whakautu.

'I whea rā koe i taua wā e mahi mokemoke ana ahau i muri o te whare? I taua wā e waea atu ana ki ngā toa o Pātea, ki te pāparakāuta, ki ngā kaipāmu he tono kai te mahi i te meneti whakamutunga. I konei ahau. I whea rā koe i taua wā?'

'Mōhio pai koe i hea ahau. I te tangihia tō tāua whaea mate.'

'Koia, koia. Ko tērā te rerekētanga ki waenganui i a tāua. Ko koe—'

I mua i te whiu kupu tē hoki ai ki te waha ka tū tangetange ngā wāhine o te kāuta, engari e titiro mākutu tonu ana rāua ki a rāua, ā, kua puku ngā ringa. E whakaroau ana a Hine. Ka kuhu mai a Turi me ngā tāne. Kua mōhiotia e rātou te pūtake o te riri. Ka marohi atu tētehi tāne ki te tiki pēke taewa, ka tiro mākutu tāna hoa wahine ki a ia. Kāore e kore koia tā te tāne, i tū ki te marohi me te whakautu tāne i mua i tōna ake mōhiotanga ki te raru. Ehara i te kaupapa o te kōrero, engari ko te kaupapa huna i te wā o te tangihanga.

Taihoa ka whati atu a Marea ki tōna waka, kātahi ka wehe atu. Ka hoki mai ia i te hāwhe hāora, te kī a ngā tāne ki ngā tāne. Kei te hiahia taua wahine ki te whakatau noa i tōna mauri. I takahi hoki atu a Whaene ki te taeapa momi haurehu ai. Ko te tūmanako he rongoā te momi mō te pāmamae.

Kua hoki a Hine ki tāna mahi, ki te tīhae parāoa mō te ranu heihei. Kei te āwhina a Turi i tōna tuahine.

'Ki tō titiro, kei te pai rāua?' te pātai a Hine.

'Ko te tuakana, teina rā?'

'Āna. Ko Marea rāua ko Whaene.'

'Hoki atu, hoki atu ko taua mahi rā ki a rāua. I te ao i te pō ka whawhai te tokorua rā. Hei aha māu, e te tuahine.'

'He rerekē tērā whawhai.'

'Engari, he māori tonu. Taihoa ka hoki mai a Marea. He nui tonu ngā mahi. Ehara te riri i te kaupapa matua, engari ko te tangihanga kē.'

'Otirā, ka aha rāua ā muri atu i te rā nehu?'

'Ka kōrero pea. Aua hoki.'

Kei ētehi anō pā whakamahi ai i ngā mīhini whakaranu me ngā pū tāwhirowhiro. Mā reira e tere ake ai ngā mahi hei parāoa kōnakunaku. Nō muri iho i te tāpiritanga o te amirau me te pata ka reka te ranu parāoa heihei, ka meinga ki te umu para. Ka kaha te Māori o tēnei marae ki te whai i ā rātou tikanga. Ka kaha ki te hāpai i ngā mahi tuku iho i tā ngā tauheke. Kaua ko rātou o mua noa atu i te wā o te pakanga, engari ngā tauheke i pahake tahi ai me rātou. Ā, heoi anō rā, koia tā Hine rāua ko Turi, he whai i aua tikanga mahi uaua nei. Iti nei, iti nei, hōhā nā, hōhā nā.

'E kore tāua e whawhai pērā, nē hā, Bro?'

'E mea ana, e te tuahine. Ko te whawhai te mahi a ngā tuākana tēina, ehara i te tuahine tungāne.'

'Okei.'

'Ki te whawhai tāua, ka whakapiri tonu, nē?'

'Aheiha!'

'Ka pupuhi mai a Tāwhiri, ka rūrū mai a Rūaumoko, ka tū tahi tāua. Koia tā te whānau.'

Kua heke iho te pōuri ki a Hine.

'Kei te pai koe, e te tuahine?'

'Nā, mōhio koe i panaia atu koe e Nan i te puna kaukau. Engari, ka aha koe mēnā ka panaia atu koe i te whare?'

'Ka wehe takirua tāua.'

'Ki whea?'

'Hei aha mā wai te wāhi. Ko te mea nui te tū tahi.'

'Ka aha au mēnā ka herea atu koe ki te whare herehere?'

Ka waiho a Turi i ngā kongakonga parāoa ki te ipu.

'E kore au e kuhuna ki reira.'

'Ka pērātia ngā tama o mua.'

'Ko ēhea tama?'

Ka whakahua a Hine i ngā kupu whakamaumahara a Whaene. E kōrero ana ia i te hītori o tērā tokorua i kawea iho ki te whare herehere o Ōtākou. I noho pōuri rāua ki reira ki te taha o te 40 tāngata. E toru ngā reanga i roto i tētehi rūma rā. He whare rāpeti te āhua, te kī a Whaene. Ahakoa kāore anō a Hine kia kite, kei te mōhiotia.

I a rāua i Ōtākou, ka whakapākarukaru i ngā toka ka waihangatia ngā rori me ngā arawhiti. I pāngia haeretia rātou e te mate kohi. Ā, i hora haere te matenga. Nō te whakamutunga o tō rātou nohoanga kua mate tētehi o te tokorua rā. Ko te tuakana. I hoki te teina ki te kāinga i muri mai i ngā toru e tau. Ko ia anake te uri o tōna whānau kia whakahokia ki Taranaki.

Kīhai i taea e Hine te maumahara te katoa o taua hītori. Nā te maringi o ngā roimata me te rere o hūpē, tē taea e ia te kōrero. Kei te kitea tōna tungāne i te āhua o te tokorua rā. E whakaaro ana ki tōna koiora mēnā he tungāne kore ōna. Mēnā ka pērā a Turi i a Marea, ka wehe. Mēnā kāhore kau te tama e hoki mai. Tērā ka whakapiri a Turi ki a Hine, kātahi ka whakapā atu ki tōna pakahiwi.

Pau ana te puna roimata a Hine, ka ui atu a Turi, kei te ora pai koe. I te hine e muru karu ana, ka whakaae. 'He pōuri, he toimaha te hītori, nē?' te kī a Turi. Kei te tūngou te upoko o Hine. Kei te pā anō a Turi i te pakahiwi o tōna tuahine, kātahi ka puta atu i

te wharekai, ka haere atu ai ki te taeapa, ki a Whaene. Hiahia ana a Hine ki te whai atu, engari kei te tere rawa atu a Turi. I a ia e muru karu tonu ana, kei te mātakitaki a Hine i tōna tungāne ki te matapihi, ā, ka timata anō ki te tīhae parāoa hei raranu. Iti nei iti nei. Koinei tāna mahi. Ahakoa ka piki, ahakoa ka heke. Me whakarite kai tonu.

'E Whae.'

'Tēnā koe, e tama.'

'Waeahia atu tō tuakana. Me tono atu kia hoki mai ia.'

'Auare ake.'

'Ko kōrua te whakatinanatanga o te noho wehewehe. Kei te tangi a Hine, nā te mea, e whakapono ana ka weherua ngā whānau katoa, otirā ka weherua māua nei. Nā reira, me tono atu kia hoki mai tō tuakana.'

He mea pōturi tāna momi haurehu. 'Whakarongo mai, e tama. E kore rawa e pērā.'

'Ko koe te ihu oneone i whakatō i ērā whakaaro i roto i a ia. Ko koe te māhunga wai i koha wawe i ērā kōrero tuku iho. Hei aha tō upoko mārō.'

'E kī rā. He aha tāu mōku e tama e?'

Ka puku te rae o Turi. Kāhore kau ia i hiahia kia hoki te hauware ki tōna waha. Kua mōhio ia i te tika, ā, kua mōhio a Whaene.

'Kei te maumahara koe, e tama, i āna kupu māu.'

'Hei aha ērā.'

'He tūtae tarau. Koirā te kī a Marea. E whakaaro ana ia kia anga atu koe ki te whare herehere pērā me tō pāpā.'

'Mā taua kupu, ka aha? Ka whakatauria te mauri o Hine? Kāo. Ko tōku māharahara noa, ka tipu pērā i a . . .'

'Pērā a wai?'

Kua tāhuri anō te kanohi o Turi ki te wharekai. Whakapono kaha ana ia e noho mate waranga ana a Whaene ki ēnei whanonga, ki te whaiwhai, ki te weherua, ki te momi haurehu ki te taeapa. Nā reira, ka momi anō a Whaene, kātahi ka pupuhi atu mā ōna pongi ihu.

Ka takahi atu a Turi, kātahi ka tū. Kei te tipu ake te riri me te ihiihi ki tōna puku.

'Wā kōrua nā! Tokorua ngā pahake e ruku ana ki roto tonu i tō kōrua ake puna pōuri. Tō kōrua kāpō! Tē taea te kite ngā hua pirau a tā kōrua whawhai. Tē taea te kite te hine ki mua o te aroaro, te tamāhine e toromi ana, te hine e hiahia ana ki te mōhio he rerekē tāna ara ki ngā ara tino kino o mua – he oranga toimaha tē kōrerotia ai.'

Ka whakahē te upoko o Whaene. Kātahi anō a Turi ka wehe atu, ka mutu, ka whakamahere i tētehi rautaki whakarauora i tōna tuahine. Kia tae atu anō ki te wharekai, he rautaki kore tōna. Nā reira, kei te haere tōtika ki te mahi, ki te tīhae parāoa. Ki te kore e taea te whakamāmā i ōna kare ā-roto, ka taea e te tama te whakamāmā i ngā mahi. Nā reira, e noho ngū ana rāua hei tētehi haora, waihoki e tīhae ana i ngā parāoa. Tana tūmanako, mā tana mauri e whakatau i a ia.

Kia hoki mai a Marea, ka haere tōtika ia ki te mahi, ki te huri āmio ki te papakāinga, ki te tuku i tāna rima hēneti. He pāpaku

rawa te rua o ngā tāne me ā rātou hāpara. He whakangiangi rawa ināianei ngā taewa me ngā kūmara a ngā wāhine, otirā ko rātou i mau oka ka kīia kia tapahia te mīti me ngā paukena kia pakupaku ake. Kāore ia i te amuamu ki a rāua o roto i te wharekai. Ehara te raranu i te reka ki a ia. Nā reira ka waiho ia i a rāua me te parāoa.

Ka hoki mai a Whaene i muri mai i tōna tuakana, i te paunga o te pūhiko a te momi haurehu. E mahi tahi ana ia ki tō rāua nei taha. Kāore rātou i te kōrero. Kei te titiro a Hine ki a Whaene, engari kāore a Whaene i whakahoki i taua tirohanga atu. E kite mārō ana i te mahi i mua o te aroaro. Pērā i tāna pūhiko, kua pau te puna kōrero. Nā reira, ka tika me waiho ngā kupu, ā, me mahi te mahi kia whāngaia ai te whānau pani, kia whakawātea ai i te whakarewatanga o te waka tūpāpaku. Ko rātou te kaupapa matua. Hei aha te whawhai. I aua wā o te ngarotanga o te māmā o Marea rāua ko Whaene, i tiakina rātou e te hapū. Ka tika i tēnei wā kia whakahokia tēnei mea te tiaki tangata ki ō rātou wā o te ngarotanga. Koia rā te utu atu, te utu mai.

Taihoa ka kuhu mai a Marea ki te whare kai. I haere āmio i te tēpu o te tīhae parāoa. Kua kore a Whaene i te mahi, engari kei te mātakitakina kētia tōna tuakana. Kei te whai a Turi rāua ko Hine i taua tauira. E tatari ana te tokorua kia tutū anō ai te puehu.

Kei te koko a Marea i ētehi raranu parāoa, kātahi ka ruia anō ki te pākete. 'Ā,' tāna ake kī. Kātahi anō ia ka koko tana ringa ki te takere o te pākete tōia ake ai ngā kongakonga parāoa, ka mutu, ka ruia anō. E rapu ana te tuakana ki ngā mea nui i roto i te raranu. I te korenga ōna e kite tērā ka puta atu ia ki te rūma rokiroki.

Kua tangi te mapu a Hine, waihoki e mātakitaki ana a Turi i a Whaene mā te taha o ōna karu. E mātakitaki ana a Whaene ki tērā tatau i wehe ai tōna tuakana. Mea rawa ake ka hoki mai a Marea ki ngā pouaka e toru. Ka panaia aua mea ki waenganui o te tēpu.

'Ki a au nei, he rohi haurua atu anō, kātahi pea ka rite te rau atu i ngā rau amiami.'

Kore kau he whakahoki, kei te noho ngū tonu te tēpu me te whai i te kī a Marea.

Kātahi anō a Marea ka kī, 'Engari pēhea ō whakaaro, e te teina?'

Kei te tūngou te upoko o Whaene, kātahi ka tukuna te pīki mihi ki a Hine ki āna mahi pai. 'I a au e whakamahana ana i a au, i mahia te mahi e koe.'

'Ehara i te whakamahana, engari ko te whakamātao kē,' te whakatoi a Turi. Kaha mai te katakata o te rūma.

Ka tohutohu a Marea ki a Turi rāua ko Hine kia haere ki te kite i ngā moko. Ko te whakaaro ka whakaoti te tuakana i te raranu paraoa me tana teina. Tēnā tēnā. Ahakoa ehara ēnei kupu i te whakapāha, he whakapāha tonu ki tā rāua i mōhio ai.

'Ki te taupatupatu tāua,' tā Hine ki a Turi. 'Me whakapāha koe kia tika mai.'

'Ki te kore rānei ka ahatia?' tā Turi e kōrorirori ana i te kōhua.

'Ko tō tangihanga e whai ake nei.'

Mimingo ngā pāpāringa. 'Nē hā?'

'Kātahi ka aha atu au ki a koe.'

'Ka ahatia?'

'Kātahi ka whiua koe e au ki te hāngī me ngā taewa.'

E Hokihoki Kupe

Manawarū ana ngā whakaahua e iri ana i te wharenui. Ka rangona e rātou te katoa o te kāinga. Ia rā ia rā ka tirotiro māhirahira te hunga mate ki te hunga ora. Koia te *Shortland Street* o tēnei marae.

I tērā wiki ka amuamu tētehi o ngā koroua, i te mea, i nukuhia āna kōhatu hāngī, kātahi ka kohete atu tōna tuakana, 'Ki te hoki mai ki te kāinga, kua mōhiotia kētia kei hea āu kōhatu.' Ahakoa te kaupapa koinei te kaupapa māori. Ko wai i hokihoki ki te kāinga? Mā wai rā e hoki? Ko tēhea whānau te ahi teretere? Me whakature te hapū kia mau tohu ngā uri ki runga i ō rātou kakī.

Kāore a [INGOA TUATAHI me te INGOA WHĀNAU]
mō te hoki ki tōna papakāinga
MŌ NGĀ RANGI _______ kua hipa.

Ko te ingoa whānau te ingoa matua. Ka patapataitia ia mema o te whānau e te katoa kei hea ōu whaea kēkē, ōu kui, ōu karangatahi rānei. He hātakēhi ēnei kōrero whawhewhawhe ki ngā whakaahua. Kua kitea e rātou te tūtūnga a māharahara. 'He tangata pukumahi taku whaene. Ka mamahi ia ao te pō, pō te ao.' Mauria pūria ana e ngā whakaahua te kōrero tika. Kei te pāmaemae tonu taua whaene i te wā i whakarite ai ia i tētehi rā whakapaipai kāinga, engari ka kore te iwi i tae mai. 'He akoranga kei roto i tēnā,' te kī a ngā taratī. 'Mā wai e mahi hira ki te ata tapu i whai muri mai o te rīki Warriors? Ko tētehi hāwhe e haurangi tonu ana, ko tērā atu i te ānini haurangi. Pae kare, he ānini hoki te tangata inu pia kore, i te mea, te pīki pīti o ngā Wahs. Engari ki te hokihoki mai ia, kua mōhiotia kētia ka pērātia te whānau.'

Tokomaha ngā tūmomo tāngata rerekē kei te kāinga. Ko ngā taratī tonu. Ko rātou ngā tāngata tīwaiwaka e whakahaere kaupapa ana. Koinei tōna whakaaro. Ia whānau ka kōwhiri māngai hei whakamārama atu i ngā take ā-whānau a tēnā, a tēnā. Ko rātou te pūtake o te whakawai: nui ngā wānanga, kore ngā hangahanga. Ia marama ia marama, ka hui rātou, kātahi ka amuamu kia pēnei, kia pēnā mō te moni iti me te pūtea kore. Ia tau ia tau ka whakatū i te hui nui, ka mutu, ka amuamu pēnei anō. Ahakoa mā te amuamu ka aha, he tika tā rātou. Ko rātou te tino o tēnei kāinga. E moumou ana ō rātou nā wā wātea i te pā pērā mē te kiriwara e moumou moni ana kei te pāparakāuta.

He tūmomo anō tō te kumu paepae. Ko ēnei tou te taumata tiketike o te ao Māori. Kei ia kumu he puna kōrero e rere ana mō ngā haka, mō ngā waiata, mō ngā poi. Kei te mataku rawa ngā

tāngata me ngā tipua ki te noho ki waenga i a rātou me te rorohiko. Ahakoa e wehe ana te āhua o rangatahi, ka mauria tonutia e rātou taua ihi me te wehi i tērā wā e ngana ana ki te tiki īmēra.

'E koro, he aha tāu kupu muna?'

'E aua hoki! Hei aha te muna. Kei te hiahia hoki kia kitea tērā īmēra a taua whakaahua a Tere.'

'Ko wai a Tere?'

'Aua.'

'He aha te take e hiahia kite ana i a ia?'

'Ki te kite ko wai rā ia.'

E kūmea anōtia ana ngā tamariki hōhā ki te papakāinga ki tēnā kaupapa, ki tēnā. Koinei te tino o ngā whakaahua. Ngā mata ora o mate. Kua rangona kētia e ngā whakaahua ngā kōrero papai a ngā tauheke. Ko te reanga o āpōpō te reanga ngahau nui. E mahi tinihanga ana ēnei Māui-pōtiki i ngā wā me ngā wāhi katoa. Ka wāwāhi i tēnā tahā, ka wāwāhi i tēnā taonga. He aha tā te kōhatu i kawea mai ai e Turi ki ēnei? Ahakoa te tohutohu rā, e mahi tinihanga tonutanga ana ngā tamaiti, e pā ana, e whiu ana, e patu ana. Ka kurua e ngā mātua ngā taringa o ēnei tamariki, engari kīhai rātou i te panoni whanonga.

Te tino mahi a ngā taitama rā, te tākaro rīki. Hei aha te haka me te ihu one a ngā pahake. Kei te whiti rānei, kei te ua rānei, e hiahia takaporepore ana rātou i a rātou. He mea pōuriuri te whakapaunga o ngā pakanga ki te motu nei. Koinei te take mō tō rātou ihiihi, tō rātou wewehi, tō rātou wanawana. He waewae Tāne ō rātou, he pakahiwi pērā i ō Tū. Ki te kāhore kau ngā tuākana e kanga, tērā ka ngākaunui ake ngā whakaahua ki a rātou pērā

tonu i te hunga kāwitiwiti. I *ngā wā o mua he toa au*, te kī puku a ngā whakaahua i te korenga o te hunga ora ki te rūma. *Nāwai rā nāwai rā, ka whakatoa i ngā tuākana hoki. Pai tū pai hinga, Wahs kei runga i tētehi o ngā wā.*

Ko ngā kui me Marea te tūmomo whakamutunga. Koinei ngā kaiwhakahaere tūturu o te kāinga. Pērā me ngā whakaahua e iri ana ki te wharenui, e mātakitaki ana, e noho puku ana rātou, ka mutu, ka whakawākia ngā uri. Ahakoa te aha kei te rite ēnei kia wepua ngā taringa o ngā moko, kia kohetengia ngā pahake. Nō te otinga o ia kaupapa ka hīkoikoi ngā kuia ānō nei he pirihimana te momo nei. Kei te āta whākawākia mēnā kua tika te waruwaru taewa me te wātea o te tūngawaka o Ankara Tau. Ka pāngia ia e te mate koute, tēnā tēnā.

Kei te kāuta te tari nui mō ngā kuia. Kua mau te katoa o ngā wāhine neke atu i te 55 te pahake i ō rātou ārai whero, hāunga i a Mākareti. Kāhore kau ia mō te hoki ki te kāinga. Engari kia hoki ka taea e ia te tahitahi anake. Koinei te hua o tana purini pirau i te tēkau tau ki muri. Ko te kāuta te wāhi e whakaraupapa ana rātou i te rautaki pai kia mānu te waka ki anamata. Koinei tā rātou kawenga i tēnei wā tae noa ki te wā e moe ai rātou i te moenga roa ki te hokinga ki a Papatūānuku kia puehutia, ki te wā e whakairihia ana hei hoa noho ki ngā pakitara ā-whare.

I taua wā tonu ka noho puku, ka whakawākia ake ngā uri. *Auē, e tama*, te kī pea a rātou. *Kua tae ki te wā ki te whakatika mai i tāku whakaahua. I te iri hikuwaru ahau mai i tōku rā nehu tae noa ki nāia tonu nei. Engari ia kia hokihoki tonu mai ai, kua mōhiotia kētia.*

Ka Mate Ka Mate Ka Ora Ka Ora

1

I te wā tuatahi ka tata au ki te mate, e whā ōku tau. Kei tōna kopa moe a Mā, e huna ana i ngā manuhiri. Kei te kopa ora a Pā, e inu kaputī me ōna hoa i te whakamutunga o te wiki. Kāore rātou i mahi i te mahi māori, otirā e *inu kaputī* tonu ana. Taku mōhio, ka pērā te katoa o Pātea. Ka mahia ērā atu tūmomo mahi. I tēnei wā tonu he kino te pātai, he aha tāu mahi – kāore rātou i mahi iwa ki te rima. Pērā i ērā atu i mōhio ai ahau i a au e tamariki ana, kāore mātou i pātai pērā atu. *Kaua e uia, kaua e whākina*, koia te tikanga i pahake ai ahau ki Pātea.

Kua haria mai ā rātou tamariki e ngā hoa tata o Pā. Kei te mōhio pū mātou, ngā tamariki, me tākaro ki tāwāhi o ō mātou mātua. Nā reira, i tākarotia ki raro i ngā pourama i runga i te puke o Leicester. Ko au pea te pōtiki o te tira tamariki. Heoi, kāore au

i āhei ki te tākaro me ōku tuākana i te korenga ōku e autaia tonu. Engari ia e āhei ana te mātakitaki pērā i te kurī kōtītiti. I ētehi wā ka whakatoi rātou i a au, ka whiu rare. Nā whai anō au i kimikimi haere i aua rare i te pō. Ka kitea, ka kaingia, ka tāria anō kia whiua mai. Koia te tūmomo kēmu o te tāone nei. He tamariki rawakore mātou katoa. Nā reira i te taunga mai o te pō ka hangaia e mātou ā mātou ake kēmu – koia te āheinga kē o mātou, kia warea noa ki tā mātou i pai ai. Kāore ngā pahake e rata ana ki ā mātou kēmu. Heoi, koia te āhua o te taitamarikitanga. Tama tū tama ora, tama noho tama mate.

Ka haere tonu te kēmu nei, te tiki atu, te tiki mai. Ka whiua anō tētehi rare, ka rere iho te rare ki raro i te waka o Pā. He waka Mitsi kua waikuratia. Ka āta titiro me te whāwhā haere, engari tē taea te kite. Kei hoki whakamā i te korenga ōku e kite, ka huna ai au i roto i te waka. E hangarautia ana te taraiwa, ka mutu, ka kitea ngā mata hōhā o ōku tuākana ka whakawhiti ki tērā atu tūru o muri. Taihoa ka āta koke whakamua te waka.

He momo tōku pāpā, he maha āna nei tikanga whanokē. Tērā pea, tāna tino kē ko tana kore hiahia ki te tō ake i te tumuringa. Ahakoa e noho ana te whānau me āna tamariki e whā, ā, taihoa ka rima, i runga i te puke o Leicester, te mea teitei o Pātea, e kore hiahia tonu ana ia ki te tō i te tumuringa ki tōna wāhi tika. Kīhai i tōia kia mau kaha. Kua tau te waka i runga i te puke – tōna tau nei.

I te whakawhitinga ki tērā atu tūru i takahi pokerehū i te tumuringa, ka heke ai, ā, ka whakawetongia tērā pereki. I te tīmatanga, ka pōturi te haere. Mātakitaki mai ana ōku tuākana i taku hipa i a rātou. E tino tūmeke ana rātou. Ka nui ngā karu,

ka tuwhera ngā waha. Ka nui te auheke o te puke, ka rere atu te waka. Ā, ka tere tana rere. Ā, ka tere rawa atu.

I whā noa taku pahake me aku pūkenga kore e tohe ki te ora, tērā ka mātakitaki noa ānō nei he kiriata. Kua hipa i ngā pourama. Kua hipa i ngā whare. Kua hipa i ngā tairākau paina kōhungahunga a Koro Witi. Koia pea tāna taiepa hei pou whenua. Kātahi anō te waka ka pā ki ngā pātītī, ka mutu, ka huri whakamatau. Mea rawa ake ka tukitukia ngā rākau paina a Koro, ka turakina ētehi, ka tata tuki waka kē, wē, ka rere ahau, ka tukitukihia e au te matapihi mua ki tōku mahunga.

Kāore au e mōhio ka ahatia i whai muri atu rā. Ka rotu rānei, ka pāngia rānei ki te whitinga roro. Ngaro tonu ana te pūmahara. Engari ia ka maumaharatia e au te hinganga o ngā rākau me te tautoko a Mā me te riri o Pā, i te mea, kua pakaru rawa tōna waka.

Kāore mātou i haere ki te tākuta. Tē taea i taua wā rā. He pōhara nō mātou me te korenga o te penehīni. Heoi, ka aha te tākuta mō te whānau me tā mātou e mōhio kē nei? I mōhiotia kētia te rongoā o ō mātou māuiuitanga. Me tōtika a Pā i te tumuringa. Ā, ki te tukia te waka e au, me whakamau taku tātua. Nā konā i kore ai e whara taku upoko, e tata mate rānei.

Kua nehua a Koro Witi whai muri i tēnā, i mua i te paunga o te tau. Ka pāhure ngā marama, ka mau tonu ia i tōna takariri. I rangona tērā e au i tōna kāwhena. He ngākau aroha nōna ki āna rākau, he ngākau pōuri ki a au. 'Ki te kitea tērā kutu,' tāna kī pea ki a Hato Pētera kei te taiepa ā-rangi. 'Me whakahoki ia ki te whenua ki raro rā anō. Kua whakakino ia i tōku kāinga taurikura

ki reira. Kia kaua tērā tama e whakakino hoki i tōku ake kāinga ki kōnei.'

2

I taua tau tonu, ka panaia atu ahau e Te Kōhanga Reo. Ko au pea te tama anake i pērā puta noa i Aotearoa. Ehara rawa i te mea, he tamaiti tou tīrairaka. Heoi anō, he wae oma ōku. Ki te waiho he kuaha kia tūwhera, ka puta atu ahau ki te omaoma ki waho rā. Ehara i te mea, he mārohirohi ōku whāene, ōku kaiako. Kāore rātou i rata ki te whai mai. Nā reira, kua panaia atu ahau.

Nā whai anō ka noho kino ko te kura tuatahi auraki nei ki a au. Ki te kura he kino kē ahau. Ki a au he kino te kura. Nō reira ia rangi kura ka uaua mō taku whaea i aku mahi whakahōhā: ia ata ka whakatōroa i taku maranga, ki te horoi, ki te tangohanga o ōku kākahu moe. Tērā pea, kei ngā tāone nui he rerekē te haere i te tokomaha o ngā manene, engari kei Pātea he ngāwari te whakatika i te mōhiotanga o tētehi ki tētehi. He mea waea atu e Mā tōku kaiako – tōku whaene tonu. Koirā te whakapapa Māori. I taua wā, i taua wāhi, ko ia anake pea te takatāpui kotahi i te whakaipoipo wāhine. Tērā pea te take i pīrangihia kia āwhina i ahau, i te tama whanokē. He mea mōhio pai nōna i pēhea te tū i tōu ake kāinga.

Ao ake, ka whakaohooho a Mā i a au. Ka waiho te uwhiuwhi, ka pāngia kētia te paranene ki tōku mata. Maringanui kāore i te haunga te tamaiti rima tau te pahake i ō ērā taiohi tekau mā rima te pahake. Kātahi anō ia ka tuku i a au ki te waka, ki tērā waka hou

o mātou. Ka mutu, kua whakamahue i a au nōku ka mau kākāhu moe ki te tatau a tōku akomanga, ka hoatu ai tāku pīkau kura me tētehi pēke kākahu ki tōku kaiako. Taihoa ka tū te akoranga, ā, ka mōhiotia kāore au e toa i tēnei pakanga. Nā reira i haere ki te heketua ki te whakamau i ōku kākahu kura.

Ia rā ia rā ka haere pēnei. Ia wiki ia wiki ka pērātia. Otirā, mā te aroha o tōku kaiako, o Whaea K, ka tae mai te tau hou, ka tae mai te mauri tau. Mā te aroha o tōku kaiako, otirā, mā tōku aroha ki te puna kaukau i muri i te pere whakamutunga o te kura.

I muri mai o te kura ka haere tōtika ki reira. Ka hoatu te 50 hēneti ki te pākete aihikirimi o te manapou, ka tangohia ōku kākahu, hū, tōkena, ka kaukau ai. Hei ngā wiki e rua ka tākaro ki te hōpua waenga. Kātahi ka tākaro ki te taha pāpaku o te hōpua wai matua, ka mātakitakina ai ōku tuākana e mahi ana i ngā momo manu rā. Whakaarotia ana e au he ngāwari aua mahi. Me tarapeke, me heke, me patu te wai ki tōu tuarā, rarawe noa iho. Tē taea e au te taraiwa, te mahi kura anō hoki. Engari ka taea pea te pohū. Nā reira kotahi anake te raru: tē taea e au te kauhoe, te kau kurī rānei. I te mea ki ngā taha e rua o taku whānau kua toromi ōku whanaunga i ngā wā o mua, kāore ōku mātua i whakaako mai, ā, kua noho matatapu tēnei mea te wai ki taku kāinga.

Ahakoa he raru tāku kore āhei ki te mānu, e kore e raru nui. Mēnā ka pohū au tata ki te arawhata e piritata rā ki te punu kaukau, kua kore he raru. Me tarapeke, me heke, me patu te wai ki taku tuarā. Kātahi ka whātoro ki te arawhata, me piki ake, me mahi anō. Āe rā, āe rā, ka mihi mai ōku tuākana ka tika. Koia noa nei hei mahinga māku.

Ka tatari ki te wikēne. Waihoki, ka whakaharatau ki tōku hirikapo. Hei te Rātapu, kīhai i au te moe. Tīraha ana i tōku moenga, ā, whakaaro ana ko wai o ngā tuākana rā e mihi mai i te tuatahi. Me te rere o ngā whakaaro ka pēhea rā te nui o taku pohū. I te aonga ake kua maranga i mua i te tangi o tāku karaka whakaoho – arā te hāmama a Mā kei te kauhanganui. Kātahi anō ka horoi ki te hīrere, ka rua, ka haere tōtika ki te kura. Kīhai au i mōhio he aha ngā akoranga māku i taua rangi i te puna kaukau kē ā-whakaaro e pāinaina ana ki runga i te raima.

Whakatangi ana te pere whakamutunga a te kura, ka puta tere atu i te akomanga. I mua o tōku taenga ki te rori, ka tangohia kētia tōku tīhate me ōku tōkena. Kua kuhu tuatahi ki te puna kaukau, ā, ka tāria te kuhu mai a ngā tamariki atu. I hīkoi au ki te taha hōhonu o te hōpua wai, ka tū tata ki te taha o ōku tuākana me te arawhata. Kāore rātou i titiro mai, engari ia ka whakatuturi i a au. Taihoa ake nei, kua huri te tai, kua kaupare mai ngā karu.

Kātahi ka noho hītengitengi. Ka tarapeke ai. Ka patua te wai ki tōku tuarā. Ā, ka patua ahau e te wai. I tēnei rā tonu ka taea te rongo te oro. Pērā me te pū tīmata i mua o te whakataetae kōpere. Ka tūwhera pokerehū tōku waha, ka horomi i te wai me te haumāota. Kua tau te pōnānātanga. Taku tē mōhio kei whea a runga, kei whea a raro. Ka ngana ki te whātoro ki te arawhata, engari ia kīhai i kitea. Kua whātoro, ā, kua whana, he aha te aha. Ka inoi aku pūkahukahu kia ngā, auare ake. E totohu tonu ana, ka mutu, ka tukia te takere o te hōpua wai.

Kua whakamanawa kiore ahau. Ka toromi tonu. I hiahia ki te pohū me te manu, kia whakamanangia ahau e ōku tuākana. Mā tēnā, ka aha – ka pēnei. Ka pāngia te mate taurekareka.

Mea rawa aka ka ruku tētehi ki te wai. Ko Māui tērā. Ahakoa kotahi tau tōna pakeke ake i a au, he nui rawa tōna tinana, he nunui rawa ōna pūkenga i te wai. Ka hikia ahau e ia, kātahi ka peia ake ahau ki te mata o te wai. I whātoro taku ringa ki te arawhata, ka whakarauora anō ai.

Ki te mātakitaki mai a Koro Witi i runga rawa, āe rā, ka kaha kē atu tōna pōkaikaha. Ehara i te mea nā taku tata toromitanga. Whakaaro ana ia, koia tāku kai. Heoi, ka kuhu au ki tōna paratiho, ki te rangi taurikura i runga rawa. Nā whai anō pea tāna iramutu ka whakaruaora i a au.

3

I te wā tuatoru i tata pā ki te matenga, e waru ōku tau. I tētehi Hātarei i te raumati, e pīrangi ana ki te eke pāika kia toro atu ki a Māui, hei tono atu mēnā e hiahia ana ki te haere takirua ki te whare pukapuka rānei, ki te whirā matua rānei tākaro pā whutupōro ai.

Ka ekeeke pōtae kore mā runga te pāika o Pā. Kāore au i māharahara. Kei te tāone kotahi anake te pirihimana. Ahatia te maha a ngā whaine i tuku tana tōmua ki tōku pā, kāore te pirihimana o nāianei e pērā. He raruraru nunui ake āna i taku kore mau pōtae. Nā reira ka eke pāika mai i te tihi o te puke. Kāore he take kia pana kau, nā te auheke puke i whakatere ai.

Ko ngā mea e whai ake nei, ka whakamōhiotia mai ahau i muri mai. I a au e rere pāhure ana i tētehi whare, e haere whakamuri ana tētehi waka i tōna wharau. Kua tohipa te waka ki te nuinga o tōku pāika, otirā kua tukia tōku wīra muri. Kāore au i hinga, ka pupuri tonu ki te hānara. Engari ka whakahuri i te pāika, kātahi ka tukituki ki tōna tūwatawata. Ā, ka whakatakaoriori tōku pāika i a au. Ka mutu, ka patua te tūwatawata e tōku mata. Ki te toru ngā hēnimeta ki te matau, kua mate ahau. Nā reira, i taua rā, i whiwhi i tōku merekara tuatoru. Ka tīhaehae kē te tūwatawata i tōku paerunga mauī tae noa ki tōku rahirahinga.

Ka tīraha au ki te taha o tōku pāika pakaru. Hekeheke ana ngā toto. Kātahi te waka ka wehe atu i te puke rā. Ahakoa he rerekē ngā tikanga o Pātea, kāore tēnei i te tika te kore pātai atu ki te tama mēnā kei te ora tonu ia.

Kia hoki ora mai tōku hinengaro, ka tū ngoikore, ā, ka hekeheke tonu ngā toto. Ka tau te whakaaro e kore te tangata e haere noa mai ki te tiaki i a au. Kāore āku waea pūkoro. Me aha koa. E noho ana au ki te taha o te tāone i te nuinga o te wā he tangohanga kore mō te waea kawekawe. Nā reira ka pōturi taku pikipiki i te puke, waihoki, ka kumea tōku pāika i mua i a au.

Te taetanga atu ki te kāinga, ka pātōtōhia te tatau. Kātahi rā ka hinga. Taihoa ake nei kua whakarauora a Mā i a au. Ka patuerotia tōku mata ki te wai hopi, ka whakakore i te mamae i te rongoā whakamauru nō te wā nā tōku tuakana tōna ringa i whati. Ehara i te mea kei te whānau he tākaikai tūturu nō ngā tākuta. Ka whakamahia kētia te paranene me te tēpa Hāpiapia.

E kore rā mātou e haere ki te tākuta. He pai ake te penapena moni. Heoi, ka aha te tākuta mā te whānau? Kua mōhiotia kētia te raru. He manaaki kore tā tō mātou kiritata. Ā, ki te tukia te pāika e au, me mau te pōtae mārō.

4

I te iwa o ōku tau, whai muri i te Kirihimete, ka whakakā i ōku taiaki, ka whakawetō i tōku hinengaro. Nā reira ka tupu te tinana, ka tupu anō te whanonga rorirori.

Ka tū māua ko Māui ki runga i te puke tino paripari o Pātea – āra, ka kīia ko te Puke Kōhuru Tāngata. Ko tōna ingoa he whakatūpato nui ki ngā tamariki atamai. Korekore nei māua ko Māui e aro. Kua pōwhiri a Māui i a au ki te tira tuakana, ka mutu, ka pōwhiri au i a Māui ki tāku kemu ki a Hine-nui-te-pō.

Ka kawea ō māua papawīra ki ō māua ringa. He mea hou ērā, he koha nō tērā Kirihimiti kua pahure atu nei. Kua eke kē i ō māua papawīra ki te papatākaro. Heoi, kāore tahi ō māua pūkenga. Ka taea te eke mēnā ka pōturi te haere i te papa.

E titiro atu ana māua ki a māua, ka whakanoho i ō māua papawīra ki te tihi o te puke. Kāore māua i te kōrero. Kua mārama anō he whakaaro pōrangi tēnei. He rite tēnei momo whakaaro ki ngā manu taupunga. He māmā rawa te whakamataku. Nā reira ka tū wahangū ki runga i ō māua papawīra. Mea ake ka rere. Tāria ana te wā tika, kia whakamāmā i te hauāuru. Kātahi rā ka tere te haere o ō māua waka i runga i taua puke kikino.

Koia te wā tuatahi e mōhio pū kua tāmokohia pea e au tōku tuakiri ki a Hine-nui-te-pō. Ki te āta whakarongo i tērā wā, ka rangona tāna karanga mai. Ka whakamate rānei te puke i a au, ka whakamate rānei ngā waka ki te pūtahi i te papa. He kore nōku e whakatū i ō māua hoa e mauria kahutumu muramura ki reira. I te mea he tūreiti rawa te whakaaro, ka inoi anake.

I te pae hawhe o te puke, he hūkokikoki kei te haere i te terenga. Ngana ai ō māua papawīra ki te pāka atu i a māua. Nā Māui tōna waka i whakahuri matau ki te pātītī ki te taha o te rori. Nāna i tarapeke atu. Ka pīrori ia, ā, kua āhua tīhaehae ōna kākahu, kua riwha tōna kiri. Ahatia ka haumaru a Māui.

Ekeeke tonu ana i tōku papawīra. Ka pikipiki ake tāku tere, ka pikipiki anō hōki āku hūkokikoki. Kātahi te papawīra ka tau. Ka rua, ka pāka atu i a au. Ka mutu, ka hinga ahau i runga i te rori. Pērā me te motokā, heoi anō rā ko tōku mata tōku pēreki pērā i te penehinu ki te raima.

Kia tau tūturu ahau, ka pātaia mai e Māui kei te ora pai rānei ahau. Ka mataku ki te whakatūwhera i ōku karu, ka whakatū kē tōku kōnui ki runga rawa. Me te aha, ka haere mai ia kia hikina ai ahau ki te rori. Mea mai ia he mamae rawa tōku mata. Kia kitea rā anō te mēra, ka mōhio. Kua tīhaehae katoa te kiri o tētehi hāwhe o tōku mata. Kāore anō kia whakarauora kia mutu rā anō te hārerei me te wāhanga tuatahi me te hāwhe o te kura. Mā te aha anō i te ora.

Kāore māua i hoki ki te ekeeke papawīra anō whai muri i taua rangi. Ka koha a Māui i tāna poari ki tōna karangatahi. Kua tahuna pea tāku e Mā. Kīhai i kitea. Tē taea e au te mea atu

mēnā he toimaha ake āku mahi i tōku tinana, i te ngākau rānei o Mā. Kua tapaina mai ahau e Pā te ingoa Iriota. Taihoa ka mea mai, ko te mea nui i whati kōiwi kore.

Kāore ōku mātua e pātai mai, mēnā ka ākona taku akoranga. Kua mārama, ehara i te mea nōku. Ka huri akuanei ki tōku pūhuruhurutanga. Āe rā, āe rā, e mōhio nei rāua, he mahi pōrangi ake kei te haere. Nā wai i hē, ka hē kē atu.

5

Ko te wā tuarima e tata ki te mate, 14 ōku tau. Ka kape māua ko Māui i te kirata a te Pātea Māori Club – āra, te kiriata a *Poi E*. Kua whiwhi tāku waea tuatahi mō tōku huringa tau, ā, kua tīkina a TikiToka, ka mutu, ka ngana māua kia whakarongonui i a māua. Ka tukuna ā māua kanikani, ka whiwhia te kotahi rau raika. Kātahi, ka tukuna ētehi whakaari kapekape mō te tupuranga ki te tāone iti o Aotearoa nei, ka whiwhia ai ngā raika e toru. I taua wā tonu ka toko te whakaaro matua: me kape te Māori Mikaere Jackson nō te kirata a *Poi E*.

I te tīmatanga, ka whakarite i ngā kākahu tika. He poraka kikorangi kē tōku. Ka kimi māua i te tarau kikorangi me ngā karapu mā. Nā Māui te tarau i whai i tōna tuakana. Ka whai karapu i te nēhi o te kura. Ehara nōna te karapu tūturu, engari ia he ngahuru karapu kirihou i kohaina mai e te nēhi. Ahakoa he tino 'hōri' te āhua, koia kē te tino take.

Ka whakamahia ngā wāhanga māmā i te tuatahi. Koia tā Māui. Kanikani ana ia ki te tiriti i waenga i te rere o te tokoiti o ngā

waka. Pērā me te Kīngi o te Popi – tōna pērā nei – ka kanikani ika whitirua kia tau tērā whara me tōna taraka. Kangakanga mai ia me tana matimati manawanui mai. Mōna nei, he kino tā māui mahi. Ka porotītiti a Māui, ka hīkina ōna raho, ka mutu, ka hāmāmā atu, 'Hamone!' Hanga reka ana! Kaha mai te katakata, i te mea, kua kapohia katoatia tāna mahi nanakia, kātahi ka hīkoi whakamuri, arā ka hīkoi Hina a Māui ki ngā tauranga waka.

I muri o tērā me tana tōtara wāhi rua, ka tirohia ā māua kiriata mēnā i pai tā māua mahi . . . Nā reira ka tangohia ō māua kākahu whakawhitia ai ki muri o te tohu whakamaumahara o te pakanga ā-motu, ka kākahuria e au, ka pai rā.

Noho hītengitengi ana a Māui ki te taha matau o te pewa o te pakoko teitei o Aotea waka, tata atu ki te whā mita te teitei. Ka āta pikipiki ai au ki runga i ōna pakahiwi. Kua tata hinga i te tuatahi, ka tuarua atu, ka tutuki i a māua. Nā reira ka āta tūria e ia, ā, ka whātoro au ki te pae o te pakoko. Ka haere, ka peipei ake ai a Māui i ōku waewae kia tae atu ōku tuke, ka haere, ka piki ake ahau. Huri rawa ake, tērā ahau e tū tata rawa ana ki te waka raima i hau ai te rongo i te ataata pūoro.

Kua paoa ngā hāona e ētehi kaitaraiwa ki a māua. Kāore rāua rā i pai mai ki tā māua mahi nei, te tū i ngā taonga o mua. Nā, ko tā ērā atu kaitaraiwa he kapo whakaahua i tā māua mahi ki ā rātou waea. He tohu pai tērā ki tā māua whakarongonui.

Ka whakawhiti atu au i te tauihu o te waka, i a Turi Arikinui rāua ko Rongorongo – arā, ki a Māui, nāna te kūmara tuatahi i kawe mai. Ko tērā te orokohanga o tōku whakapairuaki. I taua wā rā i āmaimai me te whakaaro kia kaua e takahi i runga i te tapu

o ō mātou tūpuna. Ka pērā te kurī, ka kaingia ai tāna ruaki. Kia kaua e tūkinohia ngā tauheke, ki te kore koe e hiahia kia tūkinohia koe e ngā tauheke. Ka kōhimuhimu atu taku whakapāha ki a rātou o te waka, mā reira e whakaae mai rātou i a au e mahi TikiToka ana i te wā poto nei, ā, ka tūmanako ka ora pai au.

I tōku tūranga tika, ka whakaharatauhia tāku kanikani, ko te ngarungaru pērā i taua whara tūturu. Kua whakatūria e Māui tōna kōnui. Kua tae mai te wā, kia whiua mai ngā karapu mā. Ka pērā, i te mea, tē taea te pikipiki ake e mau karapu kirihou ana. Ka ngana tuatahi kia whiua mai, engari ka pūhia te hau. Nā reira ka paiere katoa i ngā karapu, kātahi ka whiua mai anōtia. He whakaaro pai, engari tē taea tonutia te mau. Ka tāwhai atu tōku wae ki runga i te taha o te waka. Ka rua, ka tohipa. Ka toru, ka horo i te rauawa waka. Ka mutu, ka tukia te taha o te waka e ōku ake kūmara.

Mēnā koia te whakamutunga, ka ākona tāku akoranga. Ahatia kua tūreiti rawa, ka ākona. Nā te mamae o te upoko ka kore, nā te mamae o ngā kūmara ka mārama. Ehara i te mea koia te whakamutunga. Ka paheke tonu. Kua whātoro taku toimahatanga tinana ki te taha o te pakoko. Engari tē taea ōna taha te pupuri ā-ringa. Ka taka ki te papa – ki te pereki me te raima. E whā mita te takanga iho. He momo manu kei te haere. Āe rā, āe rā, ka mate.

Engari, kua hopukia ahau e Māui. Me aha kore. Ka tukia ōna ringa e au, ka hinga tahi ai māua. Mea rawa ake, ka patua te papa. Pakō! Ka kaha rā tā māua taunga iho.

Mei kore ake a Māui e ngana kia hopukia ahau. Ahatia te mamae, ka ora tonu ahau. Ka pātaia mai e ia kei te ora pai rānei ahau. Ā, ka whakatū mai tōku kōnui ki runga rawa rā. Ka mutu,

ka pātaia atu mēna i kapohia ērā ki tāna kāmera. Kaha mai te katakata.

E te tātarakihi tinihanga, ka whakaarohia te kī pea a Koro Witi i runga rawa. Kua whakamahia tētehi merekara anō māku. Āe rā, pukumahi ake ai ia ki korā i kōnei. E kore au e whakamōhio atu ki a Mā. Kua tahuna tōku papawīra i muri o taku hinganga, ka urupatua katoatia e taku whaene te pakoko o Aotea waka. Ka pērā ia, ka urupatu te tāone i a au hei kimi utu.

Ehara i te mea ka pērā te whakanui i tā Taika Waititi, kāore nei e kore ka rongonui ake tērā urupatu. I ora a Māori Mikaere Jackson i tāna takanga, ka kawe atu a *Taranaki Daily News* i tana pūrongo. Kātahi ka whati ngā waewae e rua i ngā mema o te Patea Māori Club i te oro o *Poi E* e whakatangihia ana.

He Kuia Kei te Haere

Kei te whiti te pourama i te pō. Tērā tētehi papatākaro e pūhana ana i raro. E noho ana tētehi tamāhine i roto i tētehi arapoka kirihou. Mā wai ia e hopu? Mā te kāhui kurī e whakangau i tōna kakara. Mā te tokorua rānei ko tōna tuakana ko tōna teina e mōhio pai kei whea ōna tino wāhi huna. Kei te kōti poitarawhiti i muri o te kura. Kei te anaroa kirihou māwhero nei i tata atu o te pāparakāuta, he hāwehe poraka atu i tō rātou kāinga.

'Kei te mōhiotia kei whea rā koe, e te Huhu?' te kī a te tuakana. 'Kī mai a Mā kia hoki atu tō nono ki te kāinga.'

'Āna,' tā te pōtiki. Ahakoa e whā noa tōna pahake, noho maru ana i te mana o tōna mātāmua. 'Kia hoki atu te nono ki te kāinga.'

'E kore. E kore. E kore rawa. Koinei tōku kāinga i nāianei. Ā, kāore e taea e kōrua te eke nā runga i te mea he waewae tapu kōrua me pōwhiri ka tika.'

Kei te taraiwa tonu ngā waka mā runga te rori. Ka huri te aroaro o ngā Māori i roto rā, kātahi ka pōturi haere. Kei te pā ngā tamariki i ō rātou mata ki te matapihi o ngā waka, ka tipu ai ō rātou hikaka, nā te mea, e mōhio ana ki te nanakia o Huhu me ngā hoa o te kura. Ahakoa i kohete ngā pahake, kei te pā tonu ngā mata ki ngā matapihi.

'Auē, e Huhu. I ia Wenerei ka mahi pēnā koe. Nā te aha? Nā te mākihakiha ki te kaimoana.'

'He wetiweti ki a au, otirā, he hōhā nōku ki te mahi whakapaipai hoki me te kōrerorero.'

'Koia kē te āhua, Huhu. Ki te tae mai a Wenerei, ka tae mai te kaimoana o tai. Ki te tae mai te kai o tai, ka tae mai te tai o autaitangata. Kia ahatia.'

'Āna, kia ahatia,' tā te pōtiki. 'Ka tae mai te tai.' Rapu ai te teina i te wā tika ki te tuku kōrero.

'Kua huri te tai,' tā Huhu. 'Kua whakapirau au i a au. Ā, kei te whakapirau au i te papatākaro nei. Nā reira he kui au i nāianei, ko te wairepo tōku kāinga.'

'He pono te kī, e Huhu? Kei te hiahiatia te noho iho ki te makariri me te pōuri, kia tata mai ki ngā taurekareka e taiwhanga ana.'

'Koia. Engari ehara a Huhu i tōku ingoa, engari ko Mahuika kē. He atua pērā ahau. Nā reira ki te tae mai ētehi taurekareka, ka whiua atu, ka tahuna rātou ki ōku matimati ahi.'

He rerekē tāna mahi o nāianei ki āna mahi o mua. I whakamahere a Huhu i te wiki katoa. I pānuitia ngā pūrakau mō Mahuika, i āta wānanga ia, ā, i kohia he pani maikuku, he pene whītau, he

kutikuti. Kei te kura kaupapa i peita i ōna maikuku kia whero, kātahi ka tā koru i waenga i ōna tukemata me te kukuti makawe kia hīpoki ai i tōna mata. Kua whakamahuika ia i a ia. Ki te hiahia te tokorua hopu atu ai, ka whakamāui rāua i a rāua.

'Okei,' te kī a te tuakana. 'Mā māua te katoa o ēnei rare nei.'

'He rare āu?'

'I homai e Māmā te rua tāra, kātahi ka tauhoko i te pēke tini rare i te toa.'

'He nui ngā rare, nē hā?' tā te pōtiki. Kua kite ia i te kamo o tōna tuakana.

'Tika ana. He nui rawa. Kua tae mai ki te tuku i ētehi māu, engari he kui kē koe. Nā runga i te more o te kui, e kore e ahei ana ki te ngaungau kai, nā reira ka riro katoa mai mā māua.'

Kai kaha ana ngā ngutu, ka mutu, ka waiata rāua i te hūnene. 'Reka ana.' 'Kei te makue te reka nei.'

'Taihoa. Taihoa ake,' te kī a Huhu. 'He rare porokawa ā kōrua?'

'He nui.'

'Mōhio pū au . . . kei te rūkahu kōrua tahi. E kore te toa kokonga e hoko atu i aua mea. Ko te whakapono o te kaihoko, ka whakaporokawa ngā rare i ngā tamariki porokawa.'

Ka takahi atu, ka takahi mai te tokorua i te takeo o tā rāua mahi i te hēnga o te rautaki tuatahi. Mā te koi o Huhu te hōhā e tū ai. Mā te hōhā te riri e tū ai. Mā te riri te tokorua e whakaaro ai ki te wehe. Engari he iti iho tō rāua riri i te riri o Māmā mēnā ka haere Māori atu ka hoki Māori mai. He pai ake te noho tonu ki te papatākaro i tō te hoki pōtiki kore atu. Nā reira ka waihanga rāua i te whakamahere tuarua.

'Pai ana, e te huhu. Kaua e hoki. Ka hoki atu māua anake ki te kāinga, kia purea te peitana, kia kainga te parāoa parai.' E rata rawa atu ana a ngāi Māori katoa ki te parāoa parai. Ia Wenerei ka kohikohia ngā kaimoana, ā, ka tunua ngā parāoa parai.

'Āna,' tā te pōtiki. 'Ka whakapau te mīere i a māua, nē hā?'

Tērā ka pōhēhētia kei te takahi atu anō, engari kāore te tokorua i te takahi mai, kei te huna kē ki muri o tētehi ipu parapara. Tūmanako ana rāua ka omaoma ake a Huhu ki te hoki atu ki te kāinga i muri i a rāua, otirā kia kaingia te kai. Kua hipa te miniti tuatahi, te miniti tuarima, engari kāore anō a Huhu kia hūnuku, e waiatatia kētia ana ngā waiata o Mahuika. 'Kia tae mai a Māui, ka tū te ahiahi.' Kei te mārama te tokorua ehara tēnei rautaki i te rautaki pai. Ka kitea te mumura o ngā karu o Mā i mua i te maikuku o Mahuika.

Kua tae ki te wā ki te mahi i tētehi anō rautaki. He māminga o mua nā te tuakana.

'Kua taka te kapa, e te huhu. Mōhio pai ki te take kia huna koe. He kutu mataku koe. Mataku noa ana i te kaimoana me te kōrero'

'Āna,' tā te pōtiki. 'He kutu mataku koe.'

'I kī ko Mahuika koe, engari ehara tēnā i te tika. Kāore te atua i te mataku.'

'Hoihoi! Kāore au i te mataku, kore rawa,' tā Huhu.

'Kua rangona te kōrero, engari kei hea rā koe? Kei te huna tonu.'

'Āna,' tā te pōtiki. 'Kei hea rā?'

'Kei tōku kāinga.'

'He tika tāu, e te pōtiki. He kutu mataku ia.'

I te tinihanga e haere tonu ana, waihoki ka pau hoki te manawanui o Huhu. Kei te whakawhānui tōna poho, otirā kei te muramura ake te ahi i ōna maikuku ki ōna pāpāringa. Kua rite ia ki te hoki atu ki te kāinga kia kai i te kaimoana. He atua ahau, te whakaaro o Huhu. Ko te atua matua o te ahi. Ko Kui Huhu te kuia māia, kaha, mana nui i tēnei taha o Maunga Taranaki. Kei te whātoro atu ia ki te taha o te anaroa kirihou. Engari i taua wā kei te kitea ōna maikuku whero me te tau mai o tana mauri rere, kātahi ka taumauri te ngākau. Kua hoki ia ki roto i te anaroa pērā i te tuna ki te rua awa.

'I whakaaro kōrua ka wehe atu au i tōku kāinga, nē rā? Ehara. Tē taea e Māui-tikitiki te māminga anō i a au, i a Mahuika. Tē taea e Māui. Tē taea e te tokorua, he atamai kore, he haunga rawa nō rāua.

Ka tau ko te wahangū. Kei te titiro te tokorua ki a rāua anō. Pikipiki ake te marama ki te rangi, waihoki e taraiwa pōturi ana ngā waka i runga i te rori. He kerekere te pō. Kia whakamahere anō rāua i te rautaki whakamutunga, ka kitea tētehi waka pirihimana e huri ana i te poraka. Kua mōhiotia te tikanga o taua tohu, otirā, kua mōhiotia kāore anō a Huhu kia rongo i tā rāua whakatūpato. Me te aha, me tere rāua kei taka rātou ki te hē.

'Kua pau te wā ki ēnei kēmu, ka tae mai te wā hoki atu ai. Ki te kore koe e hūnuku, me hūnuku i a koe.'

'Kāore au mō te hoki atu ki te kāinga. E kore rawa. Nekeneke mai, e te tuakana. Anei te muramura o te ahiahi o tō atua, ko Mahuika.'

'Tika ana?'

'Tika ana.'

'Waiho te muramura ki muri, ko au te mata o mua.'

Haere hurirauna ana te teina i te papatākaro pērā i te wheke kimi kai, kātahi ka rere atu te tuakana ki te reti, ka whātorotoro atu ai ki te anaroa kirihou. Heoi, ka tarapeke atu a Huhu ki muri, ā, ka whiua te pani maikuku ki tōna tuakana. Ahakoa kāore i tau tika, kua pā te pani whero ki ōna hū.

'Inā te mana o te ahi o Mahuika!'

'Hei aha mā wai, i paru noa i taku paru, Witipū.'

'I whakawherohia te kāhu e Mahuika, i whakawherohia koe e au.'

'Ka taea e te kāhu te rere tonu, ka taea e au te hopu i a koe.'

Kei te āta titiro rāua ki a rāua anō. I te tuakana e whakarite ana ki te hopu i te hōhā nei, ka mau pene whītau a Huhu pērā i te mere.

'Nekeneke mai e te tuakana, anei tāu.'

'Ki te nekeneke atu, ka mekemeke atu. Ahakoa he pene 'Koi', ehara i te mea koi, rorirori.'

Ruku ana te tuakana i te rua o Huhu, engari ka pikipiki ake a Huhu ki runga. 'Ki raro, upoko mārō, tō pōturi,' te kī a Huhu, kātahi ka tarapeke iho ki te papa me ngā kiri rākau haumaru. Mā tōna aroaro ki te tuakana, ka taea e te teina te puta atu i ngā ātārangi pōuriuri. Pērā i te wheke, ka takaia ngā waewae o Huhu e ia ki ōna kawekawe. Kei te hahae tere a Huhu ki te ngutu o te teina ki te pene whītau ka tāmokohia tana ngutu o runga ki te raina pango.

'Mō taku hē, e Pā. Pēnei kē ahau ko koe tōku pōtiki.'

'Ko tēnei te pōtiki, e kui e.'

'Kāo. He aha kē te take he hurungutu tōu?'

Ka riri rawa, ka ngau te teina i tērā waewae o Huhu, kātahi ia ka tangi atu. Ka ruku iho te tuakana ki te tārore i a Huhu, ki te mauhere i a ia. He tiare hōiho. He ngau nakahi. He taringa mākūkū. Ka taukumekume rātou i a rātou, ka tauronarona ai rātou i a rātou, me te aha, ka hurirapa te waka – ka hinga rātou ki te papa. Kāore anō te whawhai kia mutu.

Pā atu ana ngā matimati mākū ki roto i ngā taringa. Uhi atu ana ngā ringaringa i ngā karu. Whakahono atu ana ngā tukemata ki te pene whitau. 'He waka utangakore koe.' 'Hīkina tō tarau e te pēpi.' 'Nāu te mimi o Ruaputahanga.'

Ka whawhaitia tonutia rātou kia kitea anō e tētehi pirihimana ā rātou mahi nanakia. Kua tū te waka ki te pātītī. Nā ō rātou karu kāpō ki te riri, kāore anō kia mutu te mekemeke me te whanawhana. Nā reira kei te whakakā i te rama pirihimana, ā, kei te whakatangi i te tukuoro. Ahakoa e here ō rātou kawekawe i a rātou, ka kāti te pakanga.

'Me houhou rongo e hine mā. Me kakama te hoki atu ki te kāinga. I tēnei wā tonu nei,' te kī a tō rātou whaene, a te pirihimana. Ahakoa he hātakēhi te mahi rā, kua tata ki te waipō. Kātahi anō te tokotoru ka tū, ka whiu atu ai a Huhu i te pene whītau, ā, ka menemene atu te tokorua. Kei te rūrū te upoko o te pirihimana. E hiahiatia ana te whakamōhio atu ki te tino tinihanga o te mahi rā. Kia wehe atu te waka, ka wehe hoki te tokotoru, otirā ka huna i ā rātou katakata kei rongo tonu te pirihimana.

'E te keke haunga, ka kōrero atu a Whaene ki a Mā mō te whawhai nei?'

'Kāore nei e kore kua pērātia kētia, e te tukemata tahi.'

Kei te whakawhiti rātou i te rori, kātahi ka kitea te waka pirihimana i tō rātou whare, ka mutu, ka kitea tōna whānau e inu waipiro ana i te wharaunui, ā, ka kitea te pūkana a Mā. He tohu kāore i te pai.

'Kei te whakaaro tonu ka wehe atu a tērā Wenerei, e te huhu?'

'Tē taea te kī. Tērā pea i te āhua o te mata o Māmā, ka whakamate mai a Mā.'

'Ki te ora tonu koe, waihoki, ki te kore e wehe, ka huna parāoa parai māu.

'Pono?'

'Pono ana. He parāoa parai māu, he kōura māku.'

'Ka pai rā.'

'Engari me āwhina tonu koe ki te whakatika whare. Koia noa te mahi pai a te Māori.

'Auē,' tā te teina. "He hōhā te mahi whakapaipai whare."

Moe i te Moenga Roa

I whiua ahau ki roto i te awa. Taihoa ka nehu ngā oneone me ngā paruparu i a au. Huna ana i ngā karu tirotiro. I whiua katoatia mātou. Ko ahau me mātou katoa tekau mā toru nei. Nōku te pōhēhē kua whakangarongaro au i reira, heoi anō te toenga. Kāore e kore, kua mate te katoa. Kua mate, ā, kua wareware pērā i aua mea tawhito. Mēnā kāore i mua i te aroaro mōmona o rātou mā, ka wareware. Arā tētehi taniwha i te tai i taku whiunga atu. Nā te awa ahau i kawe mai ānō he pēke taewa, i tuku kaha ki tōna tahataha, me te aha, kua pakaru tōku ihu, ā, i nehua ai ahau ki te tahatika o te awa.

Ia rā, ia rā, ka tākaia ahau e ngā oneone. Ka puputu te one, ka pūkei i runga. Ka haere, ā, tē taea te kite kei whea te tīmatatanga o te tahataha me tōku mutunga. Noho ai ahau, he ngū ki te ao, he kāpō, he turi. Ka haere ngā rā, ka haere ngā rā, e kore e panoni. Kua rangona kau te rūrū o te whenua. Koia ngā mīhini

nō tāwāhi i hanga mai, i whakaheke atu. Koia rānei ngā tamariki a Tāwhiri i marangai ai me te waipuke o te awa i tōtō mai i te tahatika e mauhere nei i ahau. I tētehi wā, he mea pōhēhē e au kia whakarauora mai i te rūrū. Tērā ka rongo i te wai e pā mai nei ki taku kiri. Auare ake.

Ka tō te rā, ka tau te pō, ā, ka hipa te tekau tau. Pērā me tā Māui mau i te tuna roa, ka mamau ngā oneone i a au. Kātahi ka hipa te kotahi rau tau. I pahake ake ahau i a rātou i tō mai ai ahau ki te ao mārama nei. Kua whakapahake ake ahau i tōku māmā i whānau poka mai. Kua whakapahake ake ahau i taua koroheke i topetope ai i ahau mai i tōku māmā. He wā tōna ka whakaarohia nā te rūrū o te whenua ka puta atu ahau i tētehi rā engari, ka moe i te moe roa. Ka tuhi, ka rarapa, ka uira, ka tau mai, tēnei māua ko tēnei tahatika ake ake ake nei – ā, ka moe tonu ahau.

I taua wā tonu, ka huri ngā tau, tē taea te tatau aua tau, ka mutu taku whakaaro mō te ao o waho o te tahataha. Koinei taku ao. Ka pōhēhē ko te tekau mā toru te nama waimarie. Ko te mea tekau mā whā i mākutungia e ngā atua o runga nei. Ka whakarūaumoko au i ahau. Ka tika me whakatakoto ki roto i te kōpū o Papatūānuku.

Te mutunga iho, kāore tahi ngā uira, ngā rū whenua rānei i whakawātea mai ai i a au. Ko te ua anake. Ka heke. Ka heke. Ka karawhiua e te ua. Ka heke te ua mō ngā wiki maha. Ka patua te tahataha. Kua pari mai te awa. Nāwai rā, kua whakaheke i te tahataha. Ka tahi ka mutu te ua. Ka rua, ka timu atu te awa. Ka tū ai te merekara. Mō te wā tuatahi o ngā tau neke ake i te kotahi rau tau, ka taea te kite te kiko o Rangi i runga rawa.

Noho ana au ki reira mō ngā rā e rua. Kei te mātakitakina tēnei ao, te ao hurihuri. He pāraone kē te awa. He nunui te tāone, nui kē atu i ngā papa kāinga o mua rā. I te pō, engari kē te rūrū, e kūkū ana te upoko rama o ngā pou rino. I te ao, engari kē te tangi a te tūī, ka kōkō ngā waka rino mā runga te whenua. Ahakoa he tino tere, he popoto rawa atu. He nui noa mō te tokorima. Me pēwhea te iwi e rere ai mā runga i ērā? Pau ana te kotahi mano tau, ko te rorirori tonu a runga.

Hīkoi tata ana ētehi i a au. Ko ngā tāne me ā rātou kupenga, me ā rātou matira. Engari ia kāore aua purari paka i titiro mai. Kāore aua tāngata i titiro pī. Ahakoa nehua te nuinga o taku tinana i roto i te whenua, ka taea te kite tōku ihu pakaru. Nō reira e huna tonu ana kia tae mai ngā tama tokorua. E waru tau pea ō rāua pahake.

'Kua hara. Kua hara. Ko koe he tūtae tara.'

'Kaingia tēnei tūtae.'

Ka whiua te maka-pai paru e te tama tuarua – he tama upoko nui, he puku mōmona. Oma tonu ana tōna hoa, ka whakamātau ai ki te awa kia karoa te oneone. Kātahi tōna mata ka huri ki tōna hoa whētero ai. Mea rawa ake ka hinga, ā, ka whakatāpapa i runga i te papa, tōna mata i raro i te wai. Anā tāu kai, tāku. Ki te heahea te kēmu, ka heahea te whakawhiwhinga.

'Ora pai ana koe, e te parata?'

Ka hurirapa te tama tuatahi i te wai, ka mauria tōna waewae. E rua e rua tōna tinana i te peka o te kōwhai – he roa, he angiangi, he urukehu. Pīoioi ana tērā tama i runga i tōna kumu. Kāore ngā tama o aku wā e pērā. Ahakoa te aha, ka tū mārohirohi kē.

'Kua whati pea tōku tōnui.' Ka kūmea tōna wae ki ngā paruparu. 'Ka rīria e tōku whaea mēnā ka whakamōhio i omaoma hū kore anō.'

'Kei te pāmaemae tō tōnui?'

'Koia.'

Ka pāngia e te tama mōmona tōna tonui, me te aha, ka mote te tama peka kōwhai. Mēna ka taea e au, ka tīkoro ōku karu i tōku upoko.

'Kua pāmaemae taku pānga?'

'Koia, e te tūtae tara.'

Ka pāngia anōtia, me te aha, ka mote ake tērā tama.

'Kua pāmaemae tēnā?'

'Ki te pā mai anō, ka patu atu i a koe. I kī kē, kua pāmamae.'

Kei te rakurakua tōna pākira e te tama mōmona. 'Ko te mea pono, Kōkohu, kāore au i te paku mōhio me pēwhea te whakatika te kōiwi whati. Kua ahatia?'

I te tāima tuatahi i tāna hinganga, ka titiro taua tama rā i tōna tonui. Kātahi anō ia ka kitea he pai tonu. Ka mote anō, ka whakatau ai i te mauri i roto i a ia. Kua tutuki noa tōna tonui. Ki te whakawhatihia tētehi mea, kua taka anō au ki te hē. He mea omaoma e ia, ka kīkia ahau ki tōna wae hū kore. Kua mamae pai. Anā tō kai,

'I whanaia tētehi mea. Tētehi mea mārō.'

Kua huri mai te aroaro. 'He aha tēnā?' te pātai a te tama mōmona.

'E aua,' tā Kōkohu. Ka whātoro atu tōna ringa i ngā paruparu kia āwhina mai tōna hoa. Āta titiro mai ana rāua ki a au nei. 'He waka huia pea.'

Hei taua wā, ki te kore anō au e mōhio he rorirori te tokorua, ka mōhio pū i muri mai i taua kōrero. Ka mutu pea te rorirori o ngā roro tamariki i ēnei rā. Aī auē!

'He waka huia pea nā Zelda.'

'E aua hoki. Me te mea nei.'

Kua pā mai te tama mōmona, ka mutu, ka pā mai anō. E inoi ana ahau kia homai he niho ki te ngau i ōna matimati. Ko taku kino noa he wero atu i te tamaiti pākiki ki te maramara.

'He rākau pea te āhua. He rākau ki taku whakapā atu.'

Kua rakuraku a Kōkohu i ētehi paruparu i tōku ihu, ā, ka riringi i ngā wai i runga i a au.

'He whero. Tōna whero nei. He whero ngā waka huia?'

Āna, taku whakairo atu. Nehua ana au neke atu i te kotahi rau tau kia kitea mai e te tokorua roro more ki Te ika a Māui. Ki te whiua ahau ki te wai o Whaitara, ā, ki te kitea mai e ngā tamariki o Te Āti Awa, ka herea kētia ki tētehi wāhi haumaru, ki te whare taonga. Engari ki kōnei, ahatia taku pahake ake i te koroua o tō rāua koro, ka pā mai te tokorua pērā me te kekeno mate ki tātahi.

'He tūru pērā te tae o tōku whaea,' te kī a Kōkohu. 'He tuatara pea?'

Tuatara. Nō tērā tama te pōhēhē he ngāngara ahau. Nō mai ngā rā anō, engari ehara i te mea he moko tuauri ahau. Tāwhiri, tūkuna mai he marangai. Whakahokia atu au ki te awa.

'Nō mai, mai anō, nē rā? Nō tuauri whāioio.'

'Me te mea nei nō te wā o ngā tūpuna.'

'Me huaki.'

'Engari, ka aha māua mēnā he mea kino i roto rā?'

'He aha te mea he kino?'

'Ngā kōiwi pea.'

'Aīare! Ki te huaki atu, ka tū pea tōna kehua, ka whawhai mai ai.'

Ka tarapeke te tokorua ki muri, ā, ka tītiro atu rāua ki a rāua.

'Heoi,' te kī a te tama mōmona, 'kāore au i te mataku.'

'Kei te pēnā hoki ahau. Ki te whawhai mai tērā kēhua, ka whana atu i tōna upoko. Ka mutu, kua hinga ia.'

'Ki te whawhai mai tērā kēhua, ka meke atu ki ōna raho.'

'He kaha ake au i a koe.'

'Kāo. Kāore koe i te paku mōhio. Ko au te tino toa o tēnei tāone.

E tautohetohe ana te tokorua kia koruru te rae o Kōkohu. Mātakitaki mai, tāna ki tana hoa. Kātahi ia ka kō i ngā paruparu i runga i a au. Ka kitea ehara au i te waka huia. Tuatahi ake, he roroa ake ahau i te tokowaru tāne. Tuarua, kāore ōku taupokinga. Kua whakatau i te mauri o Kōkohu. E whakaarotia ana ko tērā tama kōwhai peka i rite rawa atu ki te whawhai i tētehi momo mangumangu taipō. Ahakoa tōnā upoko mārō, ka kitea te nui o tōna mana, tōna māia, tōna manawanui. I tērā miniti ka oma i tātahi. Mea rawa ake ka rite kia whawhai. He aha ai. Nā te mea, kua mea atu tōu hoa mōmona tē taea e ia.

'Kua pōhēhē tāua, e Kura. He waka tēnei.'

'Ka aroha.'

Ka aroha? Mei kore ake te pōrangi. I te tūmanako ake ia ki ngā kōiwi, ki te kehua rānei.

'Otirā,' tā Kura. 'Kei hea te mīhini?'

'He tūmomo waka anō tēnei. He waka o mua. Kāore e pīrangi ki te mīhini, ki ngā hoe kē.'

Kua hui mai te tokorua, kātahi ka kō i ngā paruparu, ā, ka riringi i ngā wai i runga i a au. Amuamu ai a Kōkohu, nā te mea, he roroa tōku tinana. Kua tere te whakapau kaha o te tama ringa angiangi. Kō tonu ana a Kura. Nā ngā atua tērā tama i whakarei mō tēnei mahi. Mai rā anō, ka kō pērā ōna tūpuna ki ō rātou ringa, ki ō rātou taputapu. Kua tuku iho tēnei pūkenga i roto i ngā toto, matua ki te tama, whaea ki te tamāhine.

Kāore au i te mōhio ki te tātai whakapapa a Kōkohu me ōna toronga. Kei tērā atu tai pea – arā te tai reo rerekē. Te Tai Rāwhiti. Kāore i tua atu i ngā iwi o Taranaki tiaki whenua ai. He rongonui ngā uri o Taranaki mō ngā mea e toru: he whenua taurikura, he wāhine purotu, he tāne mata kino. Nā te tuatahi me te tuarua i pōwhiri ai i ngā manuhiri nō tūārangi rātou ko ngā atua nō ngā rangi tūhāhā. Nā te tuatoru i waiho ai ā rātou rākau a Tū kei ō rātou kāinga. Kāhore kau i kitea he haka, mehemea kāore e kite i te haka a te kotahi rau Māori o Taranaki me ō rātou mata kikino. Kua rūrū te whenua. Kua rūrū te ngākau.

Nā rāua ētehi mita o tōku tinana i huke. Ko tōku waimarie ka nehua tonu te nuinga i ngā paruparu, kei hinga rānei, kei pīrori iho i te toenga o te tahatika. Me taku whakamihi. Ko wai ka hua ka ahatia taku tinana kua kī rawa i te wai. Kotahi rau te pahake me ērā anō paru o roto. He pahake tōku tinana. Ā, ka okioki rāua.

'E hia kei te toe mai?'

'Aua hoki,' tā Kōkohu.

'Kei te hiahia ki te kō tonu?'

'Kāo. Pēwhea ōu piropiro?'

'Ki te kore koe e hiahia, kāore au'

'Me pēwhea? Mēnā ka waiho, ka tāhae pea tētehi, ka mea atu rānei, nāna te waka i tūhura. Kātahi ko ia e tū i runga i Te Karere. Ka pāhotia rānei e te reo irirangi, e Te Korimako o Taranaki'

'Kāore au i whai whakaaro mō te tīwī. Tērā pea, ka toro mai tētehi rīpoata nō taua hōtaka. Ko Manahau Morrison. Ko Te Mihingarangi. Ko Te Okiwa Mclean rānei.

'Āta koia. Ka patapatai mai i a māua.'

'Aīare! Tīrohia ki a māua. Tīhate kore. Hū kore. Te āhua nei, he rawa-kore rawa atu.'

'Ki te patapatai i a au, ka tū pēnei.' Ka whakawhena a Kōkohu i ōna puku ua.

'Ā, ka tū pēnei ahau.' Ka pāngia tōna hope ki tōna ringa e Kura, ā, ka pāngia tōna pākira ki tōna atu ringa, ka mutu, ka huri whakamāui kia whakaatua tōna kumu.

'Bro, me pēnā.'

'Ki te pēnā koe, ka pēnei ahau.'

Ka whakatoi te tokorua mō te wā roa. Me te mea nei, kua wareware kē i a au. Tūmanako ana kia tae mai tētehi atu e atamai ake ki te huke i a au i ngā paruparu. Nō reira, ka tatari ahau. Ka tatari. Ka tatari.

Pērā me te pari mai o te tai ki te takutai, ka pari mai te atamai i runga i a rāua. Ka whakaarotia e te tokorua me pēwhea e huke katoa i a au i mua o te tai nui. I mua o te taenga mai o tētehi e hiahiatia ana te kerēme i a au, te taunahanaha rānei.

Kua whakatau a Kōkohu ki te haere ki te whare o tōna whaea. Noho ana ia kei te whare tino tata, te kī a Kura. Kāore ia e kaha hiahia ana ki te hīkoi takitahi ki tōna whare. 'Ka tae atu ki reira i ngā miniti tekau. Ki te oma atu, ka tae atu i ngā miniti e rima.' E kore a Kōkohu e hiahia ki te whakapau kaha. Nā reira, kua pahure te hauwhā o te hāora, ka hoki mai anō mā runga waka rino me tōna tīhate hou me ōna hū hou me tōna whaea anō hoki. Kua tae mai anō ngā tauheke e rua.

'E hia rau ōna pahake?' te kī a te tauheke me tana kupenga ki te tauheke me tana matira.

'Kāhore kau i kitea tētehi waka pērā. Kua rongo kōrero mō tētehi kei te awa o Whaitara. He waka tētē tērā. He mea hī ika. Mai rā anō. Engari kāhore kau i kite ā-tinana nei.'

I tika taku whakaaro o mua. Kua wehe ērā atu waka tekau mā toru ki te pō.

'Pēwhea tā kōrua kite i tēnei, e tama mā?'

'Kua kitea noa iho. Kātahi a Kura i pōhēhē he waka huia tērā.'

'Kāo. Koirā tāu pōhēhē, i muri mai o tāu hinganga ki runga i te waka. Kātahi ka pōhēhē i hunaia he kēhua i roto rā. Ka kitea hoki he tūpāpaku i roto rā.'

Titiro pī atu ana ngā pahake ki ngā pahake. Ka pakaru mai te menemene, hāunga te Whaea. Kua tīkoro kē ōna karu. 'Kāti rā, e tama mā,' tāna. 'Kia anga whakamua. Ko te mea matua i tēnei wā, me pēwhea te tiaki i tēnei taonga. Mē pēwhea te huke haumaru i ngā paruparu.'

'Tērā pea, me nehu anō te taonga,' tā te tauheke tuatahi. 'Me whakahoki ki tōna kāinga, ki te kōpū o te whenua.'

E hiahiatia ana e au te patu tōna puku mōmona. I te tatari mō te kotahi rau tau ki te puta atu ki te whai ao, kua mauheretia ki raro paru, wai māori, wai tai . . . Heoi, he aha tāna pīrangi? Kia hereherea anō au ki ngā paruparu. Pae kare. Nōku te pōhēhē kei ngā tama te āhua rorirori, engari kei tērā purari tauheke kē.

'Kaua e pērā,' tā Kōkohu. 'He pōuri rawa.'

'Koia,' tā Kura. 'Ki te tukuna iho koe ki ngā paruparu, ka kino koe. Ko kōrua, kōrua.'

'E tama mā,' te kohete a Whaea. 'E hia hoki ngā tau o Koro?' He iti iho i āku, taku whakaaro. 'Ki te whakapono ia kia nehua anōtia te waka, he nui ōna take.'

Ka whirinaki a Kori i tōna kupenga, kātahi ka āta titiro i a au. 'Kāo. Kāore. He mea kite e ngā tama nei. Ki te hiahia ō tātou mātua tūpuna māku e whakatau, kua whakakitea mai tērā waka i a au e hīhoi pāhure ana ki te hao īnanga kore. Engari ka whakakitea kētia te waka ki te tokorua rā. Nā reira, ka tika me whakatau rāua . . . Otiia, ki te nehua anō te waka, ka tū te rāhui, kua kore te wā e pai tonu ki te hao īnanga i mua i taku hao tuatahi.'

Pākaru mai te menemene o Whaea. 'Okei. E tama mā, kei a kōrua te mana.'

'Me huke katoa te waka,' tā Kura.

'Āna,' ta Kōkohu. 'Kei a māua he hāpara i runga i te waka, nē, e te whaea?'

'Me ētehi papa rākau,' tāna. 'Ka whakamahia ērā hei tokotoko i te waka ki te tiaki i a ia.'

Ka haere, ā, ka kō te takiwhā i ngā paruparu ki ō rātou ringa, ki ngā hāpara. I te tīmatanga, ka mātakitaki te tauheke tuarua,

ka mutu, ka amuamu ki ō rātou rautaki. Taihoa ka kohete atu a Koro. 'E pīrangi ana koe ki te whai take, haere ki te hī ika mā tā tātou kai ā muri ake i tēnei mahi.' Nā reira, koirā. Hī ika ana tētehi, ā, whakahuke tonu ana te tokowhā.

Kāore te mahi i māmā. Ka haere te kō, ka mārō ake te whenua. Ka mārō ake te whenua, ka mārō ake ō rātou upoko. Kua huke tonu i a au. I taua wā ka tata ki a au, ka āta kō ki ō rātou ringa anake. Kei patua tōku kiri ki te hāpara. I a rātou e mahi ana, ka riringia ngā wai o te awa kia whakamākū i ahau, ki te kore ōku kiri e wāhi.

'Mea mai tōku ake koro,' tā Koro. 'Ko te tino wahie te rākau kaimāoa. He māmā te tahu. Kua mōhiotia tērā e te katoa. Otiia, he māmā te mātītore anō hoki.'

'Tērā pea, ki te mātītore, ka ngāwari te hiki,' te whakatoi a Kōkohu.

'Ki te mātītore koe i te waka, ka nehua koe ki tōna rua e te tāone,' tā Whaea.

Kua waiata a Kura i tētehi waiata tangi. 'Mate koe i te aroha titiro ki Taranaki.'

'Ki te nehu mai te tāone, me tiaki i tōku whānau, e Kura,' tā Kōkohu.

'Koia. Engari me pēwhea?'

'Kaua e waiata. Kei pāmamae ō rātou ngākau. Kia kaua e pāmamae hoki ō rātou rā taringa.'

'Auē.'

Kaha mai te katakata, ka mutu, ka hoki ki te huke i a au. I muri mai i ngā hāora e rua, ka tīmata te mahi i runga i tōku kei. Ka kaha a Kura ki te whiu i tōna hārapa.

'Aii,' tāna.

'I aha koe?'

'Taku rongo nei, ka tukia tētehi mea.'

'He kōhatu?'

'He rākau.'

'Kāo.'

'Ehara.'

'E hawa,' tā Koro.

Kua tītiro atu te tokotoru ki a ia.

'Ki te patua tētehi ki konā . . .' Ka karu hōmiromiro ia i tōku ihu pakaru. 'E tama mā e. He tūmomo anō te waka nei. He waka taua. Nō tērā atu rautau.'

'He aha?' tā ngā tama.

'Kia āta hukea. Ka kitea.'

Nōku te pōhēhē kei a au tonu te āhua o te waka taua. I nui tā rātou mahi mō tētehi waka māori? He rākau noa ērā tūmomo waka. Nōku te whakarei, te hua o te pūkenga o mua.

Taihoa ka hukea katoatia ahau i te whenua. He kotahi hāora te roa kia hukea tōku kei ki ō rātou ringa me ngā wai. Ahakoa kua patua mai e Kura, kua mārohirohi te kiri o tōku mā. Ko te maramara me te hae anake pea.

'E tō mātou matua i te rangi, he aha tēnā?' te kī a te tauheke tuarua. Kātahi anō ia ka hoki mai i tōna whare ki te ohu e nohonoho kau ana, e okioki ana me te titiro ki te hiku.

'Koia rā te taurapa,' te urupare a Kōkohu.

'He rua mita tōna teitei.'

'Mea mai a koro, he waka taua o mua,' tā Kōkohu.

'Kei te whakaaro ia kua totohu te Pākehā te waka i muri mai o te pakanga ā-motu,' tā Kura. 'I te tau . . .'

'I te tau 1869,' tā Koro.

'Ahakoa kua huri ngā tau, he tū kaha tonu,' tā te tauheke tuarua. 'I whakarei pērā i aua marae o Ngāpuhi-nui-tonu.

'I whakareia hoki tōna ihu,' tā Koro. 'Heoi, kua pakaru. Kāore i pai mai i ngā tau. Waimarie i noho mōrehu mai tēnei wāhanga.'

He tika tā te tauheke rā, e tū kaha tonu ana ahau. He momo anō i te waka rino o nāianei.

'Inā rawa,' tā te tauheke. 'I pīrangitia te tono atu kia hoki ki tōku whare kai ika ai. Engari, me te mea nei, kāore koutou i hia weherua i te waka nei. Nā reira, ka aha tātou? He nui ake te waka i te taraka.'

'Ka haere mai tētehi kāta nō Ngamotu,' tā Kura.

'I waea atu a Whaea ki Te Manatū Taonga,' tā Kōkohu. Ko tā rātou nei kī tuatahi, ka tae mai ā tērā wiki. Engari ka kī atu a Whaea, he waka taua tērā. Nō reira, kua wehe kē rātou me te kāta i Ngamotu.'

'Kātahi ka ahatia?' tā te tauheke.

'Kātahi ka whakatikaina, ka kawea ki te whare pupuri taonga – āra, ko Aotea Utanganui e anga atu ana i te whakapakoko mō Aotea waka ki te pokapū o te tāone.'

Kāore te whare i te wai. Otirā, i te pakanga. Koia rā ōku tino. Heoi, e pai ana ki te wehe i tēnei tahataha kino. E tā, tangohia taua waka raima, whakairia ahau ki reira, māmā noa iho.

'Te āhua nei, e herehere ana i a koutou ki te tahataha.' Kua katakata te tauheke ki tāna nei kōrero. Kāore ētehi atu i te menemene. 'Heoti anō, kia hokia ki te kāinga, ka tīkina ētehi hanawiti ika hei kai mā tātou.'

'Me ngā tīpi?' tā Kōkohu.

'Ehara.'

'Koia anake tāu, he kai tīpi tāu tino,' tā Kura. 'Engari he angiangi tonu koe?'

Kei te hiki ngā pakahiwi o Kōkohu. Rāua ko tōna whaea.

'I a tātou e tatari ana, me tapa ingoa i te waka,' tā Koro.

'He whakaaro ōu?' tā Whaea.

'Mēnā kei a au te mana, kua nehua tonu te waka i te tahataha. Kāore āku kupu. Nā reira, ka tika me tuku te mauri ki ngā tama.'

'Nāu te waka i whana,' tā Kura. 'Nāu anō te huke i tīmata. Kei a koe, e te parata.'

'He ingoa tōku mōna. Kua whakaarotia kētia.'

'Nē rā?,' te pātai a Whaea.

'Mōku nei, Ko Kura-nui te ingoa.'

'Eei, e tā?' Kua taka te kauae raro o Kura. 'He aha koe i tapa ai i tōku ingoa i runga i te waka.

'Māmā noa nei. Nā te mea, ko koe te mēne. Tuarua, he rite te whakamāramatanga o te kupu kura i te kupu taonga. Tuatoru, ka kite tahi i te taonga. Kei te hiahiatia kia mōhiotia te mea tuawhā.'

'Āe.'

'Nā te mea, ka ako ki te kura. Ā, kia tukia te taurapa e tō tāwara, ka whakaarotia e au kei te kaha pīrangi koe ki te haere tonu ki reira.'

'Katia,' tā Kura. Kātahi anō ia ka koko i ngā paruparu, ka whiua atu ai ki a Kōkohu. Kua karo tērā tama, ka mutu, ka oma atu.

'Kua hara. Kua hara. Ko koe he tūtae tara.'

Ka koko anō a Kura, me te aha, ka whai atu.

'Kaingia tēnei tūtae.'

Kua Maoa te Taewa

Ki te hiahia koe ki te mōhio he aha ngā mea nui ki tā te iwi Māori, he aha ngā mea nunui rawa atu, he aha ngā mea i toitoi ai tōna manawa, he aha ngā mea i hihiri ai te mahara, he aha ngā mea i whakaohooho ai i te hinengaro, ka pātaia atu he aha ngā mea pai e raua ai ki te kōhua kai.

Ehara te maramataka Pākehā i te tika ki konei. He rerekē ngā whetū i runga i te iwi Māori e noho nei ki Aotearoa. Kāore mātou i te mōhio ki te pāpaka tino nui me te rāiona. Kei te mōhiotia kētia ngā waka me ngā whare me ngā atua e noho tata ana ki tōna matua whai muri i te wehenga. Kāore te Miere-Piriki i te kawe mana ki konei. He aha te ISFJ ki ngā uri o Matua Te Tapu? E kore tērā maunga e mōhio ana ki te nuinga o ēnei pū. Mō te maunga, ehara i te mea ko te whakamā he kupu māori e mōhiotia ai tana kīwhaiaro haukiri, engari he kangakanga kē. ‘Kei hea te

tangata e kī, he mea pai te whakamā?' te whakaaro o te maunga. 'Ahakoa ko wai, ahakoa nō hea, i te wā o te waiata, me tū tira ka tika.'

He rongonui rawa atu ngā wheua poaka me ngā pūhā ki rō kōhua. Ko te tāne, te wahine, te tipua rānei i rau atu i ēnei mea ki te kōhua, kātahi ka taupokina he ngākau parakore tōna. Ahakoa ka hukarere, ka hukatere, ka huka kairākau, ka tū kaha tēnei momo. Ehara i te tangata whawhewhawhe, i te tangata moumou wā rānei, he tangata haere tōtika. Koinei te ihu oneone o te māra me te karu kahu a te waonui. Ko tēnei te momo ka taea te whāngai te whānau whānui i te ao i te pō. He tauira e kaha nei te kitea, ko tō whaene kēkē e mau ana i tōna haurehu ki tōna kakī, ko tēnei hoki, ko tō ankara kaha toro rā ki te marae, engari he kanohi kore kitea i roto i te whare tupuna. Ki te tika te horopaki, ka hoatu taewa pea tēnei momo ki te kōhua: he wā pēnei i te mārenatanga o Nan me Koro, kua kawe mai rānei te karangatahi i āna tamariki, ā, mā te waruwaru taewa rātou e ū ki te mahi. Ahakoa te aha ko ngā wheua poaka me te puha te pūtake o tēnei puna hūnene.

He momo anō te tangata e hoatu wātakirihi. Koinei te momo e kore nei i whiwhia te mahere māra huna a ngā kaumātua. I whiwhia kētia te mahere o te kai e tipu tata ana i te rori. Mā te wairua, kua kite pea ngā kaumātua karu kāpō i ēnei tīrairaka. Koinei te momo e kore e kawe i ngā kōrero huna ki te urupā. He momo kē e pōti karere i tōna hākirikiri mā runga Pukamata, kātahi ka urupare 'ka pātuhi ki a koe' ki ngā tāngata katoa e kī ana, 'he aha te mate???.' He tauira auau pēnei i tāu irāmutu i hūnuku mai i Ahitereiria, ko tō karangatahi rānei tokorua ngā tamariki āna iti

iho i te rua tau, engari ka tāpaina te ingoa pēpi ki runga i āna mahi rakahinonga e toru.

He momo kē atu te tangata e hoatu mīti pīwhi. I heke iho tēnei i te wāhi o rātou e tuku tau-poai ana ki te kōhua whakamau i te mīti me te huawhenua – nō te taha pōuriuri. Nō Te Tai Rāwhiti. Ahakoa he pai noa iho te wheua poaka, ka rata rawa atu ki te ohu mīti pīwhi ki tēnei momo ki te mīti kua āta tapatapahia kia mataono rite. Koinei te tangata e hora kōhua kai ana ki te taha o te wāina, ka mutu, e hora ana hei timo i mua o te kai matua. Nā, ko tā tēnei momo he hōhonu pūkoro me te hora i te kōhua hei kai whakarei i te tīmatanga o te hākari me te pounamu wāina. Ahakoa e mōhio ana te katoa o te marae he makue ake te poaka i te kau, ki tēnei momo he pai ake te rerekētanga. He tauira e kitea pēneitia ana, ko tō tuahine e mau hū kōkiri kē ana, kaua ko ngā Hū Karokataera, ko tō tungane rānei i haere ki tāwāhi tipi haere ai i ngā tau e rima kua hipa, engari kei te Paniora tonu tōna mita Māori.

Ki te kīia he tūturu te rōpū e mau tūturu rā ki ngā wheua poaka me te pūhā, arā te ohu tutū te puehu kei te whakamahi tōtiti taomua. E kore ngā atua e mōhio nō hea tēnei mīti. E ai ki ētehi, ka pātai pēnei te karoro ki a Tāne. 'Ehara nāku,' te kī a te atua o ngā kararehe Māori. Nō reira, i rere tēnei manu ki tēnā kokonga o te motu, ki tēnā atu kokonga. Ka urupare pērā ia atua. Nā reira ka rere tāwāhi ia, ka kite ai i te kurī tōtiti, kātahi ka taka te kapa. Mā te tōtiti, ka tōtiti. He hara ki ngā tūpuna ki te hoatu i tēnei mīti ki te kōhua.

Ko te momo whakamutunga he tangata tino rerekē rawa atu. Ehara i te mea ka hoatu poaka, e hoatu kau, e hoatu kurī rānei ki rō kōhua. Koinei te momo ngākaunui ki ngā uri o Tāne, te momo e whai i te tikanga o ngā manu iti, te momo e timotimo i te ao i te pō. He tangata kaimanga. Ahakoa ka āta whakarite e tēnei momo he kōhua kai i tāna kōhua, ehara, he hupa pūhā kē. Ahakoa te karamu o ngā pata me ngā tote me ngā kōpurapura o Parihaka, he hupa tonu. Ki te hiahia koe ki te mōhio he aha ngā mea nui ki te iwi Māori, he aha ngā mea nunui rawa atu, kia hora atu tēnei kai wairangi ki mua i te aroaro, kātahi ka tere mōhio.

Tāhaetia te Iti Kahurangi

'Ā tēnā, kei te rongo atu, e te whaene. Kāore koe i te tika. Inā kē te kōrero.'

Noho ana a Rongo ki te tūru muri o te waka pirihimana. Kei te pāngia he pepa rauangi ki tōna ipu. Kua tīhaehaetia tōna tīhate, kua hipokina ki ngā toto. E tū tata ana te pirihimana ki te pukapuka poto me te pēne. Ko Senior Constable Berry tōna ingoa ōkawa, ko Whaene ki ngā mea mōhio, ko Ms ki te hunga tē mōhio. Kei te rere te awa o Pātea ki raro o ngā whetū, ā, ka puta atu ki te moana.

'I ngā rā e toru kua hipa, i whakawhiwhia he waka e tōku tuakana i te huringa o tōna 17 tau. He Hōnata nō te tau 2001. Ia wikēne, ka mahi ia ki te toa kokonga kia kohikohia ai ngā moni. I hoko ia i te haurua o te waka, i hoko a Pā i tērā atu haurua. He kotahi mano tāra mō ia tangata. Koia te kī a tōku tuakana, engari kāore au i te tino mōhio. I whiwhia te 300 tāra i tōku

huringa tau. Otirā, ehara au i te mātāmua. Heoti anō, kua aua atu tōku tuakana e taraiwa ana. Kua tīmata i mua o tāna raihana rāhui. I mua o tāna raihana akoako. I pērā māua tahi.

'Taihoa ake. E kore koe e mauhere i a au i ēnei whākinga, nē? Taraiwa pērā ai ngā taiohi nō ngā pāmu mā runga i ō rātou motopāika me te korenga o ngā pōtae. Kāore koe i mauhere i a rātou.'

'Ko te tikanga, e Rongo,' tā te pirihimana, tā Peri. 'Ko tāu mahi i tēnei pō tāku tino aronga.'

Ka tirohia e Rongo tāna pepa rauangi, ka kitea ōna toto, ka pāngia ai te pepa ki tōna ihu. 'Taraiwa tata ai au ki tō mātou ake whare, tō mātou poraka. Kāhore kau māua i taraiwa ki te tāone, ki tawhiti rānei.'

Kua tungou te māhunga.

'Ā, heoti anō, kāore e hāngai ana. Kua tae pēnei mai koe, e Rongo, kua tae mai ki tēnei raruraru.'

Tē aro i a Rongo. 'I hīkaka tōku tuakana ki tōna waka. E tata ana ia ki te tangi i tērā wā i whakakitea. I taraiwa ki ngā toa o Te Hāwera. Kua tauhoko i ngā taputapu whakakakara hau i tōna waka, kua horoia te waka ki Karetakere. Kia kitea atu ia e koe, Whaea. He nui kē atu tōna aroha ki tōna waka i tō ngā pāhake ki ā rātou tamariki mokopuna. He mea whakamaimoa e ia.

'I tōna huringa tau, ka tono atu au, mēnā ka taraiwa i a māua ko tōku tau, ko Ngati.'

Kua kōruru te rae o Peri.

'Kua mārama, kei te takahi i te ture. Engari, he pono te kī, koirā te tikanga.' Kua hīkina ōna pakahiwi. 'E hiahiatia ana te haere ki

tātahi, ki Ōhawe. Māku ngā tipi me te ika, te Kei-Whirai rānei e haute. Kei a ia te tikanga, tāku i kī rā.

'I kaha tana whakahē mai. Engari mō tēnā, tāna. E whakapono ana ia ka whakahaungatia tōna waka e au. Pērā me tō māua kiritata ki tāna kurī hou, me whakatakoto tōku tuakana i te tāora ki runga i tōna tūru muri. He tūmomo whakatoi tangata ia. Whakaiti mai ai ia i ngā wā katoa. Kua kitea ia e koe, Whaea? He tāroaroa rawa ia. Kua 6.2 pūtu kē i mua i tōna huringa ki te 15 tau. Ā, ka tipu tonu. He pērā tana hanga i tō te tāne whakawehi, a Slender Man. He pērā tōna tāroaroa i te kapohau nō Waipipi, te kiri pāraone o te awa nō Whenuakura, te angiangi o te rori nō Pariroa papakāinga.'

'Okei, tēnā whakamārama tēnā,' te urupare a Peri. Kāore ia i paku tuhituhi i tēnei ki tāna pukapuka.

'He tika tēnā. Kāore au i te whakahāwea.'

'Kāore au i kī pērā.'

'Whakahāwea mai ai ia i ahau ao noa, pō noa. Mea mai, kua pure ō māua mātua i a au i te taha popoto o te puna ira. Nā te mea, nōku te tinana rite tonu ki te kererū. He nui te puku, he nui te poho.

'Otirā, he tau tāku.'

Ka rewha atu a Rongo.

'He aha, e pai ana kia menemene mai, e te whaene.'

'Kāore he pai āu mahi nanakia ki a au, Rongo. Heoi, kāore anō koe kia whakamārama mai he aha koe i tae pēnei mai ai, me te pēnā o tō āhua?'

Kitea ana e Rongo mēnā kua mutu te whakaheke toto o tōna ihu. Kāore anō.

'I te Tūrei te huringa tau o tōku tuakana. Mō ngā rā e rua i whai ake rā, kāore ia i haere ki te kura. Kua pāhi kē i te Kaupae Tuarua. Kāore hoki a Pā i haere ki te mahi mō te rua rā. He nui ngā rīpeka ki te taha o te rori. Inā whai anō ia i āta whakaako i a Te Rei.'

'Koia rā, e Rongo e, te mea tuatahi, te mea pono kua makere mai i ō ngutu. He tika tōu pā.'

'Ia rā i hoki mai i te kura, ka whakarongo ki taku tuakana i tā Pā i whakaako atu ai i tōku tuakana. Ka pēwhea te manaaki i te hinu. Ka pēwhea te arohae i te pēhanga i ngā wīra. Me ērā anō o ngā tiaki waka. Kua tākaro ahau i te kēmu *Grand Theft Auto* mai i te kohaina mai o taua kēmu, me te pouaka-X e tā mātou kiritata. Engari kāore i rongo i te nuinga o ngā kōrero e turituri warawara ana taku tuakana.'

'Heoti anō, i te ata nei – te whakamutunga o te wiki.' Kua kamo atu a Rongo, me te aha, kua kōruru mai te rae. 'Ka taraiwa tōku tuakana ki te kura. Kua ū ia ki te ture ināianei, kāore ia e ahei ana kia kawea tonutia ahau. Nā reira e haere ana ahau nei mā runga pāika. Ahakoa ka puta atu au i te whare i tōna 10 miniti i mua mai i a ia, ka tae tuatahi ia ki te kura. Kia tae atu au, te āhua nei, ka toro mai a Riki Peikā ki tō tatou kura. Huihui ana te kura katoa ki te tauranga waka. Atu i te tau tuatahi tae noe ki te tau tekau mā toru. Kaiako mai, kaimahi taupaepae mai.

'"He poho kererū au," tā Whaea Tea. "Kua mōhiotia paingia kua pāhi koe i tāu whakamātautau. Kātahi te kaiako Ingarihi pai."

'"He ōrite ki te waka o tāku irāmutu," tā te tumuaki. "Me rēhita tōu ki te taupaepae. Ki te kore, ka whainetia pea tōu waka, ka whiwhi tikiti, pērā i tō Darren."

'"Whā, kei runga noa, Rei,' tā Māui. "Tē whakaaro au ko koe te tuatahi o mātou kia whiwhi i tōna ake waka."

'Mōhiotia a Māui, e te whaene?'

'Mōhio pai nei au ki a ia.'

'Kāore nei e kore. Tōna ingoa māori ko Māui Tinihanga, nē?'

'Me whakahoki atu ki te kaupapa, e Rongo.'

'I whea au? Ā, i whakahōhā mai tērā tū āhua. Kua whakapau kaha ki te eke pāika mā runga i te puke o Kent, ka mutu, ka kitea tērā minenga e mateoha ake ana i tōku tuakana. Ko au ko Rongo. Ehara i te mea ko ia. Heoti, i mārama kua whakahekeheke wera kia hokona ai tōna waka. Otirā, me tiaki te tuakana i tōna teina. Hei aha te ture. Me kawe ia i a au. He aha te orokohanga o tērā ture? Ehara i te iwi Māori. Ehara i te mea ka aituatia e au nei.'

Kāore te pirihimana e hiahia ki te tautohetohe. Nā reira ka waiho a Rongo kia kōrero i tāna kōrero.

'Kia mutu te kura, ka pērā anō. I puta wawe atu tōku akomanga i tā te kaiako pūtaiao whakawātea, kātahi au ka eke pāika. Kei te puke o Haina i tua atu o te arawhiti, ka hipa anō taku tuakana i a au me te parahutihuti o tana haere.

'Kia tae atu au ki te kāinga, e horoia ana tōna waka e ia. Mea rawa ake ka hoki a Mā i tāna mahi, ā, ka kōrero rāua mō te aroha mōna, arā, e harikoa ana te katoa o te kura mōna. Me whakaiti i a koe anō, tāku kī atu ki a ia. Me patu te pūhaehae, tāna. Hiahiatia kētia ana te patu i tōna poho. Ko ia te tino a ō māua mātua, te tino o rātou nō te kura, te tino anō pea a te Atua i runga rawa. Ka tika me whakanoho ia i roto i te whakaiti.'

Kua kuku te ringa o Rongo, ā, kua waiwai ōna karu. Me te aha, kua whakamutua tāna tuhituhi e te pirihimana, ā, kā pātai atu, kei te pai koe?

'Kua hōhā kino nei. I riro i tōku tuakana ngā mea katoa. Kei a au te kore aha. Nā reira, e hiahiatia ana tētehi mea pai māku. Hiahiatia ana te taraiwa me tōku tau ki tātahi. Kāore tonu ahau i hiahia haere ki tātahi, ki Ōhawe. E pai ana te one tata rawa. Koia te tūāpapa o tāku whakamahere i te pō nei.

'Ka tahi, ka pātuhi atu ki tōku tau, kia kaua e moe. Ka rua, kia moe tōku tuakana – ka pīrangi kia wawae te moe i tana mahi āpōpō – ka mau i āna kī i te tēpu kāuta. Ko taua rorirori e whakatakoto ana i aua kī ki reira. Koia tā Mā kia whakairihia paitia, he aha te aha. He taringa kōhatu ōna. I waiho mai ngā kī hei whakapoapoa i ahau. Te raru matua māku ko te nohoanga o te waka ki waho tonu o tōna kopa moe me tana matapihi. Ā, e mātakitaki tonu ana a Pā i te Wahs kei te kopa ora. Ka toru, ka whakamoke. Nā reira, ka ninihi ki te tatau muri, ā, ka huakina te raka o te waka. Ka whā, ka whakakore i te tumuringa, ā, ka āta peipei i te waka ki waho o te tauranga. Tū te ihiihi, whētuki rawa taku manawa ānō nei ka puta atu i taku uma. Ka whētukituki tōku manawa. Kua rangona tētehi mea i muri. Kua whakamātao i te kiri. Ka mutu, ka huri pōturi te aroaro. Ka kitea te ngeru a te kiritata me ōna karu muramura i te pō.

'Kua tata tūtae i tōku tarau. Engari, kāore i a au te wā ki te whakamāmā, nā reira, ka peipei tonu i te waka ki te rori. Nōku te waimarie kāore he maha ngā waka kei Pātea. Kua whakatikaina e au te tūru taraiwa kia taea ai te whakakā, te pā i ngā petera anō

hoki. Kua māharahara kei rangona mai e tōku pā. Ko te tūmanako i rangona mai, engari ka pērā kē ia koia te waka o tētehi atu, o te kiritata pea. Te āhua nei, ka pērātia. Kāore tōna ata i hūnuku mai, ka mātakitakina tonutia te kēmu ki te pouaka. I taua wā tonu ka āta taraiwa au. Taihoa ka whakakā i ngā rama o te waka kia kotahi rau mita te tawhiti atu i te kāinga – āe rā, kua wātea. He mahi pai. Ka haere tōtika ki tōku tau.

'I titiro ki tāku waea i ngā wā e rua.'

Kua tungou te māhunga o te pirihimana.

'I whakatau i te waka i te tuatahi. Kei tua atu o te arawhiti.' Kua kōruru te rae ki te tama. 'Pono ki te atua. E mōhio ana ahau, mēnā ka kitea mai e koe, kua mauheretia mai. Nā reira, ka āta taraiwa rawa atu. Kāore hoki i tetere i ngā auheke puke.'

Ka whakamutu i te ia o te kōrero. I te mea, ka tino hiahia kia whakapono a Peri ki tāna.

'Kei te pai,' tā Peri, ā, ka tirohia tāna pukapuka. 'Nā reira, ka taraiwa koe ki te whare o Ngati. He tika tēnā?'

'Kāore ki tōna whare, ki tōna tiriti. Kua kohia ia i te kokonga. Kātahi ka haere tahi māua ki tātahi. Kāore i kōtiti.'

Tiro iho ana a Rongo i tōna tīhāte kua tīhaea, kua totongia tōna waha.

'Ka kitea a Māui me tōna hoa e hīkoi ana, te hoa whai marū i ngā wā katoa. Kua rewha atu au ki a rāua i tā te Taihauāuru whakamihi. Kāore au i hiahia kia mōhio rāua kāore au e whakaaetia kia taraiwa i te waka o tōku tuakana.'

Nā runga i te mōhiotanga ki te toitoi manawa o te poi nei, ka mōhio a Peri me āhua mārō ake tana pātai.

'Engari,' tā Peri, 'kīhai koe i hiahia kia mōhio rāua kua tāhaetia te waka o tō tuakana.'

'Ki te tāhaetia tōna waka e au, i tāhaetia tōku pāika e ia.'

Tuhituhi ana te pirihimana i tāna pukapuka. Ā, ka rewha atu anō a Rongo.

'Kua mau koe i a au, nē, Whaea?'

Hiki tukemata ana a Peri, ka tiro iho ki a ia.

'Nā reira kua tae mai ki kōnei, nē rā, Rongo?'

Ka anga atu ki te moana. 'Ehara. Kua tau atu māua ki kōrā okioki ai.' Ka tohu atu ia ki te tauranga waka e tata ana ki te moana. 'Ka whakarongo māua ki ngā ngaru, ka kōrero, ka –'

'Ka nui tēna i tā kōrua i mahi rā,' tā Peri.

'Okei. Koia anake, Whaea. He okioki noa. Kua hipa i te hāwhe hāora. Mea rawa ake ka kitea e tōku tuakana e eke pāika mai ana. He whero katoa tōna mata. Ka tau ō māua karu ki a māua anō i tōna rua tekau mita te tawhiti atu me tana karawhiu i ngā pētara paihikara. He pukuriri rawa atu ia.

Nōku te waimarie e whakakā tonu ana te waka kia mahana ai māua. Ka tere te taraiwa ki muri, ā, ka huri whakamauī, ka rere atu ai. Mōhio ahau tē taea e ia te hopu mai. Mōhio hoki ia. Ka whai mai, ka kangakanga kē ki a au. E hiahiatia ana e ia te mekemeke ki tōku ihu mōmona. Kāore au e pōkaikaha. Mai anō he mauritau. He rerekē te āhua o Ngati. Pakaru mai te hamuti. E kumekume ana ia i a au. Kātahi rā te waka ka tuki i te pourama.'

Ka whakamutu anō te ia o te kōrero. Ka tatari noa a Peri kia whakakīkī i ngā whāwhārua o tana kōrero kia tū mārō anō ia.

'E Rongo, kei te mōhio pai koe, nē?' tā te pirihimana. 'Kua kōrerotia kētia e au me tō ipo, a Ngati.'

'Āna.'

'Mōhio koe he aha tāna ki a au?'

Ka titiro atu ia ki ngā karu o te pirihimana. 'He rerekē tāna kōrero i tāu.'

'E kī, e kī.'

'Ko tāna i kī mai, i kite atu koe i tō tuakana. Ā, ka pōkaikaha koe. He tūmeke nōu ki te kite i a ia. Kāore koe i whai whakaaro, tērā ka whakamōhiotia atu ia e Māui. Kua whakaaro kē koe ki tōu ake mana. Ki tōu rongonui ki te kura ā te Mane i te kitenga o tāu tipi haere i te waka o tō tuakana. He tīka tēnā?'

'Tōna tika nei,' tā Rongo. Kua whakaheke ōna karu. 'He tūmeke kia kitea ahau e ngā poi nunui. Heoti anō, te kite atu i taku tuakana? Ko wai ka ohorere kore ki tēnā? Engari ia kāore au e pōkaikaha. Koirā noa iho. Mauritau rawa. Kāore au i te mataku i te aha. E whakapono ana koe ki a au, nē hā, e te whaene?'

Kāore te pirihimana e urupare, me te tere a Rongo ki te whakakapi i taua whakamūmūtanga.

'E ora tonu ana māua ko taku ipo. I tuki pōturi. Kore kau he haenga nui, kāore i tere te haere. Ā, i whakamaua ō maua tātua. Kāore te waka e ora ana. Kua whakawetohia. Ka ngana kia whakakāngia anōtia. Engari tē taea. Koia te wā ka pikipiki ake te pōkaikaha o Ngati. Kua puta atu. Kātahi tōku tuakana ka pātai atu, kei te pai ia? Ka urupare atu a Ngati, kei te pai au. Taihoa ka haere tōku tuakana ki tōku tatau. Kua huakina te kūaha, ka

mutu, ka mea mai, he pōrangi ahau, otirā, ko te mea nui kei te ora tonu ahau.

'Ko te tikanga, kia tūturu taku kī atu ki a koe, Whaea, ka whakamomori ahau. Kua tāhaetia tōna waka. Kua tukia tōna waka. Pakaru katoa. Nā reira, kua rite ahau kia manawa wera ia, kia tutū te puehu. Otirā, kāore ia e pērā. Ka tau te mauri o te mātāmua i runga i a ia. Ka ngana ki te whakarauora i a au. Kia puta ora atu au i te waka, kātahi, ka rua, ka peipei atu au i a ia. Ka mea mai, ko tāna kī ki a au kia tau.

'Nā runga i tērā, he pakanga kei te haere. Tē taea te pupuri. Kua hōhā i tōna tuakanatanga. I tōna wairua tau. Ka meke atu i tōna poho. He tāroaroa rawa ake ana tōna mata. Ka tūngou meke mai ai ia ki tōku ihu, me te aha, ka whakahekeheke ngā toto. Kātahi ka mauria tōna tīhate e au, ka rua, ka mauria mai e ia, ka tukumekume ai, ka mekemeke ai. Ka mamau tētehi i tētehi, pao atu, pao mai. Kāti rā, te kī a Ngati. Ka hāmama ia, ka hāmama, ā, ka pakanga tonu māua ko Te Rei. Ka pakanga mō te rima meneti kia whakapau katoa ō māua kaha. Mea rawa ake, ka takoto māua i runga i te papa. Kua hipokina ki te toto. Kua tīhaehaea ngā kākahu. Kua pakaru tonu te waka.'

Ka āta whakaaro a Peri mēnā ka tū mārō anō ia me te kimi i te kōrero pono. He āhua rerekē te kī a Ngati. Engari kāore te pirihimana e kī atu. Ki a Ngati, nā te whara o te nuinga o ngā mekemeke, ehara i te mea he pakanga, he mamau kē. Ka haere tonu a Rongo.

'I muri mai,' ta Rongo, 'ka kōrero māua ki a māua mō te wā tuatahi me te aha, i kōrero mai ia. Mea mai, he kererū ahau. Mea

atu, he rite ia ki Te Slender Man. Kātahi, ka mea mai, he aha au i noho rorirori ai? Ka rua, ke mea atu, koia kei roto taua rorirori i te whānau. Ka mutu, ka kata ia, ka kata ahau. Ā, ka whakaheke haere ngā toto i tōku ihu ki tōku tīhate.

'"Ka pukuriri ō tāua mātua," tāku ki a ia.

'"E mea ana koe, kei raro koe e putu ana," tāna. "Ka riria koe i te tuatahi. Me te aha, ka riria ahau mō te whai i a koe. Ka riria anōtia i te waihotia o āku kī ki te tēpu. Ā, me te whakatoto i tōu ihu."

Ka tangi te mapu o taku tuakana.

'"Heoti, he aha koe i tāhae ai i tōku waka?"

'"Kia pono taku kī atu,' tāku āta kōrero, 'kia tū mana nui ahau. Pērā i a koe."

'"Kāhore kau e tū teitei pēnei me ahau,' tāna. 'Engari ia ka tū tata mai – tōna tata nei – i muri mai i tēnei tinihanga. Nā Māui te kī i kite ai i a koe e taraiwa ana"

'"Ka pērā pea i mua mai, engari kua tukia te waka."

'"Ehara i te mea he mana nui tō te tāhae waka. Koirā te mahi a te kīore. Engari kei te toa kē. Ā, i muri mai o te whawhai i te tino toa pūrotu rawa atu o te kura, he toa hoki koe."

'Kua kaha mai te katakata. Mea kau ake, ka tae mai koe, ā, ka whakaweheruatia māua.'

Kua tungou te māhunga o te pirihimana.

'Ka pai rā,' tā Peri.

'Kei te pēhea a Ngati?'

'Kei te kāinga.'

'Kua puku te rae o ōna mātua i te wā ka tīkina ia?'

'Ehara.'

'Kua mōhio ōku mātua, a Mā, a Pā?'

'Taihoa poto nei ka tae mai rāua. Kua waea atu a Te Rei.'

Kua whakaheke anō ngā karu o Rongo. 'Ka mutu, ka kawea au ki te whare herehere?'

I mua i te whakahokinga a Peri, kātahi anō ōna mātua ka tae mai mā runga i tō rāua Prius. Haere tōtika ana a Pā kia āta kitea te waka pakaru. Haere kē ana a Mā ki āna tama. Ka awhiawhi atu i a Te Rei, ka mea atu ai, he whakaheahea ia. Ā, ka tuku whakamoemiti ki ngā atua i runga rawa. Taihoa ka takahi tahi rāua ki a Rongo.

'Nōku te hē, e Mā,' tāna i mua i te kohete a Mā.

'Ehara, e tama. Kāore anō kia kaniawhea. Nāu i hē. Māu e whakatika. Ka tahitahia e koe te papa o te toa kokonga mō te rua tau kia whai roro koe, kia utua katoa tō tuakana rāua ko tō pā. Ki te hiahiatia e koe te taraiwa pērā i te pahake, ka mahi pahake. Ki te kore e utua koe e te toa, ka kīia he mahi PD kē. Āra tāu kai, nē Whaene?'

Ka pātai atu a Mā ki te pirihimana, me pēwhea te haere e hāngai ana i te taha ture. He rīpoata kei te haere, ā, ka whakamōhio atu, me pēwhea. Kāore i nui te hapa, he whakatōwaka kei te whai hei tango i te waka, he kaimahi hei whakatika i te pourama. Mā te aha anō i pai tonu a Rongo. Engari ia, ā tōna huringa tau, me rēhita ki te akomanga taraiwa haumaru nei kia eke atu ia ki te tekau mā ono te pahake. Ko tōna tūmanako kāore te pirihimana e pīrangi ki te whakarongo anō ki tētehi pakiwaitara roroa a tērā tama.

'Nā reira, e āku tama, he aha rā tā kōrua?' tā Mā.

'Ngā mihi, e te whaene.'

'E Rongo, he aha kē tāu ki tō tuakana?' tā Mā anō.

'Taku whakapāha ki a koe, e te tuakana.'

'Kei te pai koe,' tāna. 'Kua pakaru te waka. Heoti anō, kāore au mō te opeope i ngā papa toa kokonga atu i tēnei rā.'

Kua kamo atu a Te Rei, ā, kua pākaru mai te menemene o Rongo kia kitea anōtia e Mā e kōruru rae ana. Ahakoa tōna rorirori, ka mōhio pū, kia kaua rā e whakarīria anō a mā i tēnei hāora.

'Ka aroha hoki, e tama, tōna tikanga kua matatau ake koe i tōu kanohi weriweri.' Kua huri te aroaro o Mā ki a Te Rei. 'Me mōhio pū koe. Ka kōrero māua ki roto i te waka. He kōrero roa, he kōrero toimaha kei te haere.

'Kua pākarukaru katoa tērā waka,' tā Pā kua hoki ki te whānau i te waka pakaru.

Ka whakapāha ā-waha anō a Rongo ki tana tuakana.

'Heoti, ka kino ake rā pea.'

Ka titiro atu a Peri ki te waka mēnā he tū āhua kīhai i te kitea, ā, ka whakahē atu te māhunga o Mā.

'Ka pērātia kētia ko tōku ake waka.'

Pākaru mai te menemene o Peri me te ngana o ngā tama kia kore ai e katakata i te tiro kōtaha ki tō rāua Māmā.

'He pai ki te kite i tōu mauri tau,' te kī a Mā. 'Nā runga i te mea, he nui ake te pāika mō te Prius e kore e ū ki roto. Ā, kāore ā tāua tama e āhei ana ki te puta atu i tōku tirohanga.'

'Nā reira?' tāna kī.

'Nā reira, kia eke pāika koe ki te kāinga.

'Pono, *Babe*? Ehara tērā i te hātakēhi.'

'Pono, pērā me te waka pakaru anō hoki.'

'Nōku te hē, e te toko.'

'Nāu i hē. Māu e whakatika. Ā, kua kerekere kē te pō. Kia tere, e taku tau.'

Manawa Tītī

'Kitea ana tērā waka?' I pōturi te haere o tētehi pītara i runga i te rori. 'Kua kamo mai tērā kui, te kaitaraiwa ki a au. I tata taku whakawhiti i te rārangi waenga i warea ki ōku karu. '

'Kōrero. Ko ia te manapou. E 70 tōna pahake.'

I hīkina ngā pakahiwi. 'He hūmārie au ki uta, he hūmarie au ki tai. Mō ngā reanga katoa, he aha tāku ki a koe?'

'Āna, ki tai – taipahake nei.'

Noho ai rāua i te taiepa a te arawhiti o Pātea. E whakamau tonu ana rāua i ō rāua kākahu kura. He teitei ngā tōkena tae noa ki ō rāua turi, he raupeka ngā tīhate a waho o ō rāua tarau poto. Koia te tino mahi a te tokorua nei, mātakitakina ai ngā waka, ka mutu, ko te hanga paki whaiaipō. Taihoa ka tae mai te pō. Hēoi, ka noho tonu te tokorua. Ka kōrerorero, ka ngutungutu ahi, ka ngaungau noa, ā, ka whakatangihia te tukuoro i ā rāua tino waiata.

Ko te arawhiti te waharoa, ko te rori te ātea, ko te tukuoro te kaikaranga a Pātea.

'Kei te kitea tērā?' I rere tētehi wēne. I tae noa mai tētehi wēne peita ki te tāone, he mea peita ki ngā tohu whakahekengaru. He rākau kokonati, he rā tō, he rama lava.

'He nui ngā kō i roto rā, nē hā?'

'Ehara i ngā kō. He wāhine kē!' Kua rewha atu a Pono. 'I kitea, i te pākorakora ngā ngutu. Ka hiakai rātou ki te miti mīti mai.'

'Whakamārama mai e te parata: tēhea tāu momo mīti?'

'Te tino o ngā tino: te mīti o te tītī.'

'Te tino o kino kē: te pūtake o piro, te hautapu o te haunga.' Kātahi anō ka mahara ki tērā wā i hongihongi taua momo haunga i te wā i tunua ai taua heihei kino e te kiritata. Mea rawa ake ka kaha mai te katakata. 'I titiro mai rātou, nā te mea, i whātoro au ki te rangi, i whakaatu hoki i ōku ua puku.'

'Nā te mea, i whakaatu i tō tarau roto.'

E kōrero pēnei ana mō te wā roa. Ehara rātou i te ahikā o tēnei tāone, erangi i te ahikatakata. Pērā me te ahi, ka mumura i te mahana atu o te katakata, ka mutu, ka patua te pōuri. He aha i tua atu ki tuawhenua i te koa o te kōrero tahi a ngā parata he ōrite te māhaki o te ngākau, tētehi ki tētehi. He tama nā Māmā kē atu. Ki te tokorua, koinei te wāhi pai anake mō tēnei mahi nei, he tohe anake te kai ki wāhi kē atu.

Ki rō akomanga. Ki te pīhau i te wā whakamātautau, ahakoa he haunga pai te karawhiu, he Korewhiwhi (N). Ki te whanga koe kia katia katoatia ngā matapihi, ā, ka pāterotero, he reta ki te kāinga te whakawhiwhinga, koia hei tāmi i te pai. I tērā wā ka

pēhi iho a Pono i tana kumu ki te tūru kia hemo te tou kia toru ngā wā, ka pana atu te kaiako i a ia.

Ki rō whare karakia. Ka pōātinitini, ka hinga te minita kia hāmama a Māui i tōna iriiringa, 'Kua wera i te wai!'

Ki te papa hākinakina tonu. I ohorere te katoa kia puta mai a Pono i te wharepaku ki tōna tarau roto ki waho o tōna tarau hākinakina.

Ko te tokorua nei, ko Māui tinihanga tonu o te ao huriuri. Ko te whakatinanatanga mō te rautau rua tekau mā tahi. Kei te mōhiotia kētia te kapua pōuri e iri ana ki runga i Pātea, ā, kei te mōhiotia hoki te muramura pai o te mahi hātakēhi. Mā te huruhuru, ka rere te tītī; Mā te nanakia, ka rere te ora: mai i te waka penehīni tata pau, ki ngā mātua tata wehe, ki ngā tama tāne e kīia ana he moumou tāima. Koia te tino mahi a te tokorua.

'Kua kitea tērā whara?'

'Te taitama tāne rā?'

'Ehara i te tāne, etia nei kua moe a Pire T. Hēmi ki te hipohipo. He ōrite te hurungutu kē me te āhua, heoi anō tana mōmona.'

'Koia pea te tumuaki o te kura tuarua o Te Hāwera. E mahara ana ki te wā i kite i tōna hurungutu ki tōna pōwhiri i tērā atu tau me taku hiahia ki taua hurungutu.'

'Me tupu pērā.'

'I ngana kē. Heoi anō, he whero ōku huruhuru.' Kaha mai te katakata, kātahi anō rāua ka tata taka iho i te taiepa o te arawhiti ki te awa ki raro rā.

'Tika tāu? He orangutana koe?'

'Āna. He maki whero tēnei maki.' Nui rā te katakata te katakata. 'Ka pērā ahau ki tētehi kape kino o Ed Sheeran.

'Rite pū pea ki te J.Geek.'

Ka tarapeke iho a Māui, kātahi ka hīkoi ki runga i ōna monamona pērā me te maki. 'Kaua e pana te panana – me ngana te panana.' I tautoko a Pono i tōna tuakana, ka mutu, ka katia ōna karu, ā, ka waiata ki tōna ringa. 'Ngana te panana.'

Kua whakamaua e tērā taraka tāna pereki, ka whakatangi ai i tāna haona. Kua oho te tokorua.

'Ehara tēnei i Te Matatini, e tama mā,' te kī a te koro i roto rā. 'Hoea atu tō waka rā.'

'Nō māua te hē, e pā.' I te taraka e wehe ana, ka huna ki muri i te tauārai piriti, kua pikipiki ake anō te tokorua i te taiepa.

'Hei aha tērā whara, e te parata. Kei te hēmanawa ia i taua taraka i te tata pakaru kei kore e kawea ki te kāinga.'

'Āna, āe. Kua mōhio.'

'Heoi anō, tāria te wā, ka mōhio ia ki te wā ka tū tāua ki Te Matatini.'

'Pēhea ana?'

'Nā tāna kitenga i ngā kōtiro e ngākaunui ki ēnei maki me ō māua maromaro.'

I kamo atu a Pono. 'Ehara i ngā kōtiro. He wāhine kē!'

Kītahi

Kāore ia i mauhere i a Turi. Engari i tukuna kētia te tama ki muri i tōna waka. Kāore te tama i auē, i amuamu atu. I whai tōtika i ngā tohutohu a te pirihimana, ka whakamaua te tātua, ka mutu, ka huna ki raro i te matapihi, hāunga ōna karu e mātakitaki ana i ōna tuākana. I te pirihimana ka eke tūru taraiwa, e whakatoi tonu ana ngā tuākana ki te tama.

'Āhea koe pātai mai ai, e kui, kei hea tōku kāinga?'

'Ehara ahau i tō kui.'

Kei te tīkorekore ngā karu. 'Āhea, e mā, pātai mai ai?'

'Kei te mōhio koe e mōhiotia nei e ahau kei hea tō kāinga, Turi.'

'I hūnuku pea mātou.'

'E kore te poaka e tiko me te hau o te rongo ki tēnei tāone.'

Ka horomi ia i te paku whakakata. 'Ka pēhea rā mēnā kāore tāua i . . .

'Hei aha te pēhea, e tama, hei aha rā te pēhea me aro nui ki te 'ka ahatia'. Hurihia te aroaro ki te whakautu a tō kui māori kia whakahokia koe ki te kāinga me te pātai, kua aha koe i ngā tiriti.'

Kua tau tōna mata ki ōna ringa, kātahi ka rangona te rūrū o te waka e huri ana i te kokonga ki tērā waka pakaru i te pourama me te whai i te rori i te puke tae noa ki te takutai. Ka pikipiki ake te āwangawanga, ehara i te mea i te āhua o tōna kui engari ki te wehi o tōna tuahine. I tērā wiki i kōrero te tama me te tuahine mō te whare herehere, kātahi anō ka hoki ki te kāinga mā runga waka pirihimana. Kua mōhio pū te tama e kore ia e āhei ana ki te haere tahi ki ōna tuākana, engari kāore e taea e ia te whakakāhore tā rāua tono. I muri mai o tōna pananga atu i te hōpua wai, kore kau he mahi ngahau e toe ana, hāunga te tirohanga i te whawhatinga ngaru me te tatari kia pari mai te tai.

Pūhaehae ana a Māui rāua ko Pono ki a Turi. I pīrangi te tokorua rā ki te rere mā runga waka ki tērā atu taha o te tāone. Ka iti haere te pāmahana, ka makariri haere, ā, he roa te haere mā raro, he kotahi hāora pea. I te mea he rautaki kore tā rāua, kua tīmata te haerenga roa. Kātahi anō a Māui ka tuku rapi ohia nei, ā, ka whakatangi taki tōna hoa. Koia anake te mea hei whakangahau i a rātou i te korenga o Pono e kimi mate anō.

Kua ngū te rori, hāunga te oro a te pūkaha me te rangorango a te irirangi pirihimana. I te mahi tōmuri tonu a Whaene i tēnei Wenerei. Kua pau katoa tōna ihi ki te kōrero paki. E kitea ana e Turi te whīra whutupōro i te paruparu tonu, nā ngā hū o ngā waetākaro. I kitea hoki te tokotoru e tautohetohe ana ki te papatākaro. Kua

pātai atu a Turi, he aha i mauhere ai i a ia, engari i waiho ngā kōtiro rā e mahi nanakia ana.

'Kāore rātou i inu pia me ō rātou tuākana tino pahake ake i a ia.'

'Kāore koe i te paku mōhio kei te aha rātou? Pēhea koe e mōhio ai?'

'Ko rātou rā āku irāmutu. Nā reira kei te mōhio koe kua mōhiotia nei e au ka mahi pērā i ia Wenerei.'

Ngana ai a Turi ki te hanga kōrero kia whakamāharahara i te pirhimana, kia whakahurihia te aroaro ki te tokotoru, otirā ki te puta atu i te waka i mua o tōna hokianga. Tere tonu ana te waka. He manawanui tō te pirihimana ki āna irāmutu. Engari ia, kua pau tērā manawa. Ahakoa te aha, i tere tōtika te waka ki te kāinga o te tama. Ka mutu atu ki reira, ka hoki atu ki te papatākaro.

Ko tēnei te wā tuatahi i inu pia a Turi, ahakoa tāna kī o mua. Kua tāhae a Māui i te kēne Kauri i te pouaka mātao o tōna pā. Ka ngana te tama ki te inu, kātahi ka pūkanekane. Ka pātai atu ngā tuākana mēnā e reka ana, kei te rūkahu ia me te kī, āe rā. Ka kaha mai te katakata. E kore te katoa o te ao tūroa e rata ana ki taua mea kawa, engari ko te mea pai ki ngā tama ko te ānini. Kāore a Turi i mōhio i te take o te katakata, engari i katakata anō ia. Ahakoa he pakari tōna tuakiri, kāore e taea e ia te karo te karo te kume a ōna tuākana. He nui ake ō rāua mana.

Ki te tarapeke atu te tokorua i te arawhiti, ka tarapeke atu ia. Ko te tikanga, koia tōna tino moemoeā.

Kua hipa te waka i te waka raima, kīhai i tawhiti atu i te hōpua kaukau, ka huri ai ki te kokonga o te tiriti o Hāterewhīra. E noho ana te whare o Turi ki te pokapū o te tiriti rā. Kua tau te waka,

kātahi anō a Hine ka tere te puta atu i te whare kia kitea ko wai e noho ana ki muri o te waka. I taua wā ka taea e ia te kite tōna tungāne, ka karanga atu ki tōna kui, ka mutu, ka puta atu a kui e mau tonu ana i ōna kākahu manapou.

'I aha te tūtae rā i tēnei pō nei?'

Kua puku te rae o Hine ki tōna kui, waihoki kua whakakite pōturi atu a Turi.

'I mahi nanakia noa tērā tama ki te taha o ōna tuākana.'

'Ko te tūmanako i kurua ōna taringa mangō.'

'I te hiahia noa au kia whakahaumarutia anōtia ia.'

'Nāna i aha?' te pātai a Hine.

'Aa, e kō, i mahi nanakia, e kō. I taraiwa atu au, i taraiwa mai ki te tiriti o Taranaki–'

'Nā te wehenga anō o Huhu?'

I tungou te māhunga.

'Kei te kura i mea mai ia ka mahi pērā.'

'Heoi anō, i taua wā tonu, i kitea a Turi kei te takutai e mau pai ana i te kēne pia.' Kua menemene te pirihimana, nā tāna huarite.

'Ka kawea ia e koe ki te whare herehere i nāianei?' te pātai pōuri a Hine.

'Koirā te tūmanako,' te kī a kui. 'Me tuku atu taua tūtae ki taua heketua ki reira tupu ai me aua momo.'

Tē aro te pirihimana i a ia. 'Kāo. Kua tau mai ki kōnei kia whakahokia a Turi.' I huakina te kuaha, engari i noho pūmau a Turi ki tōna tūru. 'Ā tērā pea te wā, kāore te tama e waimarie pēnei anō.' Kua kamo te karu, ka mutu, ka tungou te māhunga o kui. E hiahia ana rāua kia whakamatakuria te tama.

Kua tarapeke iho a Hine i te mahau, kātahi ka whakatata ki tōna tungāne, ka mutu, ka pātaia te tama kei te pēhea ia. I tirohia e te tama ngā karu o tōna tuahine. Kua tuohu tōna upoko. Kāore ia i whakautu, engari ka puta atu i te waka. He tere te wehenga atu a te pirihimana. I haere anō ia kia titiro ki āna irāmutu. E haere tonu ana tāna mahi tōmuri ki te pō. Kua kuhu atu a kui ki te whare, ka tango kai ai i te ngaruiti, ka waiho ai ki te tēpu, me te aha, ka hoki ki tōna moenga ki te mātakitaki i *Coronation Street*, i tōna tino. Kīhai i mahue i a ia tētehi hōtaka kotahi i te rima tekau tau nei.

E tatari ana a Turi, ka whai atu ia i tōna kui ki te kai i te tēpu, ko āna tōtiti me te taewa penapena. Kua mātao te kai rā, engari kua whakamahana anō, otirā kua mātao haere. I koropupū a Hine i te tīkera, ā, ka tīkina ngā kapu e rua i te kāpata, me te waiū i te pouaka mātao, te miro me te huka i te tēpu. I muri o te whakaritenga o ngā wai tiakerete, ka mukua e Hine te tēpu, ka hoatu ai i ngā wai ki waenga i a rāua. I te tama e kai ana, ka āta mātakitaki atu a Hine, engari e noho ngū ana.

'Pīki mihi, e te tuahine,' te kī a Turi i muri o āna ngaungau.

'Tāku whakapāha ki te timu atu o te tai. Kua wareware kia whakakīia te tīkera.'

'Pai ana tēnā.'

'Kāore koe i te haurangi, nē?'

'E kore. Kotahi noa taku paku inu.'

'Okei,' tāna.

He roroa te noho a Hine. I tūmanako ia kia kōrerotia e tōna tūngane. Engari i noho pūmau ki tāna wahangū. E takoto pērā ana

te whare, hāunga te hāmama a te pouaka whakaata a kui. He turi tētehi o ōna tāringa, nā reira, ka kaha te kōrero a Julian Wilcox. 'He iti iho te utu a te hāmama ki te taringa hiko,' te kī a kui.

Pātai atu a Hine mēnā i te hiahiatia e Turi te paraihe niho, engari ka whakahē te māhunga. Kātahi anō te tama ka tū ki te wehe atu, ā, i te tuatahi, ka mihi atu ki tōna tuahine. 'Pō mārie, e kō.' I haere atu te tokorua ki ō rāua nei rūma moe. Kua takoto a Hine i runga i te māharahara ki tōna tūngane.

Kua mōhiotia pūria he tama pai te tama rā. Engari he tinihanga. Ko tā te taiohi, tāna mahi he wāwāhi ture. Otirā, kāore ia i te mārama mēnā e mōhio ana te tama kei hea te māka. Ehara i te mea i tēnei ao he rerekē rawa atu ki te ao o ngā mātua tūpuna. Ki te kore ngā tama e whai i ngā ture, ka whai kē i te tūtae.

Kua oho a Hine i te ata hāpara, kātahi ka ringi wai ki tōna mata, ā, ka hīkoi ki te kāuta. I ohorere ia kia kitea tōna tūngane e tū tata ana ki te tīkera me ngā kapu e toru.

'Ata mārie, e te tūngane.'

'He miro māu?'

Kei te tungou te māhunga.

'Kei te pai. I takoto kē ō māua pīkau ki te kuaha. Ā, kua rite ā māua tina.'

'E mihi ana.'

'Me whakarite te kaputī a kui, me te whakamutu i āu tōhi.'

'Ka pai.'

I āta mātakitaki a Hine i tōna tūngane, otirā e whai whakaaro ana ki tōna rautaki. Ehara te tama nei i te tangata whakapai whare. Kia koropupū te tīkera, ka whakarite i te kaputī kore waiū kore

huka. Pātai atu ana a Hine kei te aha a Turi. Engari i noho ngū te whare. Nā reira e mihi atu a Hine ki tāna menemene, kātahi ka kai rāua i ā rāua tōhi i mua o te horoinga a ngā rīhi me te wehenga ki te kura. I whai atu a Hine i a Turi, waihoki e āta mātakitaki tonu ana i te tama mā te taha o ōna karu. Kāore ia i te mōhio kia whakatikahia rānei e Turi āna hapa, kia whakamaheretia rānei e Turi.

Kātahi anō rāua ka kite i ngā tuākana o Turi, ā, ka hekeheke te toimaha i a Hine. Kāore e kore. Āe rā, he whakamahere tā te tama.

'Ora pai ana koe, e te teina?' tā Māui.

'Ora pai ana au. Pēhea ō kōrua pō?'

'I wehe atu i muri i tōu wehenga,' te kī a Māui. 'Koirā noa iho. Pēhea tō haerenga ki te taha o te whaene?'

'I kōhete mai, kātahi ka whakahokia au ki te kāinga,'

'He tāngata pai ia. Mō te poaka.'

Kaha mai te katakata, hāunga ko Hine. 'He kanga tēnā kupu, hei aha rā mā te tangata,' tāna.

Kua wahangū rātou. E titiro atu ana ngā tuākana ki ngā tuākana, kātahi ki a Turi.

I titiro pī atu a Hine ki tōna tūngane,

'He tika tā taku tuahine,' te kī a Turi. Tērā tērā. Ka ahu pērā te hunga kāwitiwiti, ka ahu pērā atu ngā taitama pahake.

I tungou ngā māhunga o ngā tuākana, ka wehe atu ai.

'Ka haere tahi tāua ki te kura i nāianei?' te pātai a Hine.

'Āna.'

'Ā muri atu, ka hui tahi anō tāua ki te taeapa?' E hiahia ana a Hine ki te mōhio e kore rā e mahi nanakia a Turi i waenga i te whakamutunga o te kura ki te hokianga ki te kāinga.

'Kāo.'

I titiro anō a Hine ki tōna tūngane.

'Ka hui tahi tāua ki hea?'

'Ki te puna kaukau.'

'Kua pana atu a kui i a koe?'

'Koirā tāna mahi i mua mai o tāku whakarite i tāna kaputī i te ata nei.'

'Nā whai anō ka kīia e ngā whaene he rorirori koe.'

Pakaru mai te menemene. Whakaraupapa whakamahere ai a Turi i ngā wā katoa.

'Heoi anō, e hiahiatia ana e kui te āta mātakitaki i a au i muri mai i tāku mahi inapō.'

'He tinihanga koe.'

I whātoro a Turi i tōna ringa ki ngā pakahiwi o tōna tuahine. 'He tinihanga tāua tahi.'

Kei te tungou te māhunga, ka whirinaki atu tōna māhunga ki te pokohiwi o tōna tungāne. 'E aroha ana ki a koe, e te tungāne – e te iriota.'

'Mihi mai, mihi mai,' te kī a Turi.

He Mihi

Ki a Michael Bourke
Ki a Jennifer Ritter
Ki a Tracey Bourke
Ki a Chris Bourke
Ki a Sherryl Balsley
Ki a Andrew Bourke
Ki a Kelly Bourke
Ki a Hemi Ngarewa
Ki a Colleen Ngarewa
Ki a Debbie Ngarewa-Packer
Ki a Grant Ngarewa
Ki a Darren Ngarewa
Ki a Nicola Ngarewa
Ki a Shi-han Ngarewa
Ki a Celeste Ngarewa
Ki a Waitohu Ngarewa
Ki a Haumene Ngarewa
Ki a Cayden Tito
Ki a Harlen Tito

Ki a Ryu Redgrave
Ki a Rōmana Rapira-Ngarewa
Ki a Emma Neale
Ki a Greer Anderson
Ki a Tamati Maruera
Ki a Ruakere Hond
Ki a Te Ingo Ngaia
Ki a Reihana Rimene
Ki a Dr Darryn Joseph
Ki a Jeremy Sherlock
Ki a Luther Ashford
Ki a Megan van Staden
Ki a Kate Stephenson
Ki a Dom Visini
Ki a Tania Mackenzie-Cooke
Ki a Suzy Maddox
Ki a Sacha Beguely
Ki a Cyanne Alwanger

I whānau mai, i pakeke ake i Pātea-nui-a-Turi, ko Airana Ngarewa o Ngāti Ruanui, o Ngā Rauru, o Ngāruahine te kaituhi rongonui o *The Bone Tree*. Kua tāia āna tuhinga e The Spinoff, e Te Reo Irirangi o Aotearoa, e *New Zealand Herald*, e Newsroom, e *Landfall* anō hoki. Ko te pukapuka *The Bone Tree* tana pakimaero tuatahi. Ā, ko *Pātea Boys/Ngāti Pātea* tana kohinga pakipoto tuatahi.

Born and raised in Pātea, Airana Ngarewa (Ngāti Ruanui, Ngā Rauru, Ngāruahine) is the author of the bestselling novel *The Bone Tree*. He won the short story and poetry competitions at the Ronald Hugh Morrieson Literary Awards in 2022. His writing has also been published by RNZ, the *New Zealand Herald*, Newsroom and *Landfall*.